DU MÊME AUTEUR
CHEZ LE MÊME ÉDITEUR

La Mise à mort (1995)
Le Jeu de Napoléon (1997)
Depuis le tout début (A paraître)

CHEZ D'AUTRES ÉDITEURS

L'Ami étranger (1984), Alinéa
Entre chien et loup (1985), L'Avant-scène du théâtre
Les grandes découvertes de Jacob (1987), Castor Poche Flammarion
Invitation au lever bourgeois (1989), Alinéa
Le Joueur de tango (1990), Alinéa

LA FIN DE HORN

Titre original : *Horns Ende*

ISBN 2-86424-288-5
ISSN 1281-5667

CHRISTOPH HEIN

LA FIN DE HORN

Traduit de l'allemand par François Mathieu
(Nouvelle traduction)

SUITES

Editions Métailié
5, rue de Savoie 75006 Paris
1999

Roman polyphonique, *La Fin de Horn* est un défi à la mémoire, une tentative de confrontation de la mémoire individuelle avec l'histoire collective et officielle. Ce roman, publié en 1985, après bien des difficultés, apporte sa pierre au travail de deuil nécessaire à l'éradication psychologique et morale du passé allemand. Il interroge les ambivalences de l'histoire et de la mémoire allemandes, leurs ruptures et leur continuité.

Nicole Bary

Il y a quinze ans j'ai écrit un roman dont le thème sous-jacent est l'histoire et l'écriture de l'histoire, le pouvoir et le pouvoir d'interpréter, la mémoire et les erreurs inhérentes à celle-ci, les omissions volontaires, les souvenirs refoulés et falsifiés. La source profonde à laquelle s'abreuve le passé n'est pas seulement inépuisable, elle est étrange, accablante et omniprésente, aussi bien dans la vie d'une société que dans celle de l'individu.

Christoph Hein

CHRISTOPH HEIN est né en 1944 en Silésie. Auteur dramatique, dramaturge, il commence à publier au début des années 80 des nouvelles et des romans qui lui apportent rapidement une très large reconnaissance du public national et international : *Invitation au lever bourgeois*, (1980), *L'Ami étranger*, *La Fin de Horn*, (1985), *Le joueur de tango*, (1989), *La Mise à mort*, (1995), *Le Jeu de Napoléon* (1997).

Ses interventions publiques en 1989, ses mises en garde contre l'euphorie qui suivit la chute du Mur, ses prises de parole dans l'Allemagne réunifiée en on fait l'un des intellectuels les plus importants, à côté de Christa Wolf et de Günter Grass. Christoph Hein est président du PEN-CLUB allemand.

CHAPITRE 1

Souviens-toi.
J'essaie.
Il faut que tu te souviennes.
Ça fait longtemps. Les années ont passé.
Tu ne peux pas avoir oublié. C'était hier.
J'étais si jeune.
Tu as vu. Tu as tout vu.
J'étais un enfant.
C'était hier.
Non, les années ont passé. Regardez-moi, j'ai des cheveux blancs.
Regarde-moi. Un seul jour est passé. Il faut que tu te souviennes.
Vous avez travaillé au château...
Oui, oui, au château. Et après ?
Mon père m'avait interdit d'aller au château. A l'époque, une fois tout cela fini.
Continue ! Souviens-toi !

DOCTEUR SPODECK

Cette année-là, les Tsiganes étaient arrivés tard. Pâques était passé, puis avril, et tout le monde espérait déjà qu'ils aient choisi une autre ville. Mais fin mai, un jeudi, on vit à nouveau leurs roulottes sur le Pré des Blanchisseurs, au centre de la ville. Et sur la corde tendue entre les tilleuls, leurs longs morceaux de tissu crasseux qui flottaient au vent.

L'après-midi, le maire vint au campement. Il était accompagné de Bachofen, son adjoint, et d'une secrétaire. Les écoliers y étaient déjà. Deux heures plus tôt, il aurait pu faire son entrée ridicule sans se faire remarquer. Mais il était tellement maladroit que, sous les yeux des enfants, ces pauvres femmes l'avaient retourné comme une crêpe et envoyé promener sans plus de façon. Je m'étais imaginé que le vieux Tsigane l'aurait chassé à coups de fouet. C'est en tout cas ce que j'aurais fait à sa place. Mais le vieux n'avait visiblement pas eu envie de se montrer. Il avait délégué à ses femmes le soin de s'occuper de l'autorité municipale, et s'était fichu comme d'une guigne du bruit devant sa roulotte. Instinctivement il avait fait ce qu'il fallait. Après tout, on cherchait un prétexte pour les chasser de la ville, lui et toute sa tribu. Quelques cris, les rires des écoliers, la tête de veau congestionnée et ruisselante de sueur de notre maire, et l'affaire en resta là.

L'année précédente, je lui avais prédit une apoplexie. Jamais depuis il n'était revenu me consulter. Je suppose qu'il allait voir Ditzen dans la cité. A moins qu'il eût à Wildenberg un médecin auquel il rendait visite chaque fois qu'il était convoqué au chef-lieu. A cette époque, je caressais l'espoir, quand il serait à l'article de la mort, gisant et bavant sur son oreiller, qu'ils viendraient me chercher. J'espérais lire l'inquiétude dans son regard, le voir me supplier de l'aider et de lui pardonner, et être heureux de ne plus pouvoir rien faire pour lui. Je ferais tout mon possible pour le maintenir en vie. Sans ménager mes forces, je me chargerais de ne pas éteindre trop tôt la pauvre petite flamme de ses derniers instants, tout en lui épargnant à temps les ultimes souffrances. Et j'en prendrais la responsabilité devant Dieu, confessant au prêtre mon amère satisfaction ; et celui-ci ne pourrait plus faire autrement que de me donner l'absolution. Et cependant, je savais que je ne serais nullement satisfait et que je continuerais à subir les vexations jusqu'à ce que, le jour plus ou moins proche de ma mort, elles me déchirent. Car ce n'est pas le visage de Kruschkatz, cette tête de veau lamentable et bouffie, qui me comprime l'âme et en fait un petit tas de merde de chien. Non, c'est cette ville qui me fait crever. Depuis que j'y vis, depuis que je suis au monde, je l'exècre. Et je la hais depuis que mon père m'y a acheté un cabinet en me disant qu'il m'avait fait faire des études uniquement à cause d'elle. Et que, s'il avait dépensé tout cet argent pour moi, c'était uniquement pour que je lui fasse payer ce dont il s'était rendu coupable envers elle toute sa vie.

Si j'habite encore ici aujourd'hui, bien que mon père soit mort depuis longtemps, que je sois largement sorti des abjections et des misères gluantes de la pauvreté, et que je puisse donc partir où bon me semble, c'est que je dois y accomplir maintenant de tout autres représailles. J'exécuterai la mission que mon père m'a confiée. J'irai, pour l'amour de moi, jusqu'au bout. Pour toutes les humiliations que mon père m'a fait subir, je refuse qu'il repose en paix, et pour toutes les vexations que cette ville m'a fait subir, pour les invitations à m'asseoir à une table et les gestes de charité que j'ai été contraint d'accepter en disant merci. A l'époque. Et même si j'ai pu pardonner, même si j'ai pu excuser, je ne peux pas oublier ces choses. Je ne peux oublier la lâcheté avec laquelle cette ville autorise en permanence que s'accomplissent de nouvelles injustices. La mort d'un homme comme Horn devrait suffire à la rayer de la carte, comme une nouvelle Gomorrhe.

C'est ma fille qui, la première, me parla des Tsiganes.

Ma sieste terminée, je m'étais rendu dans ma bibliothèque. Depuis quelques années, je passe deux heures tous les après-midi dans ma bibliothèque et y feuillette les livres que j'y ai accumulés. Je ne les lis plus, je n'en ai pas la patience. Je suis las de ces personnages inventés, de ces discussions conventionnelles, de ces gestes artificiels et exagérés qui sont censés traduire la vie.

Je me retire dans ma bibliothèque pour être seul. Pour laisser vagabonder mes pensées, fumer une cigarette, échapper aux voix humaines. Echapper au déluge verbal de ma bigote de femme, au radotage affecté de ma fille qui promet d'être aussi hypocrite que sa mère ; à la petite voix déférente de Christine et aux supplications et impudentes exigences de mes patients. Il n'y a qu'ici, dans la solitude de ma bibliothèque, que je suis à l'abri de tous ces ennuis et que je puis prêter attention au cheminement désordonné de mes pensées. J'ai pris cette habitude il y a quatre ans et la conserverai jusqu'à la fin de ma vie. Et si je devais, comme je l'ai décidé, mourir d'un de ces gentils et discrets arrêts du cœur ou, à force de dégoût, devenir gâteux, je voudrais que ces modifications surviennent dans ma bibliothèque, entre ma sieste et l'instant où Christine m'appelle pour le thé et où je vais subir et ma femme et ma fille. Quoi qu'il m'arrive, j'aimerais que ce soit dans la solitude de cette pièce.

Cette fois-là, je m'étais approché en silence de la table basse. Nous regardions Christine servir le thé et présenter les gâteaux. Une fois assise, ma femme dit que les Tsiganes étaient arrivés. Johanna, ma fille, était allée au Pré des Blanchisseurs et elle raconta ce qu'elle avait vu avec ses camarades d'école.

L'arrivée des Tsiganes était un spectacle qui se répétait tous les ans. La vue de cette tribu à la peau brune, aux haillons bigarrés et aux cheveux blancs et crépus ou aux mèches noires, avait beau déranger la fragile honnêteté des habitants et l'immuable déroulement du temps, notre ville succombait une nouvelle fois à la fascination et à la colère, cette misère venue d'ailleurs lui apportant un exotisme, un ailleurs qu'elle ne comprenait pas et des cris gutturaux qu'elle comprenait encore moins.

J'étais persuadé qu'à cette heure, toute la ville parlait des Tsiganes. De quoi d'autre aurait-on pu discuter ? Car fin mai, Horn vivait encore.

« Il donnait l'impression de s'être égaré, dit ma fille en parlant du maire, mais c'était peut-être aussi parce qu'il avait tout simplement peur des femmes. »

Elle reprit un morceau de gâteau, et quand elle l'eut terminé, elle se lécha les doigts avec une lente ostentation.

« C'est ridicule, dis-je en rompant enfin le silence. Il ignore la peur. Je l'ai ausculté de manière approfondie. Il est absolument incapable d'éprouver ce genre de sentiment. »

Ma fille ricana d'un air affecté. Je me sentis lamentable et me méprisai à l'idée d'avoir gâché mes jours et mes heures avec ces deux femmes, et de devoir continuer dans l'avenir à le faire aussi bêtement et sans plus d'utilité.

THOMAS

Après les cours, j'étais allé avec Paul au Pré des Blanchisseurs. Nous voulions voir les Tsiganes. Paul m'en avait parlé. Il les avait découverts le matin même en allant à l'école.

Sur le Pré des Blanchisseurs, il y avait déjà quelques enfants, une vingtaine peut-être. Ils regardaient en silence le campement des Tsiganes, leurs roulottes et leurs nombreux chevaux. Il faisait très chaud, et les femmes, assises devant leurs portes, lavaient leur linge, de grandes pièces de tissu rectangulaires qu'elles mettaient à sécher sur l'herbe comme des drapeaux délavés. Les hommes ne se montraient que rarement. Parfois l'un d'eux apparaissait sur le pas de sa porte et de sa voix rude et forte appelait quelqu'un. Une femme rentrait alors pour ressortir peu après.

Le chef, nous ne le vîmes qu'à l'arrivée du maire quand celui-ci vint chasser les Tsiganes du Pré des Blanchisseurs. C'était un homme très gros, si gros qu'il était incapable de nouer lui-même les lacets de ses chaussures. Il ne sortait que rarement de sa roulotte. Jamais, les années précédentes, il n'était allé en ville. C'étaient toujours les femmes qui faisaient les courses. Le soir, il s'asseyait parfois entre deux roulottes pour fumer une cigarette. Nous pouvions alors admirer son gros ventre nu qui retombait par-dessus sa ceinture de flanelle rouge. Et tous les ans, chaque fois qu'il séjournait dans notre ville, il rendait visite à M. Gohl, le vieux peintre du château. Pourquoi à Gohl et à personne d'autre ? Nul ne le savait. Mon père disait simplement : les coquins s'acoquinent toujours.

Paul proposa de demander aux Tsiganes si nous ne pourrions pas travailler pour eux. L'année précédente, il avait travaillé pour le gros chef. Il lui avait fait quelques courses. En échange, il avait eu la permission de manger avec eux, et au moment du départ, ils lui avaient fait cadeau de quatre grosses pièces d'une monnaie étrangère. Paul disait que c'étaient des pièces turques. Il pensait qu'ils les avaient volées, car elles avaient beaucoup de valeur. Il ne les avait montrées qu'à moi seul, et j'avais dû lui jurer de n'en parler à personne.

Devant le campement des Tsiganes, nous attendions donc, Paul et moi, que dans l'encadrement de la porte apparaisse l'énorme bedaine du chef de la tribu pour pouvoir lui demander du travail. Mais nous ne vîmes que les femmes. Les jeunes femmes braillaient toutes en même temps et s'agitaient comme si elles exécutaient une danse, cependant que les grands-mères aux visages tannés et ridés bougonnaient en jetant dans notre direction des regards de sorcières.

A trois heures, le maire apparut, accompagné de M. Bachofen et d'une jeune femme qui habitait dans la cité à la sortie de la ville. Ils se dirigèrent vers les Tsiganes et leur parlèrent, mais nous étions trop éloignés pour comprendre ce qu'ils disaient. Une jeune Tsigane rentra alors dans une roulotte, et le maire se tourna dans notre direction pour nous dire de nous en aller. Comme aucun d'entre nous ne bougeait, il se remit à crier en nous menaçant du poing, mais sans avancer jusqu'à nous. Quelques garçons plus âgés éclatèrent de rire. Moi non plus, je ne bougeai pas. Je fis comme si je n'avais pas prêté attention à ses paroles, tout en espérant qu'il ne m'ait pas reconnu.

La jeune Tsigane réapparut dans l'encadrement de la porte et secoua la tête. Le maire s'approcha d'elle, lui tendit un papier et, bien qu'il dût savoir qu'elle ne pouvait pas le comprendre, il entreprit de la convaincre. Aucune femme ne parlait notre langue. Seul le chef disait quelques mots et nous comprenait. Et la vieille Tsigane, la sorcière aux moustaches. La jeune femme cria des mots dans sa langue et les autres aussi se mirent à brailler en direction du maire. Le spectacle du Pré des Blanchisseurs était formidable. Le maire hurlait, les femmes poussaient des cris aigus et les chiens tsiganes jappaient. M. Bachofen, qui accompagnait le maire, se taisait tout en tirant machinalement sur sa veste. Puis il nous jeta un regard sombre et, de la main, nous fit signe de nous en aller.

Au bout d'un moment, le chef apparut sur le seuil de sa porte. Il portait un gilet rouge à même sa poitrine nue et il regarda longuement le ciel. Puis il cracha, descendit prudemment le petit marchepied, fit le tour de sa roulotte, cracha encore une fois et rentra. Tout cela sans daigner jeter un seul regard en direction du maire.

« Il va peut-être le poignarder, me chuchota Paul à l'oreille, pendant que le gros Tsigane faisait le tour de sa roulotte.

– Qui ? demandai-je.

– Le Tsigane ! Ce sont des as du couteau. Mon père a déjà vu ça.

– Mais alors il ira en prison, répliquai-je.

– Qu'est-ce que tu racontes ! souffla Paul avec mépris. Les Tsiganes ne vont jamais en prison. Ils sont si rapides que personne ne peut les capturer. »

Je restais complètement pétrifié à l'idée d'assister à l'éventration du maire par l'énorme vieux Tsigane. Mais déjà il était rentré dans sa roulotte.

Le maire et ses accompagnateurs firent demi-tour. Ils durent se frayer un chemin au milieu des femmes qui criaient, tout excitées. Il passa devant nous, et je vis la sueur couler sur son front écarlate. Les grands dirent qu'il avait exigé des Tsiganes qu'ils aillent installer leur campement à la sortie de la ville sur les prés inondables. Je n'ai pas entendu ça. Je n'ai rien entendu de ce qu'il leur a dit.

Une heure plus tard, nous n'étions plus que Paul et moi devant leur campement. Comme il ne se passait rien, les autres enfants avaient disparu. Nous nous étions rapprochés de quelques pas, mais nous avions conservé nos distances à cause des deux chiens au nez pointu qui, allongés au soleil, n'arrêtaient pas de lorgner dans notre direction. Nous espérions que le chef ressortirait une nouvelle fois et que nous pourrions lui demander de travailler pour lui.

L'année précédente, chaque matin avant l'école, Paul avait noué les lacets de ses chaussures et, chaque jour, on lui avait donné en contrepartie un morceau de pain avec une grosse tranche de lard. Chacun voulant goûter le lard des Tsiganes au moins une fois, Paul le vendait dans la cour de l'école pendant la récréation. Il racontait que c'était du lard de chat engraissé. Les Tsiganes, disait-il, mangeaient du chat pour que leurs os conservent leur souplesse. En dépit du dégoût que son pain au lard m'inspirait, je lui en avais acheté un que, dans la cour de l'école, j'avais avalé avec toutes les peines du monde. Les deux jours suivants, j'avais été malade, n'arrêtant pas de penser que j'avais mangé du lard de chat.

Nous attendions en silence et observions les femmes, quand M. Gohl arriva et se planta près de nous. Il me caressa les cheveux et me regarda en hochant la tête.

Je connaissais M. Gohl. Je le rencontrais parce que j'allais souvent l'après-midi au musée du château. M. Horn m'en avait donné l'autorisation. Je l'aidais à installer les nouvelles salles d'exposition. M. Gohl y travaillait aussi. Il était peintre et restait la journée entière sans rien dire. Il n'était pas muet et il lui arrivait de temps à autre de prononcer deux ou trois mots étranges, mais il travaillait surtout en silence. Il habitait avec sa fille, dont il devait s'occuper : elle était simple d'esprit. En fait, nous disions qu'elle était folle, mais mon père m'avait interdit d'employer ce mot. Il m'avait dit qu'elle était gravement malade, et que je ne devais pas parler comme on parle dans la rue. J'avais parfois aidé M. Gohl à accrocher ses tableaux sur les murs blancs du château.

Il s'était planté à côté de nous et regardait les Tsiganes. Il avait ôté son chapeau et le tenait sur sa poitrine, le bras légèrement replié. Une femme en le voyant poussa un cri aigu. Le chef apparut dans l'encadrement de sa porte, aperçut M. Gohl et ouvrit les bras avec ostentation.

« Camarade », hurla-t-il.

Je vis les yeux de M. Gohl s'allumer. Le vieux, en homme habitué à donner des ordres, lui fit signe de s'approcher et descendit les quelques marches pour se retrouver au pied de la roulotte. Lorsqu'ils furent l'un en face de l'autre, le Tsigane prit M. Gohl par les épaules, le secoua et cria une nouvelle fois de sa voix à la fois chaleureuse et tonitruante : « Camarade. »

Il l'attira sur sa poitrine et l'embrassa. M. Gohl continuait à tenir son chapeau au bout de son bras replié sur sa poitrine. Quand l'énorme Tsigane eut desserré son étreinte, M. Gohl tapota son chapeau, avec un petit sourire gêné, pour le remettre en forme. Une femme apporta une bouteille et des verres, et les deux hommes burent debout une gorgée d'un liquide jaunâtre. Puis M. Gohl lui tendit la main, et ils se saluèrent.

En passant devant nous, le peintre remit sur sa tête le feutre marron auquel il avait redonné sa forme. M. Gohl avait l'air absent, comme perdu dans ses rêves. Sa petite bouche légèrement rentrée semblait illuminée d'un extraordinaire bonheur. Le Tsigane était resté sur le marchepied de sa roulotte et le suivait des yeux. Puis il rentra. Nous n'allions plus pouvoir lui parler. Il était inutile de l'attendre plus longtemps. Paul proposa de suivre discrètement le vieux peintre jusque chez lui. Je n'étais pas d'accord car M. Gohl me connaissait bien. Mais comme je n'avais aucune idée de ce que nous pourrions faire, nous finîmes par lui emboîter le pas.

Deux jours plus tard, nous réussîmes enfin à parler au chef des Tsiganes. Nous fûmes même obligés de répéter deux fois ce que nous voulions avant qu'il ne nous comprenne. Il nous regarda en caressant doucement de sa main velue sa puissante poitrine et les yeux mi-clos nous dit :

« Allez voir femmes ! Femmes donnent travail à jeunes messieurs ! »

Et prenant une voix rude, il cria quelques mots dans sa langue à l'adresse des femmes. Celles-ci éclatèrent de rire en poussant des cris aigus et en balançant leur buste dans tous les sens. Nous nous approchâmes d'elles. J'avais le visage en feu et j'aurais volontiers pris la fuite si je n'avais pas eu peur que les femmes se mettent à rire et à brailler de plus belle. Sans desserrer les dents, j'interrogeai Paul du regard pour savoir ce que nous devions faire, mais Paul, le visage écarlate, se contentait de fixer les yeux sur le sol, comme changé en statue.

Une vieille me fit une caresse et me pinça la joue. Sa main était noire et osseuse, et elle m'avait fait mal. En levant la tête, je vis les chicots noirâtres de ses mauvaises dents, et l'épaisse toison qui lui couvrait la lèvre supérieure et le menton. La vieille nous montra ce qu'il y avait à faire. Il fallait, au fur et à mesure que les chèvres broutaient l'herbe, que je déplace leurs attaches. Il s'agissait de déplanter un long piquet de fer auquel la chèvre était attachée et, à l'aide d'une brique, de le renfoncer dans la terre. Et pendant que les bêtes broutaient, je devais veiller à ce qu'elles ne s'approchent ni du linge ni des grandes marmites qui séchaient au soleil. Paul tenait compagnie aux femmes. Il devait porter des seaux et des arrosoirs chaque fois qu'elles le lui demandaient, et surveiller les chevaux. Mais il restait les trois quarts du temps assis près d'elles à les contempler.

Quand six heures sonnèrent, nous prîmes congé. Nous leur dîmes que nous reviendrions le lendemain tout de suite après l'école. Les femmes hochèrent la tête en riant. Je me demandai si elles nous avaient compris.

« Tu crois que nous reviendrons ? » dis-je à Paul.

Il fit oui de la tête.

« Ils ne nous ont rien donné, objecté-je.

– Ils viennent seulement d'arriver, rétorqua Paul. Dans quelques jours, quand ils auront un butin suffisant, ils pourront nous payer. »

GERTRUDE FISCHLINGER

Je ne pouvais pas tenir mon fils en laisse.

Je savais qu'il allait voir les Tsiganes. Les gens me racontaient qu'il travaillait pour eux. Avec ce garçon qui, à l'époque, était son ami, le fils du pharmacien. Chaque fois que je voulais parler avec Paul, il quittait la pièce sans rien dire. Je ne pouvais quand même pas le tenir en laisse. J'avais la boutique et, le soir, il fallait que je m'occupe de la maison. Avec mes jambes enflées, je ne pouvais pas aller en ville courir derrière mon garçon. Il lui manquait un père.

Cette année-là, Paul avait pris l'habitude de rentrer tard à la maison. Le souper terminé, il disparaissait pour ne revenir que vers les dix, onze heures. Couchée dans mon lit, j'attendais qu'il ouvre la porte d'entrée et monte l'escalier. J'avais peur de voir un jour la police me le ramener. Il n'avait pourtant que quatorze ans. A son retour, il gagnait sa chambre sans même jeter un coup d'œil dans la mienne. Mais j'étais rassurée, je sentais même avec moins d'intensité les battements dans mes jambes, et ils devenaient plus réguliers.

J'ignorais ce qu'il faisait le soir et où il allait traîner. Je ne connaissais pas ses amis. Sauf le fils du pharmacien qui, à cette heure, était sûrement chez lui depuis longtemps.

Je savais que Paul buvait. J'avais trouvé une bouteille vide dans sa chambre et je priais le bon Dieu qu'il ne devienne pas comme son père. C'était d'autant plus dur qu'il ne me disait rien. J'avais demandé à M. Horn de lui parler, mais celui-ci s'était contenté de hausser les épaules et de sourire d'un air las et entendu pour s'excuser. Il ne lui parlerait pas, du moins pas de cela. Je lui avais pourtant cédé la chambre dans l'espoir qu'à l'occasion il lui dise deux mots. Avec moi ce n'était plus possible. Quoi que je dise, mon fils ne m'écoutait pas.

M. Horn était arrivé quatre ou cinq ans plus tôt dans notre ville. J'étais en train d'ensacher de la farine quand il était entré dans ma boutique. Il s'était planté au milieu de la pièce et avait patiemment attendu que je lui adresse la parole. Il n'avait regardé ni les rayons ni les vitrines posées sur le comptoir, et j'avais compris qu'il ne m'achèterait rien. Je continuai donc à verser la farine dans les sachets. Je croyais qu'il voulait me demander un renseignement mais il restait là, immobile au beau milieu de la boutique, sans me poser de question, me regardant. Je me redressai et me frottai les mains ainsi que le tablier pour en faire partir la farine. Comme je le regardai une nouvelle fois, je compris qu'il n'était pas non plus venu me demander un renseignement. Ce n'était pas l'homme à chercher l'embarcadère ni le meilleur restaurant de la ville. Il avait la peau étrangement grise et de larges cernes presque noirs. A ce moment, je m'étais dit qu'il devait sortir d'une longue maladie. J'imaginais une jaunisse ou la tuberculose.

Il me demanda si j'étais bien Mme Fischlinger, et ajouta que c'était la secrétaire du maire qui l'envoyait. Il s'appelait

Horn et cherchait une chambre en sous-location. Puis il se tut et me regarda avec des yeux doux et mornes. J'étais surprise. Je n'avais jamais loué de chambre. Je n'y avais d'ailleurs jamais pensé depuis le départ de mon mari.

« Je vis avec mon fils, lui avais-je alors répondu. Il a dix ans. Je l'ai eu sur le tard.

– Je ne vous dérangerai pas, répliqua-t-il, tout ce dont j'ai besoin, c'est d'un lit et d'une très bonne lampe. Et au petit matin d'un peu d'eau chaude. »

Je le regardai en réfléchissant.

« J'ai de mauvais yeux, ajouta-t-il pour s'excuser, mais sans pourtant essayer de paraître aimable ou même sympathique.

– Vous m'avez mal compris, lui dis-je, je ne crains pas que vous nous dérangiez. Ce que je crains, c'est que mon gamin vous gêne. Il est mal élevé. J'ai dû trop souvent le laisser livré à lui-même.

– Je n'ai aucune exigence », répliqua-t-il.

Ces mots prononcés, et bien que je n'aie pas donné mon accord, il nous sembla, à lui comme à moi, que l'affaire était réglée. Pendant la fermeture de midi, je lui montrai l'appartement et sa chambre, et lui donnai les clefs. Le soir, j'y montai le lit de camp et transportai le tourne-disque et la machine à coudre dans ma chambre. Je lui laissai le buffet vitré. Je ne me servais qu'une fois l'an du service à café et des verres à vin, et maintenant que j'avais loué ma salle à manger, j'aurais encore plus rarement l'occasion de les utiliser.

M. Horn m'avait raconté que la ville lui avait promis un logement. Il allait travailler au château, au musée, et espérait ne pas rester plus d'une année chez moi en sous-location. Mais l'année s'écoula sans qu'il obtienne de logement, puis une seconde année, et pour finir il vécut chez moi jusqu'à sa mort inattendue.

C'était un locataire paisible. Il m'arrivait parfois de l'épier : je voulais l'entendre, entendre une présence, le pas d'un homme, un grincement du vieux fauteuil en cuir, un gargouillement dans la salle de bain. Je l'épiais pour éprouver la sensation d'avoir un homme dans ma maison. Mais il semblait se déplacer sans bruit. Quand j'entrais après lui dans la salle de bain, il n'y avait jamais une goutte d'eau à côté de la baignoire. Je lui préparais son petit déjeuner et son souper, mais il refusa toujours de manger avec nous à la cuisine. Il prétendait ne vouloir nous importuner d'aucune manière et ne transgressait jamais les règles de son implacable discrétion. S'il avait été bourru et arrogant plutôt que craintif et vulnérable, son attitude n'aurait pas pu être plus décourageante. Même pendant les six mois où je fus presque en droit de croire que je ne lui étais pas indifférente, il resta infiniment distant.

J'avais accepté de lui louer une chambre avec l'espoir que sa présence obligerait Paul à me parler plus gentiment. J'espérais que M. Horn, en tant qu'étranger, réussirait à trouver le contact avec lui, un contact que j'avais perdu depuis longtemps. Et il faut bien avouer que son arrivée chez moi était loin de me déplaire : j'avais vécu seule tellement longtemps que j'avais envie d'avoir enfin un homme à nouveau dans ma maison. J'aurais même accepté de ne le voir que rarement. Qu'il mange seul et ne daigne pas prendre le thé avec moi ou discuter quelques instants ne m'aurait pas dérangée. Tout ce que je souhaitais, c'était que le matin il me salue gentiment et m'adresse un petit sourire quand nous nous rencontrions dans le couloir de notre logement commun. Mais au bout d'une semaine, j'avais compris que je ne pouvais pas attendre de lui plus de chaleur que d'un sac de bois planté au beau milieu de la pièce.

Il resta l'étranger tombé par hasard dans ma boutique, qui me regardait avec indifférence, s'effaçait sur mon passage et attendait son dû avec froideur. Il habita chez moi plus de quatre années. Jamais il n'y eut entre nous un mot plus haut que l'autre, aucune parole méchante, mais quel que fût l'instant où je pensais à lui, je maudissais le jour où je lui avais donné les clefs de ma maison. Je ne pouvais le mettre dehors : je n'en avais aucune raison. Il était poli et correct, et je ne pouvais pas non plus exiger qu'il soit gentil avec moi : il ne donnait pas le moindre signe d'affection à son endroit. C'était à cause de Paul que je l'avais accueilli chez moi, mais mon fils s'éloignait de plus en plus de moi, et M. Horn n'avait nullement l'intention de m'aider. Et je ne pouvais pas non plus le lui demander.

Il avait dit en louant la chambre : « Je n'ai aucune exigence ». Puis il avait déballé ses affaires et, sans discuter, pris possession de la chambre en l'état, avec sa table, ses tableaux et ses lourds fauteuils de cuir ; les années suivantes, il n'y avait pratiquement rien changé. Une semaine ne s'était pas écoulée que j'avais compris ce qu'il avait voulu dire en prononçant cette simple phrase : je n'avais aucune exigence à avoir vis-à-vis de lui.

KRUSCHKATZ

Il est absurde et indigne, bien des années après, d'évoquer cet homme. Et même blasphématoire. Je ne peux pas trouver de mot plus juste que ce mot respectable.

Je ne doute pas un instant que l'on puisse reconstituer les événements de cette année-là. Sans doute avec la précision qui veut que, à la manière de ces classeurs de documents mis au rancart, poussiéreux et jaunis, d'insignifiants détails enflent nos rêves et tourmentent notre mémoire.

Je serais capable de me souvenir de tous les instants. Et je ne dis pas cela pour me vanter de mon extraordinaire mémoire. (Une telle capacité n'est pas un heureux cadeau de la nature. Car on ne peut avoir à la fois un bon sommeil et une bonne mémoire : ces deux facultés s'excluent. De même que les avantages en sont modestes. Après tout, une faculté est d'autant plus inutile qu'elle ne répond pas à grand-chose.

A quoi me servirait d'être capable d'écouter l'herbe pousser ou de sentir la terre tourner si, cela étant, je ne réussissais qu'à inquiéter autrui, et moi par la même occasion. Je préfère donc me taire. De toute façon, ces vieillards gâteux et radoteurs, au milieu desquels je suis forcé de vivre aujourd'hui, ne me comprendraient pas).

Je ne mets donc pas en doute la réussite extérieure, le catalogue pratiquement complet des faits. C'est plutôt l'entreprise dans son ensemble que je remets en question. La découverte, après de pareils efforts, qu'il y a plusieurs vérités en partie contradictoires serait une bouleversante plaisanterie. Mais plus encore m'affole l'idée que la vérité ainsi découverte, c'est-à-dire la fabrication d'images inaltérables, totales et incontestables ne trouveront aucun destinataire. C'est du passé.

J'ai aujourd'hui soixante-treize ans et s'il fallait que je formule en une phrase toute l'expérience accumulée au cours de ma vie à l'intention d'une postérité que rien de cela n'intéresse, je dirais que l'histoire n'existe pas. L'histoire est une métaphysique de secours qui sert à accepter sa propre disparition, le joli voile qui entoure le crâne vide de la mort. L'histoire n'existe pas, car nous avons beau entasser de petits cailloux autour d'une époque révolue, nous ne faisons que classer et réveiller sous notre souffle de petits bouts d'argile et des photos noircies, les falsifier au gré de la déraison de nos pauvres têtes et donc nous tromper complètement sur leur sens. L'homme a créé les dieux pour lui seul, afin de pouvoir vivre avec l'insoutenable réalité de la mort, et créé la fiction de l'histoire, afin de donner un sens à la fuite du temps, qui lui permette de comprendre et supporter ce qui n'a pas de sens. L'histoire dans le dos et Dieu devant soi : voilà le corset qui permet de marcher droit. Et je crois que le râle du mourant est le début de la reconnaissance de la réalité. Les morts n'ont pas besoin de corset.

Je ne veux pas, en faisant ces remarques, me dérober à mes souvenirs. Je les expose d'emblée parce que je me méfie de mes souvenirs, de tous les souvenirs.

Parce que je me méfie des oreilles qui les écoutent. Les gens n'y comprendront rien et, s'efforçant de donner un sens à mes mots, ils feront vivre mon histoire à partir de la leur. Et au lieu de soutenir et d'accepter l'inconcevable, ils diront n'avoir rien compris.

Je voudrais encore faire remarquer que ces idées sont pour moi toutes récentes. J'étais autrefois bien trop occupé pour envisager de résoudre un problème quelconque autrement que dans la perspective déclarée d'une décision claire et rapide. Je ne le regrette pas : c'était nécessaire. Je suis en outre persuadé qu'à l'époque je n'étais pas capable d'examiner vraiment à fond un problème. Je suis d'avis qu'il faut avoir vécu une soixantaine d'années au moins et avoir pu échapper à l'une de ces cruelles maladies qui vous démolissent, pour prononcer à propos de ce monde quelques mots à peu près sensés.

Il me reste encore à ajouter que je ne suis pas bien vu de ces vieillards avec qui je vis et qui ne cessent de courir à travers la maison. Ils me prennent pour un excentrique, et même pour un fou. J'avance cette explication pour que chacun soit libre d'aborder mes propos ultérieurs avec la plus totale méfiance. Je ne me battrai pas pour la crédibilité de mes souvenirs. Au contraire. Après tout, je ne réveille mes souvenirs que pour saisir quelque parcelle de ce que l'on pourrait appeler, non sans prétention, ma vie.

Les Tsiganes arrivèrent le 23 mars. C'était un jeudi. Et le premier septembre, un dimanche, je reçus la nouvelle que l'on avait trouvé Horn. Des enfants l'avaient découvert dans la forêt. La police isola l'endroit et informa les services administratifs de l'arrondissement. Au début de l'enquête, on n'écarta pas l'hypothèse du crime. Ce soupçon était pour les autorités une nécessité formelle. Il n'y avait aucune raison à cela, et je me souviens qu'en ville il n'y eut jamais le moindre doute sur les causes de sa mort.

C'est une absurdité d'avoir voulu par la suite établir une relation entre les deux événements, la mort de Horn et la présence des Tsiganes dans ma ville. On prit la ridicule habitude de ne jamais parler de l'un sans évoquer l'autre. Les faits n'avaient pourtant aucun rapport entre eux. Cet été fut le dernier que les Tsiganes passèrent dans notre ville, et je pense que le soulagement avec lequel on enregistra l'absence de la tribu et la surprise provoquée par la mort révoltante de cet étrange individu rapprochèrent deux événements qui n'avaient aucun rapport entre eux. Horn mourut parce que sa mort était prévue ; quant aux Tsiganes, ils quittèrent la ville comme ils le faisaient chaque automne.

En mai, après avoir appris leur arrivée, j'étais allé les voir, comme tous les ans et comme l'avaient fait tous mes prédécesseurs, pour les sommer de quitter le Pré des Blanchisseurs. Je les priai d'installer leur campement sur les prés inondables aux portes de la ville.

Le Pré des Blanchisseurs est propriété de la ville, et selon un arrêté municipal, on ne doit y installer ni tentes ni roulottes. Cet arrêté a dix ans. Il a été pris l'année où les Tsiganes étaient revenus pour la première fois à Guldenberg et s'étaient déjà installés sur cette même prairie. Cette année-là, conformément à l'arrêté, je leur avais signifié l'interdiction, tout en sachant d'avance que ma requête serait vaine et que la famille tsigane vivrait cet été-là au beau milieu de la ville. Je m'étais déplacé personnellement, alors que j'aurais pu charger le garde-champêtre de cette démarche. J'y étais allé moi-même parce que j'étais persuadé de l'inutilité de mon geste, mais je voulais n'encourir aucun reproche.

« Fais intervenir la police. Elle chassera cette engeance de la ville, me suggéra Bachofen, l'un de mes conseillers municipaux et adjoint, à notre retour à la mairie après l'échec de ma démarche.

– Tu sais bien que je n'en ferai rien, répliquai-je en épongeant la sueur qui me coulait dans le cou.

– Tu te rends ridicule.

– C'est impossible, camarade Bachofen. »

Il me regarda avec étonnement et attendit mes explications. Une cravate gris argenté, mal nouée, s'entortillait autour de son col de chemise trempé de sueur. Il avait la bouche légèrement entrouverte. Je l'entendais respirer et lisais l'étonnement dans ses yeux gris souris. Et je lui répondis en croyant respirer l'odeur de sa transpiration, qui m'était insupportable, bien que je ne dusse pas sentir moins mauvais que lui :

« Je ne peux me ridiculiser en commettant les idioties auxquelles ma fonction m'oblige. »

Son sourire disparut à l'instant. Son attention soudain éveillée, ses yeux de rat s'enfoncèrent dans les fentes minuscules de ses orbites. Derrière ses lourdes paupières et ses cils presque blancs, son regard s'éclaira légèrement, et je compris que les petits poinçons en fer de son cerveau s'étaient mis à tourner et qu'inexorablement et pour toujours ils gravaient mes paroles sur les disques métalliques de sa mémoire.

« Moi, à ta place, j'enverrais la police. »

J'ouvris la porte de mon bureau. Sur le seuil, je me retournai et lui dis :

« Tu ne comprendras pas, Bachofen, mais les bassesses inévitables ont, elles aussi, leurs limites. »

Je refermai ma porte. J'étais soulagé d'avoir franchi l'obstacle, et je me laissai tomber sur la chaise de mon bureau. Mon cœur me faisait mal, et je me massai le côté gauche de la poitrine pour calmer la douleur. J'avais dans le tiroir du bas un paquet de cigarettes ouvert. J'en allumai une. Je savais que, pour mon cœur, c'était un poison, mais un poison qui abrégeait mes souffrances.

C'était à l'époque ma troisième année à Bad Guldenberg.

Lorsque j'étais arrivé dans cette ville, moi l'étranger que l'on avait logé et à qui l'on avait répondu avec une politesse teintée d'indifférence, je savais, l'ordre de mission en poche, que quelques mois plus tard on me casserait du sucre sur le dos. Il ne pouvait en être autrement dans une aussi petite ville qui s'appuyait sur des traditions imaginaires et désuètes et vivait surtout de curistes qui, venus chercher un endroit accueillant et idyllique, se contentaient pour finir du silence de jardinets plantés de géraniums et de la patiente torpeur de maisons décrépies ainsi que de ruelles envahies par les herbes. Il ne pouvait en être autrement dans cette ville habituée à accepter les décisions incompréhensibles d'autorités lointaines et inaccessibles, tout cela pour les satisfaire à contrecœur et avec une fureur rentrée.

Je m'étais alors présenté à la mairie et j'avais donné au maire, Franz Schneeberger, mes papiers et l'ordre de mission de la région. En mars on me nomma au conseil municipal et en juin Schneeberger demanda à prendre sa retraite anticipée et me proposa comme successeur, conformément aux directives. Le conseil municipal unanime suivit sa recommandation, et c'est dans ces conditions que l'étranger que j'étais, venu du chef-lieu de région, devint le maire d'un petit trou de province pratiquement inconnu et antipathique, dont les notables attendaient que je subisse le sort de mes nombreux prédécesseurs, à savoir que je me trompe en essayant d'adapter des instructions vaguement formulées aux réalités locales et que, à la suite de tel ou tel faux jugement, je me révèle n'être qu'un sectaire ou un parasite.

L'élection passée, je m'assis dans mon nouveau bureau et j'attendis trois heures durant que mes collaborateurs viennent me féliciter et parler du travail à venir. Seul le secrétaire du Parti entra dans la pièce et me serra la main, or je savais qu'il ne pouvait m'être d'un grand secours, car il était nouveau et étranger dans cette ville, et pas plus aimé que moi.

Personne d'autre que lui ne se montra ce jour-là dans mon bureau. Vers seize heures le téléphone sonna. Ma femme se renseignait pour savoir comment j'allais et comment les choses s'étaient passées.

« Je ne sais pas », dis-je avec franchise.

Elle s'étonna :

« Tu n'as pas été nommé ? »

Je jetai un regard circulaire à travers la pièce déserte, contemplai les fauteuils inoccupés des visiteurs et les rayons des armoires vidés de leur contenu, puis les deux photos accrochées derrière ma chaise et le bureau sur lequel il n'y avait que deux téléphones et un cendrier rempli de mégots, et répondis :

« J'ai le sentiment que tout le monde ici est persuadé que je viens de passer la tête dans le nœud coulant. »

Je me tus et attendis sa voix. Il y eut un silence au bout duquel ma femme se mit à rire et dit :

« C'est bon ! je vais faire ma valise et dans trois jours je serai près de toi. Mais promets-moi que je ne ferai pas de vieux os dans ce trou. »

Je restai dans mon bureau sans rien faire jusqu'à la tombée de la nuit. Au moment de partir, je demandai à ma secrétaire si j'avais eu de la visite.

« Vous attendiez quelqu'un ? » me demanda-t-elle avec, dans le regard, une expression de curiosité compatissante. Je secouai la tête.

Une semaine plus tard, je rencontrai Horn en ville. Nous nous croisâmes sur le trottoir devant la laiterie. Il souleva légèrement son chapeau avec l'intention de passer près de moi sans rien dire. J'étais tellement surpris de le voir que je lui adressai la parole. Il me dit qu'il habitait ici depuis un an.

« Quel hasard ! » dis-je en souriant.

Il hocha imperceptiblement la tête et me fixa en silence. Il avait le même regard meurtri que celui qu'il m'avait jeté devant la commission, un regard qui disait ne pas comprendre les mesures qui s'imposaient, ne pas pouvoir concevoir des décisions certes douloureuses mais nécessaires. J'avais alors fait tout mon possible pour lui expliquer le verdict prononcé par la direction du Parti. Nous étions persuadés, lui avais-je dit, que d'un point de vue subjectif il n'avait commis aucune faute, mais qu'il nous avait fait grand tort par sa crédulité et son mépris de la discipline fondamentale du Parti. Dans l'intérêt de la cause générale et de nos grands objectifs, et en parfaite connaissance de ses lâches concessions à l'idéologie bourgeoise, il fallait qu'il assume ses erreurs en toute conséquence. Et j'ajoutais à titre personnel qu'à sa place je n'aurais sans doute pas agi autrement et que, dans ce cas, j'aurais attendu de sa part la même fermeté dans la condamnation.

« Ne prends pas la peine de savoir si j'ai compris, camarade », m'avait-il répondu en claquant la porte.

Et il était à nouveau devant moi, et je me rendais compte à son regard froid et impassible qu'il n'avait rien oublié. Rien oublié et rien appris.

« Quel hasard !, répétai-je sans me départir de mon amabilité. C'est le destin qui nous a tous deux chassés dans ce misérable trou de province. »

Je touchai la manche de sa veste :

« Allons boire un verre pour fêter ces retrouvailles inattendues. »

Il fit un pas en arrière, si brusquement que sa veste s'ouvrit et, prenant la voix avec laquelle il m'avait répondu devant la commission, il me dit :

« Non, monsieur le maire. »

CHAPITRE 2

Et après ? Qu'y a-t-il eu après ?
J'avais peur de vous.
Peur ?
Je vous trouvais étrange. Je ne comprenais pas grand-chose et j'avais peur.
De moi ?
Oui. On disait de vous...
Qui parlait de moi ? Souviens-toi.
Je ne le sais plus.
Tu ne peux pas l'avoir oublié. Il faut que tu te souviennes.
J'étais un enfant à l'époque.
C'était hier. Il faut que tu te souviennes. Après tout, moi, je m'en souviens bien.
Les morts n'oublient pas.
Les morts aussi oublient. Ils ne sont en rien meilleurs que ce qu'ils étaient de leur vivant.
Mais on m'a dit...
Ne t'occupe pas de cela. Souviens-toi. Il faut que tu te souviennes.

THOMAS

Nous suivions Gohl. Dans une main, il tenait un filet à provisions et dans l'autre son chapeau. Il gravissait lentement la colline du moulin. Arrivé en haut, il entra dans le petit bureau de tabac. A quelques maisons de là, nous attendîmes qu'il réapparaisse. Je chuchotai à l'oreille de Paul qu'il achetait sûrement ses cigarettes égyptiennes. Il en fumait toute la journée : ses doigts étaient recouverts d'une corne jaunâtre.

Quelques rares curistes se promenaient dans les jardins de l'établissement thermal. Par ce temps, ils demeuraient dans la fraîcheur des maisons. Irréparable déchirure, sombre pavillon dont la surface métallique jouait avec la lumière du couchant, le kiosque à musique, vide et rouillé, contrastait avec les bosquets d'arbres touffus, les massifs poussiéreux et le tapis de fleurs aux innombrables couleurs.

Lorsque Gohl passa devant les jardins des thermes, nous constatâmes qu'il parlait tout seul. Puis, à pas mesurés mais résolus, il poursuivit son chemin, coupa à travers la cité à la sortie de la ville, puis traversa les carrefours de quelques petites routes, avant de prendre le chemin sablonneux creusé d'ornières qui conduisait à sa maison. Il se tenait très droit, la tête haute. Mais il avait visiblement du mal à marcher.

Nous le suivions à distance. Ici, à l'extérieur de la ville, il n'y avait personne et nous voulions passer inaperçus.

Sa maison se dressait au bout du chemin, au milieu d'une lande couverte d'herbes et de mousses. La forêt de pins commençait juste après la construction en brique. M. Gohl vivait ici avec sa fille. Il ne recevait jamais de visites. Parfois des curistes en promenade dans les bois s'arrêtaient devant la haie de son jardin et essayaient d'engager la conversation. La voiture du charbonnier passait une fois par an et déversait un tas de briquettes noires et luisantes à côté de la haie. Même le facteur ne venait que rarement jusqu'ici.

Comme M. Gohl ouvrait la porte du jardin, son chien se mit à japper. Le vieil homme s'approcha de lui et le gratta doucement dans le cou. Puis il entra dans la maison. Nous passâmes alors en courant devant le portail et abordâmes prudemment le jardin par la forêt. Sa fille y était assise. Elle avait renversé sur la table une boîte de boutons, avec lesquels elle jouait. Elle était tellement absorbée par le jeu qu'elle ne se rendit pas compte de notre présence. Cachés derrière les fougères, nous l'observions en faisant des efforts pour ne pas éclater de rire.

Puis M. Gohl sortit de sa maison. Il tenait à la main une vieille veste d'intérieur. Il passa les doigts sur le tissu élimé aux coudes et dans le dos et l'enfila en marchant. Sa fille ne s'aperçut de sa présence qu'à son arrivée près d'elle.

« Les Tsiganes, s'écria-t-elle, les Tsiganes. »

Tout excitée, elle tendit le bras dans la direction de la ville.

« Je sais, dit M. Gohl, je les ai vus. Ne t'énerve pas. »

Il lui parlait tendrement, mais la femme ne semblait pas l'écouter. Elle continuait à montrer la ville de son bras maigre. M. Gohl alla chercher des déchets de cuisine et les mit dans la gamelle du chien. Sa fille l'avait suivi.

« Rentre dans ta chambre, dit M. Gohl avec patience, tu vas prendre froid. »

Sa fille lui prit le bras :

« Les Tsiganes.

– Tu les as vus ? » demanda M. Gohl.

Elle hocha fièrement la tête et, dans l'attente de quelque parole, le regarda droit dans les yeux.

Il lui caressa la main

« C'est bien. Il n'y a pas de problème. Rentre à la maison. »

Il ouvrit la petite porte du poulailler, vida les bacs souillés et les remplit d'eau fraîche. Puis il sortit de la poche de sa veste de petits morceaux de pain et les jeta aux poules. Pour finir, il rentra la chaise et la table de sa fille dans la maison. Dans la lumière du séjour, nous le vîmes lui parler. Un peu plus tard, la lumière s'alluma dans la mansarde, où il avait installé son chevalet. Il m'avait dit qu'il peignait tous les jours. Il ne montrait ses tableaux à personne. Il ne peignait que pour lui-même.

Je connaissais M. Gohl bien avant de lui serrer la main pour la première fois au château et de pouvoir l'aider dans son travail de peintre. Je le connaissais de nos promenades dans le jardin des thermes. Pendant qu'avec mon jeune frère je suivais mes parents en ronchonnant, désespérant de l'ennui que sécrétaient ces dimanches après-midi, M. Gohl était assis sur un banc devant le bassin aux poissons rouges, son chapeau enfoncé sur un genou, et s'abîmait dans la contemplation de l'eau. Mon père le saluait toujours en passant sans jamais obtenir de réponse. Quelques mètres plus loin, mon père aimait à dire :

« Cet homme est bien à plaindre ! »

Ou : « C'est terrible ! Dire qu'il était si doué ! »

Puis il se tournait vers nous et nous demandait en pinçant les lèvres :

« L'avez-vous salué ? Ça fait aussi partie de la politesse. »

Et chaque fois il disait quelques mots à voix basse à notre mère, et nous continuions notre promenade.

Dans le parc, nous rencontrions régulièrement le chef d'orchestre de l'établissement thermal, qui enseignait aussi la musique à l'école, et le docteur Spodeck, qui avait son cabinet près du marché. Il fallait alors saluer en s'inclinant, et notre père nous inclinait avec cruauté la tête un peu plus bas, puisque ça faisait partie de la politesse. Il fallait aussi serrer la main de la fille du docteur, qui nous faisait la révérence, pendant que je la regardais de travers. Personne dans la classe ne l'aimait et ne parlait avec elle. Puis enfin mes parents repartaient, et nous devions les suivre, toujours trois ou quatre pas derrière eux, car il ne fallait ni courir ni transpirer ; mais flâner et se reposer, comme disait mon père, et prendre un peu de bon air.

Souvent nous croisions à nouveau le docteur Spodeck ou une autre connaissance. Mes parents les saluaient une nouvelle fois avec des hochements de tête répétés, pendant que je faisais semblant de m'intéresser à quelques cailloux ou aux boutons de mon costume du dimanche pour ne pas être obligé de lever les yeux et pour échapper à l'indignité de ces continuelles salutations.

Quand enfin nous quittions le jardin, mon père se plaignait régulièrement de voir sans arrêt de nouveaux visages. Et si ma mère objectait que c'étaient sûrement des curistes, il répliquait avec une grande assurance qui ne souffrait aucune contradiction :

« Non, non. ce ne sont pas des curistes. Ce sont des gens de la cité. Bientôt nous ne reconnaîtrons plus notre propre ville. »

Je détestais ces dimanches, leur somnolence lymphatique. Ils enserraient mes rêves éveillés comme dans un cercle de fer et m'asphyxiaient. Quand j'étais particulièrement obéissant, on me complimentait en me disant que je savais me comporter comme un adulte. Et j'étais inquiet à l'idée de devoir faire toute ma vie ces balades, parcourir ces ennuyeux et déprimants jardins et me promener sans plaisir sur des chemins qui se ressemblent tous. Quel que fût le moment où je réfléchissais à l'époque où je serais adulte, à ma profession future, à mon incroyable existence ultérieure, ces promenades dominicales s'immisçaient dans mes réflexions. Elles étaient comme de menaçantes pierres tombales, qui réprimaient mes rêves prolifères, leur imposaient une pesanteur terrestre.

Quand enfin nous étions rentrés à la maison, je changeais vite de culotte, troquant la belle du dimanche, contre l'autre, l'usagée, et j'avais alors le droit d'aller passer une heure ou deux dans la rue. A moins qu'il y eût au programme une leçon de morale ou une punition.

Les punitions consistaient surtout à me priver de sortie. Le verdict prononcé, j'étais obligé de rester dans ma chambre toute une journée ou même toute une semaine, et je n'étais autorisé à la quitter que pour les repas et l'école. Les dimanches qui tombaient en pleine privation de sortie, j'espérais chaque fois pouvoir rester dans ma chambre. J'éprouvais un attrait pour ces dimanches que je passerais à la maison. J'aurais pu m'allonger sur mon lit sans craindre que quelqu'un entre inopinément dans ma chambre et vienne me déranger. J'aurais pu lire des livres et monologuer à haute voix. J'aurais pu traîner dans toutes les pièces, m'asseoir devant la grande glace de la coiffeuse dans la chambre à coucher de mes parents, ou fouiller dans les armoires et le bureau du cabinet de travail de mon père. Mais celui-ci m'ordonnait toujours de descendre et de venir avec eux. Et l'espoir de rester seul s'évanouissait, et un nouveau dimanche après-midi déversait sa poix sur moi.

La première fois que je retrouvai M. Gohl au château, j'eus peur qu'il me parle de ma famille et de nos anciennes rencontres. Je n'aurais pas même supporté un mot touchant l'humiliation que l'on m'infligeait tous les dimanches. Mais à l'époque il n'avait rien dit et, plus tard, jamais non plus il n'évoqua le parc. Il parlait d'ailleurs très peu. C'était un homme très âgé avec des mains soignées et le bout des doigts jaunes avec de petites touffes de poils sur une peau parcheminée. Chaque matin, il venait en ville et gravissait à pas lents et mesurés le chemin en lacet qui conduit au château. L'après-midi, après le travail, il faisait quelques courses et, le filet à provisions à la main, rentrait dans sa petite maison.

J'étais toujours assis avec Paul derrière la haie et observais les fenêtres allumées. Les ombres de la forêt ne cessaient de se rapprocher, douces et silencieuses sous le cri des nuages de feu de la nuit tombante. Je sentais la chaleur me monter au visage. J'avais honte d'espionner ce vieil homme. Je ne pouvais m'empêcher de le voir, muet devant les murs blancs des salles du château, peindre l'enduit de chaux d'un pinceau délicat et tranquille. Un jour que, deux heures durant, nous avions travaillé côte à côte sans échanger la moindre parole, il se tourna vers moi, sourit et me dit :

« Je suis effroyablement fatigué, mon garçon. Je crains que la mort ne m'ait oublié. »

Je saisis le bras de Paul et lui chuchotai qu'il fallait que je rentre à la maison. Jamais je n'ai dit à Paul un mot de ce que le vieux M. Gohl m'avait dit.

DOCTEUR SPODECK

Christine entra dans mon cabinet et déposa la carte sur mon bureau.

« Docteur, savez-vous qui veut vous voir ?

– Dites-le moi. Christine.

– Le nouveau maire. Il attend dans l'antichambre.

– Laissons-le attendre, Christine. J'ai besoin de vous ici. »

Christine s'assit, et je lui dictai les notes prises sous forme de quelques mots clés, ces petites pierres, chaque jour plus nombreuses, de l'histoire des patients qui me semblaient importants. Une recherche du détail effectuée avec un pédantisme inusité. Ces notes n'avaient qu'un lointain rapport avec l'anamnèse nécessaire au traitement des malades. Ces remarques étaient uniquement destinées à ma collection personnelle de cas médicaux.

De son écriture ronde et légèrement enfantine, Christine écrivait sur les fiches les mots qu'elle ne comprenait pas. Le visage collé au carton comme si elle avait été myope, elle passait et repassait avec lenteur le bout de la langue sur ses lèvres. Comme je marquais un temps d'arrêt, elle leva la tête et me regarda :

« Docteur, vous ne devriez pas laisser le maire attendre.

– Pourquoi pas, Christine ? Les usages de la profession ne m'autorisent malheureusement pas à ajouter sur la plaque de mon cabinet, à côté de mon horaire de consultation, l'indication que je ne souhaite nullement voir le maire de cette ville. Accordez-moi le misérable plaisir de laisser au moins cet homme attendre.

– Il ne vous a rien fait, docteur. Vous ne le connaissez même pas.

– Vous avez raison, Christine, je ne le connais pas. Mais ce n'est pas moi non plus qui lui ai demandé de venir. Je ne veux pas avoir de rapport avec cet homme. Il exploite la situation, qui veut que j'ouvre mon cabinet au public, pour me rendre visite. C'est révoltant.

– Docteur, vous êtes très injuste.

– Oui, Christine. »

Et comme elle se taisait, je poursuivis :

« Je suis injuste, mais j'ai aussi trente ans de plus que vous. Permettez-moi donc d'en croire mon expérience. »

Christine garda le silence et, de son écriture ronde et ingénue, elle continua à écrire sur les fiches ce que je lui dictais.

« Vous êtes un homme très occupé, docteur, dit le maire en me saluant, après que j'eus autorisé Christine à le faire entrer.

– Vous avez raison.

– Nous nous entendrons donc parfaitement. Moi aussi, je suis très occupé. Je suis incapable de rester une heure dans une salle d'attente à ne rien faire. Une salle d'attente d'ailleurs où il n'y a pas d'autre patient que moi.

– L'été arrive. Mes patients sont aux champs. Revenez en octobre : ma salle d'attente sera pleine à souhait.

– A l'avenir ma secrétaire vous téléphonera chaque fois que j'aurai besoin de vos services, docteur.

– Comme vous voulez. Cela dit, ça fait six mois que mon téléphone ne fonctionne pas.

– Je vais faire le nécessaire pour qu'on vous le répare, docteur.

– Ne vous donnez pas cette peine. Je ne m'en suis jamais servi. »

Il s'était assis sur la chaise à côté de mon bureau.

« Je suis venu vous voir parce que j'ai des insomnies, docteur. Depuis plusieurs semaines, je ne dors que trois ou quatre heures. Je me réveille au milieu de la nuit et je n'arrive plus à me rendormir.

– Vous prenez des cachets ?

– Oui, mais je ne les supporte pas. Ça me provoque des éruptions de boutons. Cherchez pourquoi je ne peux pas dormir et arrêtez-moi ça.

– Vous voyez les choses comme un gamin, monsieur le maire.

– J'attends de vous que vous fassiez votre travail, docteur. Rien de plus. »

Je l'observais sans plus l'écouter. C'était un quadragénaire obèse avec un début marqué de calvitie. La couleur rosée de sa peau portait à croire qu'il faisait de l'hypertension. Ses yeux inquiets roulaient derrière des coussins de graisse et me disaient qu'il était moins assuré que son aplomb ne voulait le faire croire. Son costume lui était trop étroit, de même que sa chemise. Le col ouvert, sa cravate desserrée pendait de travers. Il était mal rasé. Sur son cou qui débordait de son col de chemise, on voyait quelques poils de barbe noire. Une tête de porc, pensai-je.

Je mis mes lunettes, pris une feuille de papier dans mon tiroir et posai mes questions. Il y répondit de mauvaise grâce. Je dus recommencer plusieurs fois. C'en était trop.

« Docteur, je n'arrive pas à dormir. Quel est le rapport avec mes parents ? Vous me prenez pour un fou ?

– Sur le plan médical, je ne peux pas l'exclure à priori, monsieur le maire.

– Ne m'énervez pas. Je peux être désagréable.

– Je ne cherche pas à vous énerver, monsieur le maire. Vous venez à ma consultation sans rendez-vous. Je mène mon examen comme bon me semble.

– D'accord, mais alors pourquoi avez-vous besoin de savoir quelles maladies ont eues mes parents et toute ma famille ? Docteur, puis-je vous poser une question ?

– Je vous en prie.

– Que faisait votre père ? Ce n'était sûrement pas un ouvrier.

– Il était patron. Je crois que vous diriez que c'était un capitaliste.

– C'est à peu de choses près ce que je pensais. C'est votre maladie héréditaire, docteur. Mais nous ne sommes pas rancuniers. On ne peut pas choisir ses parents.

– Exactement.

– C'était donc un capitaliste. Il avait une usine ?

– Est-ce que les établissements thermaux Böger vous disent quelque chose ?

– Non.

– Ce Böger, c'était mon père. C'est lui qui a fait construire notre station thermale.

– Un capitaliste philanthrope, n'est-ce pas ?

– Je ne dirais pas cela, monsieur le maire. Ce n'était pas un philanthrope. Pour lui, c'était une bonne affaire. Une très bonne affaire.

– Jusqu'à ce qu'on le dépossède.

– Il n'a pas connu cet épisode. Il est mort deux ans avant la défaite.

– De quel défaite parlez-vous ? Vous voulez dire la libération ?

– Vous avez raison, monsieur le maire. Après tout, une défaite, c'est toujours un peu une libération. Puis-je continuer mon examen ? Déshabillez-vous, je vous prie.

– Encore une question, docteur. Qu'est-ce qui pend là à vos lunettes ? Une chaînette ?

– Oui. Une chaîne en or.

– Bizarre. Et elle sert à quoi ?

– C'est une chaîne de lunettes, monsieur le maire. Elle permet d'avoir toujours ses lunettes sous la main.

– C'est une merveilleuse invention. Extraordinaire. Où l'avez-vous eue ?

– Elle me vient d'un héritage.

– Et de qui ? Dites-le moi, docteur.

– Pourquoi voulez-vous savoir ça ?

– Répondez-moi d'abord. Quel mal y a-t-il à cela ?

– Elle me vient de ma tante. De la femme de mon père.

– De la femme de votre père ? De votre belle-mère ?

– Non, ce n'était pas ma belle-mère. C'était ma tante.

– Ah bon ! En tout cas, j'avais deviné juste. Ça vient d'une femme. En effet, docteur, je dois vous dire que cette chaînette en or fait femme. A votre place, je ne la porterais pas.

– Vous n'êtes pas à ma place.

– Vous êtes fâché, docteur ?

– Respirez à fond. Ne respirez plus.

– Vous êtes fâché, évidemment. Je n'aurais pas dû vous dire ça. J'aurais dû le garder pour moi.

– Ne respirez pas.

– Je n'ai pas votre instruction, docteur. Je ne suis allé que jusqu'en troisième et après j'ai suivi quelques stages. Tout cela a été rapide et fort réduit. Je n'ai pas de savoir-vivre, docteur. Je n'ai pas vos bonnes manières.

– Monsieur le maire, fermez votre gueule. Penchez-vous en avant, encore plus bas.

– Qu'est-ce qui vous prend ? Docteur, vous avez pété les plombs ?

– Vous pouvez vous rhabiller. »

Pendant que je prenais des notes, je sentais son regard posé sur moi. Il avait voulu me provoquer et il avait réussi. De ses gros doigts courts, il enfonça sa chemise dans son pantalon et me regarda d'un air satisfait.

« Docteur, que pensez-vous de mes insomnies ? Avez-vous trouvé quelque chose ?

– Votre secrétaire devrait demander un rendez-vous pour vous à Gessling, le curé.

– Que voulez-vous dire par là ?

– Vous êtes trop gras. Il y a de quoi abréger votre vie de trois ou quatre ans, si vous ne vous mettez pas au régime. Il faut par ailleurs que vous vous attendiez à une attaque dans les dix prochaines années. En dehors de cela, vous n'avez rien. En tout cas rien qui dépende de mon pouvoir, monsieur le maire. C'est votre conscience qui est la cause de vos insomnies.

– Merci, docteur, je suis rassuré. En ce qui concerne ma graisse, j'en ai pris mon parti. Quant à ma conscience, elle me tourmente moins que vous votre orgueil et la présomption de votre caste. »

Après son départ, Christine entra dans mon cabinet. Elle s'arrêta sur le seuil de la porte et attendit que je lève les yeux.

« Voulez-vous me dicter quelque chose, docteur ?

– Non.

– Alors je vais à la cuisine.

– Parfait, Christine.

– Docteur, pourquoi l'avez-vous vexé ? Nous aurons encore besoin de lui.

– Quand j'aurai besoin de lui, je lui dirai de venir. Et cette fois aussi, il faudra qu'il attende. Un jour, Christine, tu comprendras. »

MARLENE

La nuit j'avais rêvé d'eux, et le lendemain ils étaient là. Ce n'était pas une surprise. Je sais, maman, que mes rêves provoquent les choses. Ils font beaucoup de mal et aussi beaucoup de bien. Le bien me rend heureuse et le mal me fait pleurer. Mais je ne peux rien y changer. Les rêves viennent tout seuls dans ma tête. Je me suis déjà souvent demandé d'où viennent les rêves. Papa dit qu'ils viennent de tout au fond de moi. Mais je ne peux pas à y croire, car je ne veux pas le mal. Le curé dit qu'ils viennent de Dieu, la tante Hedel aussi. Mais je n'y crois pas non plus. Je pense qu'ils viennent de la forêt. Quand la nuit tombe, ils s'envolent et essayent d'entrer dans ma tête. Et je suis forcée de rêver mes rêves, et ce qu'ils m'ont montré arrive. Mes rêves sont les ombres qui tombent par avance sur la terre et m'annoncent les choses. Les bonnes et les mauvaises.

C'est comme avec toi. Je t'ai pleurée, maman, et tu ne m'as pas comprise. Tu croyais que j'avais peur parce que mes rêves me menaçaient d'un danger. Et au lieu de te cacher, tu me consolais et me mettais à la cave. Que tu es bête, maman ! Tu ne m'as pas écoutée, et tout est arrivé comme je l'avais rêvé. Et j'ai été obligée de vivre à la cave et maintenant je suis toute seule avec Papa.

C'est un grand bonheur pour lui de m'avoir encore. Lui, je le protégerai mieux. Et toi, maman, je n'ai pas non plus de raison de te pleurer. Les rêves m'ont montré que tu n'as plus mal. Que maintenant tu es heureuse. Ma pauvre, mon idiote de maman, mais pourquoi ne m'as-tu pas comprise ?

J'ai rêvé des Tsiganes, et le lendemain matin, pendant que je jetai l'eau dans la cour et que j'étendai mes oreillers dans le jardin, ils entraient dans la ville par la route goudronnée, là où poussent les sorbiers. J'ai réussi à voir les chevaux et les chiens, le vieux poney et les chèvres. J'ai fait signe aux Tsiganes. Je leur ai fait signe pour leur dire que je les attendais. Toute la journée, j'ai été heureuse et j'ai ri. J'aime quand les Tsiganes sont dans notre ville. Ils sont tous mes amis et mes serviteurs. Ils viendront. Ils m'appelleront princesse, m'apporteront de précieux cadeaux de lointains pays et s'agenouilleront à mes pieds. Et Carlos sera mon fiancé. C'est lui que j'ai choisi.

Je ne devrais pas parler de cela. Je le sais et je ne peux pas m'empêcher de rire. Ils disent que je suis folle, mais, maman, ce n'est pas vrai. Il ne faut pas les croire. Ils disent cela uniquement parce que je vois beaucoup plus de choses et en sais plus que ce que je suis capable d'en dire. Que dire en voyant le soleil décliner et la forêt commencer à s'embraser ? Mes fleurs s'ouvrir pour me saluer ? Ne suffit-il pas de tendre la main dans leur direction ? Mais il n'y a que mon père pour me comprendre. Il se plante à côté de moi, et nous regardons les choses ensemble et nous nous taisons. Il les comprend comme moi. Il sait comme moi ce qu'elles peuvent dire.

Et tante Hedel aussi. Elle ne dit pas que j'ai l'esprit dérangé. Elle vient même me chercher quand elle a de la visite, car il n'y a que moi qui puisse lui montrer ce que les rêves nous demandent. Tante Hedel me donne de l'argent et hoche la tête gentiment quand elle est contente. Avec cet argent, je paye mes serviteurs. Et je m'achète de ces bonbons dans les bocaux en verre à côté du comptoir.

Les gens disent que je suis folle. C'est drôle, maman.

Mes rêves m'ont dit que les fous, c'est eux et pas moi. Ils m'ont dit que je vois et sais ce que les autres ne peuvent ni voir ni savoir. C'est pour cela qu'ils se mettent en colère, se moquent de moi et disent que je suis folle. Mais mes rêves me disent qu'un jour ces gens verront ce que je vois. Ils auront honte et verront comme mes serviteurs s'agenouillent devant moi et font de moi leur princesse. Je cesserai alors de n'être que la princesse de mon père pour être celle de tous les fous qui me poursuivent et crient que je suis folle. Leur longue folie me désole. J'ai demandé à mes rêves de les délivrer, de ne pas les laisser croupir dans leur bêtise. Mais mes rêves m'ont dit d'être patiente. Le jour viendra. Et jusque là, il faudra que je patiente. Quand les gens m'interrogent, j'oublie ce que je sais, et je réponds comme eux. Ils sont déçus et disent que je deviens enfin raisonnable. Ça m'amuse et je ris. Ils ne savent vraiment pas grand-chose.

Oh, maman, pourquoi m'as-tu enfermée dans cette cave ? J'aurais pu te protéger. Tu étais tellement bête, tellement folle, mais maintenant tu vois enfin ce que je vois. Tu m'as enfermée dans cette cave lorsqu'ils ont voulu me prendre pour faire de moi leur reine. Tu étais tellement folle que tu as cru qu'ils te feraient reine, s'ils ne me trouvaient pas. Pauvre maman, tu es bête, archibête ! Plus personne ne peut aujourd'hui, quand mes serviteurs viennent saluer leur princesse, m'enfermer dans cette cave.

KRUSCHKATZ

Le matin du mercredi où je dirigeai mon premier conseil municipal, l'unique lame de rasoir que j'avais emportée dans mon bagage se cassa. Comme la séance avait été fixée à huit heures, il m'était impossible d'en acheter une autre. Je collai un sparadrap sur mon doigt blessé et me rendis à l'hôtel de ville sans m'être rasé. Je demandai que l'on me fasse un café et m'apporte des petits pains, et je m'assis à mon bureau pour réfléchir encore une fois au détail de l'ordre du jour. Je savais qu'ils attendaient que je fasse une faute et que, si je n'en faisais pas, ils essayeraient de m'avoir. Ils le voulaient uniquement pour pouvoir ensuite me corriger. Me donner une leçon qui leur donnerait confiance en eux et m'ôterait mon assurance. Un jeu insignifiant. Une crotte de poule de l'ancien poulailler jetée sous les pieds du nouveau coq. Ils oubliaient qu'ils avaient échoué quand Kruschkatz, le nouveau conseiller municipal, était arrivé. Kruschkatz, devenu maire, ils ne réussiraient pas plus à lui accrocher une casserole dans le dos.

Mais ils ne savaient pas que j'avais été à bonne école. A très bonne école. J'ai dû naître avec un bureau dans mon berceau. J'ai commencé petit, très petit, et j'ai dû gravir les marches une par une. Je n'ai jamais eu d'appuis, ni le père qu'il faut ou un oncle influent. En revanche, je n'ai jamais commis de faute involontaire et, jamais jusqu'à présent, je n'ai dû m'y reprendre à deux fois pour monter une marche.

Je n'étais pas sûr à l'époque qu'être maire d'un petit patelin me profiterait. J'ignorais si c'était le début d'une impasse, la fin de mon escalier. Il ne s'agissait alors pour moi que d'une nouvelle marche, et je me promettais de la gravir avec autant d'assurance et sans plus d'erreurs que les fois précédentes. Je savais qu'ils essayeraient de jouer avec moi, et j'étais certain qu'ils ne gagneraient pas.

A huit heures deux précises, j'entrai dans la salle du conseil, une salle tricentenaire ornée de boiseries. Je fis le tour de la table pour serrer la main de chacun et m'assis sur la monstrueuse et inconfortable chaise du maire. Je posai mes documents devant moi et me mis à les feuilleter. Quand je crus que le moment était venu de commencer, je me rejetai en arrière, fermai les yeux et me massai les tempes. Je savais qu'ils attendaient un discours, quelques mots nobles et pompeux sur ma nouvelle fonction et la manière dont je pensais la remplir.

Je ne voulais pas les décevoir. Je posai les mains sur le bord de la table, me levai, les regardai tour à tour et dis à voix basse en prenant un ton presque implorant :

« Je souhaite qu'aujourd'hui, comme lors des prochaines réunions du conseil municipal, on ne fume pas. »

Puis je demandai à Bachofen, qui était assis à côté de moi, d'aborder le premier point. Bachofen s'était lui aussi bien préparé. Sûr de soi, il parla d'une voix forte et dégagée, sans oublier de glisser à l'occasion des explications censées éclairer certaines situations qui m'étaient, à moi le nouveau, sans doute inconnues. Puis il referma ses dossiers et me regarda d'un air interrogateur, en espérant de ma part un signe approbateur. Inconsciemment il m'acceptait déjà.

Je lui souris

« C'est parfait. Mais je me permettrai encore d'exprimer un souhait. Vous savez aussi bien que moi pourquoi Schneeberger a été démis de ses fonctions. Vous n'avez pas pu empêcher ses erreurs, je ne vous en fais pas grief. Mais je pense que nous ne devrions pas non plus lui tresser une fausse couronne de laurier. Je souhaite donc qu'en cas de nécessité nous n'hésitions pas à mentionner le nom de Schneeberger, et que sinon nous n'essayions pas de lui imputer des sentiments qu'il n'a pas eus. Par ailleurs, les prochaines séances du conseil municipal commenceront à neuf heures. J'avais avancé celle d'aujourd'hui parce que je dois aller chercher ma femme à midi à la gare. Quelqu'un demande-t-il encore la parole à propos des explications du camarade Bachofen ? »

Il n'était à ce moment que huit heures vingt, et je savais déjà que j'avais réussi. Et j'étais satisfait et fatigué comme après une longue et heureuse journée. Je savais que le petit effort que j'avais fait pour préparer cette mauvaise mise en scène porterait ses fruits des années plus tard. Je ne devais pas me tromper.

La gare était à l'extérieur de la ville. C'était un grand bâtiment en briques jaunes, un magnifique monument construit à la fin du siècle dernier, avec de lourdes portes et de grands halls, l'impressionnante imitation d'un lustre en cristal et de nombreuses plaques émaillées qui prônaient l'hygiène et interdisaient de cracher par terre, à l'intérieur comme sur les quais. Trois guichets sur quatre étaient fermés, et la poussière trahissait qu'ils l'étaient depuis des années. Toute la population de Bad Guldenberg aurait probablement tenu dans ce bâtiment plus spacieux que l'église. Quelques décennies plus tôt, on lui avait donné ces dimensions pour en faire le monument porteur des grandes espérances locales, espérances d'une prospérité qui avaient vu l'avenir de la station thermale avec une trop grande insouciance. Et maintenant que la crise économique et les guerres avaient anéanti ces vastes projets à coups de crayon rouge et de ruines calcinées, la gare se dressait intacte et inutile, comme une pierre grise commémorant des souhaits jaunis et restés inexaucés.

A sa descente du train, nous nous dîmes bonjour. Irène jeta un regard sur le quai, contempla le hall des guichets, puis les lointaines maisons de la petite ville où elle allait passer les prochaines années de sa vie. Elle sourit, mais les larmes embuaient ses yeux. Je l'embrassai dans les cheveux et lui chuchotai à l'oreille :

« Je te le promets. »

Elle me regarda un instant, à la fois surprise et décontenancée, puis sourit à nouveau. Elle venait de comprendre que, disant ces mots, j'acceptais ce qu'elle m'avait demandé quelques jours plus tôt au téléphone : ne pas faire de vieux os dans cette ville.

Je pris ses valises, et nous nous dirigeâmes vers la ville. Nous marchions en silence. Je m'aperçus que, les yeux grand ouverts, elle regardait attentivement les environs, comme si elle avait voulu graver à jamais dans sa mémoire cet univers nouveau. Et secrètement je jurai de tenir ma promesse. Je ne voulais pas que cette femme, avec qui j'étais marié depuis dix-sept ans et pour qui j'éprouvais toujours les mêmes désirs, passe le reste de sa vie à dépérir dans un trou perdu, loin de la ville où elle était née, qu'elle aimait et qui lui était familière.

Quinze ans plus tard, nous habitions toujours dans cette petite ville, mais j'avais dû ramener Irène à Leipzig. Au bout de trois mois passés à l'hôpital régional, elle eut une mort horrible. Le cancer l'avait rongée. Son cadavre ne pesait pas plus que le corps d'un enfant de six ans. J'avais tenu ma promesse, mais d'une façon fort contraire à ma volonté et à mes espérances. Irène est morte et elle est enterrée dans la ville où elle est née. A la fin de mon existence, je n'ai pas encore réussi à me détacher de la mort de cette femme. Je ne me suis jamais senti aussi coupable sur cette terre que depuis la mort d'Irène, expiant ma faute dans une infinie solitude. Et s'il existait un semblant de dieu devant qui, après ma mort, je doive comparaître pour répondre de mes actes, de mes pensées et de mes paroles, je serais d'abord curieux de savoir comment il se justifierait devant moi. Mais peut-être que ma mort me rendra indulgent et que je continuerai, devant son trône et sa face, à nier Dieu pour lui épargner l'indicible justification de ce qu'il m'a fait.

Il n'empêche que le jour où j'étais allé chercher Irène à la gare et qu'elle avait vu pour la première fois la ville dont j'étais le maire, ni elle ni moi, nous n'avions imaginé sa lente et horrible agonie, chacun espérant au fond de soi ne pas devoir survivre à l'autre.

Je lui montrai notre appartement et j'étais heureux que les pièces lui plaisent. Je lui donnai beaucoup d'argent pour qu'elle puisse aménager l'ensemble comme bon lui semblait et sans compter sur moi, car j'étais occupé toute la journée et jusque tard le soir à l'hôtel de ville.

Trois ans plus tard, des écoliers trouvèrent le corps de Horn dans la forêt. Bachofen espéra que ce cadavre me serait fatal et écrivit de nombreuses lettres, davantage qu'il lui en aurait fallu. Mais je survécus à la mort de Horn ainsi qu'aux intrigues et idioties de Bachofen et restai maire de Guldenberg : dix-neuf ans au total. Pourtant la mort de Horn m'a coûté cher. Elle m'a coûté ma femme. J'ai perdu Irène. Car longtemps avant que le cancer ne l'emporte, elle s'était déjà éloignée de moi.

Une nuit d'octobre, après cet été dont on a tant parlé, j'étais au lit à côté d'elle ; je la caressais et j'avais envie d'elle. Soudain elle se redressa, alluma la petite lampe de chevet et me regarda en silence. Et comme, pour échapper à son insupportable regard inquisiteur, je lui demandai enfin ce qu'elle avait, elle me dit d'une voix indifférente :

« Je n'aurais jamais cru cela possible, mais tu me dégoûtes. »

La froideur irrémédiable de ses yeux me fit plus peur que cette phrase. Et bien que croyant alors la comprendre, je compris seulement beaucoup plus tard qu'elle m'avait quitté pour toujours. Nous continuâmes à vivre ensemble, et elle ne se refusait pas. Je l'aimais toujours, mais elle répondait à mes caresses par des regards étonnés et tolérait avec indifférence l'avidité de mon corps et mes étreintes passionnées. Je l'aimais, mais mon amour l'importunait. Quand je m'écartais d'elle, épuisé, je continuais à être inquiet et désespéré. Les bruits feutrés de la nuit entraient sous mes paupières brûlantes et dans ma bouche sèche et ils m'empêchaient de dormir. Etendu à côté de ma femme, impitoyable et inaccessible, je commençais à me dégoûter moi-même.

GERTRUDE FISCHLINGER

Il faisait très chaud, cet été-là. En juillet, ma phlébite recommença à me faire souffrir, et comme je ne pouvais pas fermer mon magasin et que j'étais obligée de rester debout toute la journée derrière mon comptoir, j'eus bientôt une thrombose dans la jambe. Dès que j'avais une minute à moi, je m'asseyais et levais les jambes, et pourtant je pouvais à peine marcher tellement j'avais mal. Le soir, je me faisais des compresses humides et, assise à la table de ma chambre, les pieds posés sur la banquette, je collais sur les feuilles de décompte de l'administration les tickets de rationnement que durant la journée j'avais conservés dans une boîte en fer.

Je restais la moitié de la nuit dans mon lit sans dormir. Quand ce n'étaient pas les soucis que Paul me causait, c'étaient les jambes qui me faisaient mal. Je n'allais pas voir le médecin. Je savais ce qu'il me dirait, comme je savais aussi qu'il ne pourrait pas trouver quelqu'un pour me remplacer à la boutique. Je ne pouvais pas demander cela à Paul. C'était certes les vacances d'été, et il avait presque la taille d'un homme, mais si je l'avais laissé seul dans la boutique, il m'aurait volé. Chaque jour, je restais donc debout, les jambes enflées, dans mon magasin pour ne pas avoir à subir en plus du reste cette humiliation de la part de mon fils.

J'étais habituée aux phlébites. Même la nuit de mes noces, j'avais eu les veines gonflées. J'avais peur, mes jambes me faisaient mal et j'avais des nausées à cause de l'alcool, mais mon mari n'eut aucun égard pour moi.

« C'est notre nuit de noces », se contenta-il de dire.

Il enleva mon voile. Je dus me déshabiller. Puis il déplia le magnifique et précieux tissu, m'en recouvrit de la tête aux pieds et se coucha sur moi.

Le matin, en voyant le voile déchiré et taché de sang, il dit avec un sourire :

« Tu étais la plus vieille pucelle que j'aie jamais eue. Mais mieux vaut tard que jamais. »

Deux jours plus tard, je rapportai le voile à la mère de mon amie Juliane. Elle le déplia, constata la déchirure et mes efforts maladroits pour l'arrêter avec du fil à coudre, vit sans doute les traces décolorées que mon sang avait laissées et qui, malgré les multiples lavages et blanchissages, n'avaient pas disparu et, sans dire un mot, me regarda avec un profond mépris. Mon sang se glaça dans mes veines. Toujours en silence, elle replia très lentement le voile et ce de façon à ce que la marque de mon supplice et de ma honte se retrouve bien visible sur le dessus et me crève les yeux. Puis elle enleva les plis en veillant à ce que ses doigts ne touchent pas la fraîche cicatrice du voile.

« Je vous demande de m'excuser », dis-je.

Elle me regarda en pinçant les lèvres, puis elle se retourna et sortit de la pièce avec le voile. Je m'enfuis dans la rue.

Le cinquième mois de ma grossesse, mon mari se mit à rentrer de plus en plus rarement le soir à la maison. Je ne savais que faire pour le retenir. Et avant même la naissance de Paul, il emménagea dans la rue du Moulin chez une femme plus jeune que moi. La chose la plus dure pour moi était que cette femme, qui vivait avec mon mari, venait faire ses courses dans ma boutique et que je n'osais pas la mettre à la porte, parce que j'avais peur de le fâcher.

Quand Paul eut quatre ans, mon mari partit avec cette femme dans une autre ville. Je le lui avais demandé. Dans une aussi petite agglomération que la nôtre, c'est dur de vivre quand votre mari ne rentre jamais à la maison, ne veut pas voir son propre fils et vit au vu et au su de tout le monde chez une femme plus jeune et plus belle que vous. Je lui avais demandé de quitter la ville, parce que je ne supportais plus de les voir presque tous les jours, lui et son amie, et parce que l'insolente curiosité et l'hypocrite compassion de mes clients m'empêchaient de respirer. Je lui avais demandé de quitter la ville, et il accepta parce que j'étais prête à renoncer à la pension alimentaire qu'il me devait pour son fils. Je n'ai jamais sombré dans un si heureux désespoir, ni pleuré dans mes draps avec un tel sentiment de délivrance que l'année où il partit enfin et pour toujours. Nous ne nous sommes revus qu'une fois, bien qu'aux yeux de la loi nous soyons toujours mari et femme, puisque ni lui ni moi n'avons demandé le divorce. J'ignore pourquoi il ne l'a pas fait. Quant à moi, je n'avais aucune raison de divorcer. J'étais soulagée de ne plus le voir. C'était tout. Il est peut-être mort aujourd'hui. Je n'en sais rien.

A cette époque, mon amie m'aida chaque fois qu'elle le put. Juliane ne s'est jamais mariée. Elle était gouvernante chez le curé Gessling. Elle s'occupait de son ménage et soignait le directeur de conscience dont la santé était chancelante ; celui-ci avait été dans sa jeunesse missionnaire dans les pays tropicaux et souffrait depuis de fréquents accès de fièvre jaune. A chaque crise, il devait garder le lit des journées entières.

Juliane m'aida beaucoup. Certains jours, elle restait deux ou trois heures dans mon magasin pendant que, allongée sur ma banquette dans l'arrière-boutique, je lui criais par la porte ouverte où elle pouvait trouver les marchandises demandées. Quand il n'y avait pas de clients, elle venait dans l'arrière-boutique, où nous discutions en prenant le café.

Les mauvaises langues ne l'épargnaient pas, elle non plus. Elle en souffrait beaucoup, bien qu'elle se souciât moins de sa propre réputation que de celle du curé. Elle le vénérait et le considérait franchement comme un saint homme. Les racontars et les calomnies qui couraient sur le curé Gessling et sur elle ne la blessaient qu'à cause de lui. Je ne me souviens pas que Juliane ait jamais dit qu'elle ne succomberait pas un jour.

En guise de réponse, elle disait toujours : Celui qui dit ça ne connaît pas le révérend.

Son curé lui tournait un peu la tête. Mais Juliane était une bonne âme et ma meilleure amie. Aucun être sur cette terre n'a fait pour moi autant qu'elle. Ni ma mère, ni mon mari, ni mon fils. Personne. Et encore moins M. Horn.

M. Horn était aux yeux de Juliane un être possédé du démon. Quand elle le voyait, elle le contemplait avec méfiance, en clignant des yeux. En sa présence, elle ne disait pas un mot et, comme il ne lui adressait jamais la parole, elle n'était pas obligée de parler avec lui. Quand il sortait de la pièce, elle jetait un regard sombre sur la porte derrière laquelle il venait de disparaître. Puis se tournant vers moi, elle répétait son sempiternel avertissement :

« Gertrude, cet homme n'est pas heureux. Méfie-toi de lui ! Il portera aussi malheur à d'autres. »

Je me moquais d'elle. Je voyais bien par moi-même que M. Horn n'était pas heureux et je savais également qu'il était loin d'avoir fait entrer le bonheur dans ma maison. Mais je n'arrivais pas à m'imaginer comment il aurait pu me rendre encore plus malheureuse que je l'étais. Les prédictions de Juliane pourtant m'inquiétaient.

Aujourd'hui après tant d'années, je dirais qu'elle avait raison.

Quinze jours avant l'enterrement de M. Horn, l'administration libéra sa chambre. Je pouvais enfin me déplacer à nouveau chez-moi sans avoir à me gêner, ni avoir d'égard pour un locataire presque invisible.

Les scellés levés, Juliane pénétra la première dans la pièce. Elle brûla des bâtonnets d'encens sur une assiette de porcelaine en murmurant des prières. Comme elle me l'avait demandé, je demeurai sur le pas de la porte et la regardai sans rien dire. L'encens consumé, elle ouvrit les deux fenêtres et me dit qu'à présent je pouvais rentrer.

« C'est contre les esprits du mal, dit-elle pour répondre à mon regard incrédule.

– Ça n'a plus rien de chrétien, Juliane, c'est de la pure superstition, remarquai-je. J'aimerais savoir ce que ton curé pense de ces pratiques de sorcellerie. »

Juliane prit l'assiette et la porta à la cuisine. Puis elle enfila son vieux manteau noir, prit son sac à provisions et se planta devant moi.

« C'est pour ton bien, Gertrude. Les lourdes pensées des malheureux morts demeurent plus longtemps ici-bas que les joies de ceux qui s'en sont allés en paix. » dit-elle avec son habituelle insistance désabusée, et qui ne supportait pas la contradiction.

Puis elle fit le signe de la croix, à la fois pour elle et pour moi, me signifia d'un signe de tête qu'elle était satisfaite et sortit.

CHAPITRE 3

Continue, mon garçon.
Vous m'avez fait très peur. Ce jour-là. Lorsque je vous ai trouvé.
Hé oui, la vie n'est pas drôle.
Ce n'était pas la vie, mais la manière dont vous êtes mort.
Oui, la mort non plus n'est pas drôle.
Vous étiez complètement changé. Votre langue, vos lèvres...
Cela n'a pas d'importance. Ce n'était que la fin.
Je ne peux pas oublier cette image. Je vous vois dans le bois...
Ça n'a pas d'importance ! Et avant ?
Il s'est passé beaucoup de choses pendant ce temps. Le temps a passé. D'autres visages, d'autres villes....
Pour moi, rien n'a changé. Ce qui s'est passé demeure. Je le revis jour après jour. Toujours les mêmes événements, toujours les mêmes conversations.
Mais moi, je ne suis plus le même. Je serai bientôt un vieillard.
Il ne faut pas que tu oublies, mon garçon. Si tu m'oublies, je mourrai vraiment. Mais alors l'enfer réveillera les morts.
Que voulez-vous que je vous dise ? Je vous ai déjà dit tout ce que je sais.
Je ne peux vivre que dans ta mémoire, mon garçon. Fais un effort. Je t'en prie.

THOMAS

L'année d'avant, pendant les vacances, je m'étais rendu seul au château pour la première fois. Le déjeuner terminé, j'étais parti par la cour, avant même que notre mère puisse nous distribuer, à mon frère et à moi, les tâches pour le restant du jour. Je savais qu'il y avait les groseilles à cueillir. Ma mère avait planté d'interminables rangées de cassis et de groseillers. Et pendant les vacances, il fallait parfois que je l'aide à la cueillette. Pendant qu'accroupi au pied des buissons poussiéreux, qui m'égratignaient les bras et le visage, je détachais, avec une rage contenue, les petites grappes, ce qui me révoltait le plus c'était qu'à chaque printemps on était forcé de donner aux poules quelques bocaux de fruits au sirop parce qu'ils avaient fermenté. Et pourtant ma mère continuait à faire beaucoup plus de conserves que nous ne pourrions en manger, tout en se contentant de répondre à nos reproches :

« Il faut prendre des précautions pour l'hiver. »

J'étais parti sans savoir ce que, le soir, je pourrais dire pour m'excuser. J'étais parti sans savoir ce que j'allais faire de mon après-midi. J'aurais aimé pouvoir m'allonger sur mon lit et lire. Mais impossible d'aller dans ma chambre. On aurait commencé par m'y chercher, et j'aurais été obligé de suivre ma mère au jardin.

Je quittai la ville en n'ayant envie de rien. Je trouvai quelques champignons au pied du panneau de localité. De petits champignons des prés parfumés que, quelques pas plus loin, je jetai dans le fossé. Le soir, je serais puni, et il était inutile de vouloir amadouer ma mère avec une poignée de champignons.

Des fourmis rouges couraient sur les pierres des remparts du château en ruine. Comme je leur soufflais dessus ou les touchais avec un petit bâton, des araignées aux longues pattes sautaient de frayeur et disparaissaient à toute vitesse entre les herbes. Des lézards se chauffaient au soleil. Des lézards. La plupart des garçons de ma classe possédaient plusieurs queues de lézard. Ils disaient que c'était très facile de les attraper. Et que quand ils perdaient leur queue, ça ne leur faisait rien. Ils pouvaient tout simplement s'en séparer, et une nouvelle poussait à la place. J'aurais donné beaucoup pour avoir le petit bout grisâtre et desséchée de la queue d'un de ces reptiles aux couleurs irisées. Quelqu'un dans ma classe allait même jusqu'à affirmer qu'il avait attrapé un lézard auquel il aurait pu arracher trois queues par jour tellement elles repoussaient vite.

Je m'approchai doucement de la pierre et attendis que le lézard ait tourné la tête sur le côté. Puis je bondis. Mais le petit animal mordoré disparut en un clin d'œil. Je n'avais même pas réussi à le toucher. J'étais à la fois déçu et soulagé. J'avais eu peur qu'il se mette à crier au moment où je lui aurais arraché la queue. Ou qu'il tourne vers moi sa petite gueule avec sa langue en forme d'antenne frissonnante.

Le soleil était encore haut dans le ciel, et comme je ne voulais pas rentrer à la maison avant l'angélus du soir pour ne pas devoir affronter trop tôt la punition inévitable, grimpant pardessus les gros blocs de pierre envahis de broussailles, restes des remparts en ruine, je montai au château. Devant les douves où, comme disait Paul, il devait y avoir des serpents venimeux. Je remontai sur la route qui conduit à l'entrée du château.

C'est un vieux château fort avec un donjon, une grande habitation, de nombreuses écuries et un puits inutilisable. Le seul chemin pour y monter serpente. Il aboutit à un petit pont-levis à l'entrée du château. Le pont est détruit, les épars en fer sont rouillés, les chaînes ont disparu. Au lendemain de la guerre, on avait transformé l'habitation en jardin d'enfants, que l'on avait dû déplacer bien vite ailleurs. Les murs épais de plusieurs mètres sont humides et, en hiver, il est impossible de chauffer. Depuis, on y a aménagé un musée. La plupart du temps, la grande salle lambrissée du premier étage que l'on utilise pour les cérémonies reste fermée. Les autres salles contiennent les vitrines et les armoires vitrées du musée.

Un jour, nous étions allés au château, mon père, mon frère et moi. Je m'en souviens encore et nous vois plantés devant les vitrines et moi qui m'ennuie. Il y avait sous les vitres de vieilles pierres et de simples outils anciens. Les lunettes relevées sur le front, mon père nous lisait le texte des étiquettes qu'il fixait en clignant des yeux. Puis il se redressait, lâchait ses lunettes, qui retombaient sur son nez, nous demandait si nous avions tout compris et sans attendre notre réponse, il se lançait à nouveau dans de grandes explications.

J'ai le souvenir d'yeux de verre jaunes. Dans un paysage de lande reconstitué, des renards et des blaireaux empaillés couraient, sautaient ou se couchaient, immobilisés dans une attitude forcée, à laquelle on les avait condamnés pour toujours. Avec leur iris ambre clair, leurs yeux de verre avaient tous la même couleur et la même taille et ressortaient de sous les paupières. Partout où j'allais, ils me poursuivaient, attachaient leur regard sur moi. Ces yeux vides de toute expression m'obligeaient sans cesse à les regarder. Et comme je voulais me détourner et quitter la salle, et qu'ils s'enfonçaient dans mon dos, je tournais la tête d'un seul coup dans leur direction pour ne pas, à mon insu, être à la merci du danger qu'ils constituaient et de leur indéfinissable menace. Désormais, les yeux de verre allaient être pour moi le plus sinistre présage de la mort. Ils me terrorisaient plus que le squelette de l'école qui, sous sa forme extra-humaine, m'amusait davantage qu'il ne me terrifiait. De même, les images de la mort dans les livres d'art de mon père me semblaient plus sympathiques et plus gaies, avec leurs squelettes ricanant qui dansaient au bras de grosses jeunes femmes aux visages rougeauds ; leurs carcasses d'os vaporeuses qui, semblables à des valets d'écurie, chevauchaient avec audace des attelages lancés au galop ; et leurs séniles aventuriers armés d'une enviable collection d'armes et d'instruments extravagants.

Même le premier mort que je vis me fit moins peur. Alors qu'il était couché dans son cercueil et que j'osais le regarder en face, je retrouvais l'allure familière de l'être avec qui je parlais, quand bien même il fût à présent immobile, plus petit que de son vivant, un foulard de soie noire noué autour de son cou balafré. Et seule l'interdiction de toucher le cadavre me faisait peur et me laissait présager qu'il y avait dans mon existence quelque chose d'irrémédiablement perdu, que j'étais devant un étranger inaccessible. Pourtant ce mort ne me faisait pas peur. Je marchai à côté de mon père et m'approchai tout naturellement pour le regarder. Son visage était gonflé et couvert de taches, différent de ce qu'il avait été de son vivant, tout en me donnant l'impression que je pouvais lui parler. En revanche, les yeux luisants des momies animales censés contrefaire la vie et qui, malgré une grande habileté, fixaient sur moi un regard mort et inexpressif, dégageaient une menace mortelle.

C'est lors de cette visite du musée que je fis la connaissance de M. Horn. Un homme d'une quarantaine d'années aux cheveux clairsemés entra par une petite porte dérobée, la ferma derrière lui, examina les visiteurs présents, puis se dirigea vers mon père. Comme celui-ci lui parlait très fort, les autres gens se retournèrent vers nous. M. Horn lui répondait à peine : il semblait gêné. Mon père me présenta en m'appuyant tout à coup sur la tête avec la main droite pour que je lève le nez. Puis il regarda autour de lui à la recherche de mon frère. Il l'appela, et celui-ci fut également obligé de tendre la main à M. Horn et de lever le nez sous la pression paternelle.

Au cours de la visite, notre père nous dit que M. Horn dirigeait le musée depuis quelques mois. Il avait dû quitter Leipzig, où il exerçait une fonction importante.

« Une sombre histoire, une affaire de politique, murmura mon père, avant de donner une petite tape à mon frère. Ne salis pas les vitres ! »

Et voilà que maintenant je m'étais rendu en solitaire au château. J'achetai un billet d'entrée et grimpai l'escalier à vis du donjon. Dans la plus haute salle, la salle de guet, les murs d'un mètre d'épaisseur étaient percés à intervalles réguliers d'étroites ouvertures. Les profondes niches qui donnaient sur l'extérieur avaient été récemment vitrées. Des panneaux renvoyaient à des dates historiques. Je regardai la ville et ses toits de tuiles rouge pâle et jaunes, qui se serraient près du clocher de l'église. Je contemplai la place du marché vide et suivis le tracé sinueux des rues. Et j'imaginai en souriant la destruction de cette ville, une pensée qui, là-haut dans ce vieux château fort, du haut duquel autrefois l'on avait jeté sur l'ennemi des flèches d'acier, des boulets de pierre et du goudron brûlant, m'apparaissait si naturelle et libératrice.

Je ne voulais tuer ni blesser personne ; mon seul souhait était de me détacher complètement de cette ville et des onze premières et terribles années de ma vie. Je voulais les oublier, les effacer radicalement comme si elles n'avaient jamais existé. J'avais peur que cette ville et mon enfance s'accrochent à moi pour toujours et que je ne puisse plus jamais les gommer. Cette vie, je la ressentais comme une unique préparation, un billet d'entrée pour la vie ultérieure, la vraie vie. Comme un aigle, je m'élèverais alors pour monter, plus haut, toujours plus haut. Je n'avais pas de désir plus violent que d'être enfin adulte. Je ne voulais plus satisfaire aux ordres, aux petites obligations, aux tâches infinies de l'enfant. Je ne voulais plus devoir me soumettre plus longtemps aux tests de courage et aux épreuves de virilité qui, les trois quarts du temps, se soldaient par un échec et me rendaient ridicule. Je haïssais tout cela. Et je ne voulais plus entendre dire que l'enfance est le plus beau moment de la vie et que tous les adultes, à ce qu'on prétend, regrettent cette effroyable impuissance, cette bousculade à hue et à dia, ces chaînes qui m'accablaient jusque dans mes rêves. Je voulais être adulte pour pouvoir disposer seul de moi-même. Faire ou dire quelque chose sans être obligé d'en donner les raisons et de s'excuser, de rendre des comptes sur le champ. J'étais convaincu que ma vie ultérieure, ma vraie vie, serait extraordinaire, que je m'étonnerais moi-même. J'allais quitter cette ville, la quitter et l'oublier, et avec elle toutes les vexations et les humiliations que l'on m'avait fait subir. J'allais m'en aller pour enfin vivre.

La porte de la salle de guet s'ouvrit. M. Horn entra. Il se dirigea vers l'une des vitrines, l'ouvrit et poussa une vitre sur le côté. Avec précaution, il sortit un morceau de métal noirci par les ans de la poche intérieure de son veston, le posa entre des tessons de terre cuite, déplaça les autres objets et en contempla d'un air soucieux la nouvelle disposition. Puis il referma la vitrine à clé. Il en fit le tour, la tête penchée en avant à la manière d'un vautour. Les mains enfoncées dans les poches de son veston, il se tourna vers moi :

« Regarde autour de toi. Tout cela est très vieux. Trop vieux pour mentir encore. »

Il fit un geste vaguement circulaire, se tourna dans une autre direction et donna un petit coup sur une vitre.

« Quelques cailloux, quelques tessons, la vérité. Ce n'est pas rien, mon garçon. »

Embarrassé, je hochai la tête.

« Moi aussi, quand j'aurai fini l'école, je travaillerai ici. »

J'avais la bouche sèche, la voix cassée. Je ne savais pas pourquoi je lui avais menti. Jamais, au grand jamais, je n'avais pensé farfouiller dans un musée poussiéreux, classer d'inutiles tessons de terre cuite et fouiner dans des papiers jaunis. Je sentis le sang me monter à la tête. J'avais la langue pâteuse.

« Ah bon ? me demanda M. Horn, incrédule. Vraiment ? »

Il haussa les sourcils.

« Oui. »

Je continuais à mentir en hochant la tête avec énergie. Je voulais à la fois le convaincre et affronter mon propre étonnement devant mon mensonge et la honte qui m'oppressait.

« Pourquoi vouloir aller t'enterrer dans un musée, mon garçon ? Tu t'intéresses aux morts ? »

Je ne savais que répondre. J'avais espéré que mon mensonge le mettrait dans de bonnes dispositions. Il semblait au contraire l'avoir vexé.

« C'est tellement intéressant ici », bredouillai-je.

Il me regarda, ses mâchoires remuèrent, mais il ne dit rien. Il me fit un petit geste du doigt, et je le suivis. Nous descendîmes les marches de l'escalier à vis et entrâmes en face dans le bâtiment principal. Les yeux rivés sur son dos, j'étais inquiet. Je pensai à mon père et à ce que j'allais devoir lui raconter le soir. Et je réfléchis aux raisons gratuites de mon mensonge.

Dans son bureau, il me demanda de prendre place. Il s'assit à côté de moi et m'interrogea sur l'école et mes parents. Puis pour finir, il me dit que je pouvais venir à tout moment au musée pour aider. Je pourrais regarder les travaux de restauration ou prêter la main à M. Gohl, le peintre du musée. Je répliquai que ça me plairait beaucoup et que j'étais très content. Et disant ces mots, j'eus le sentiment de ne plus mentir. Je croyais vraiment pouvoir y trouver du plaisir et je me proposais de passer tous mes moments de liberté au château.

M. Horn se leva et pour la première fois me sourit :

« Nous voilà donc collègues, Thomas. Je pense que cela va te plaire.

– Je le pense aussi.

– Ce n'est qu'un petit musée et pourtant, nous aussi, nous écrivons l'histoire. C'est nous qui avons à répondre de la vérité ou du mensonge des récits. Est-ce que tu comprends cela, Thomas ?

– Bien sûr.

– Non, tu ne comprends pas. La vérité ou le mensonge, c'est une effroyable responsabilité. Celui qui aurait vraiment compris cela ne trouverait plus le sommeil. »

Je ne saisissais sûrement pas ce qu'il voulait dire, mais je ne comprenais pas non plus pourquoi il parlait si fort maintenant, pourquoi il me houspillait de la sorte. C'était sans doute très important pour lui de me dire cela, et je me contentais donc de hocher la tête. M. Horn me sourit à nouveau, ouvrit la porte, me reconduisit et me serra la main.

« Il ne faut pas avoir peur de moi, Thomas. Ici, c'est très beau. Tu vois les nids d'hirondelles ? Nous avons même une cigogne sur le toit. Tu te plairas chez nous. »

KRUSCHKATZ

J'ai rencontré Horn sept ou huit fois après ma nomination à la mairie de Guldenberg. Les trois quarts du temps pour des raisons administratives, après tout j'étais son supérieur. Je suis incapable de dire pourquoi nous nous sommes vus si rarement. Dans une aussi petite ville, on croise des tas de gens plusieurs fois par jour. Il a dû vouloir me fuir. A moins que nous nous soyons évités l'un l'autre du fait que, depuis le procès de Leipzig, nos chemins s'étaient définitivement séparés. Nous n'avions manifestement aucun point commun, ce qu'à l'époque j'avais regretté.

Je continuais à estimer Horn et m'efforçais de le traiter avec gentillesse. Le cœur sur la main, comme disent les Italiens. Peine perdue. Il refusait d'oublier Leipzig, et ne pouvait pas comprendre.

On n'avait pas été juste avec lui, c'est sûr, et j'avais ma part dans cette injustice, je ne l'ai jamais nié. Mais il existe une morale supérieure devant laquelle la justice et l'injustice s'équilibrent ou se réduisent à des valeurs équivoques. L'injustice, historiquement nécessaire, commise envers lui, l'avait été au nom d'une justice supérieure, au nom de l'histoire. Je n'avais été que l'organe exécutant, le minuscule truchement de cette loi d'airain. J'espérais pouvoir le lui faire comprendre. Non pas parce que je voulais m'excuser, mais parce que je voulais l'aider. Mais Horn continuait à se sentir injustement traité. Il ne voyait qu'une chose : j'avais ruiné sa carrière scientifique ; et il était incapable ou n'avait pas envie de sortir du refuge où il enfermait son honneur blessé. Il s'était installé dans l'apitoiement sur soi et préférait vivre en solitaire, puisqu'il était dans son droit.

Une fois par an, il était obligé de se rendre à l'hôtel de ville pour me présenter son rapport d'activité. En réalité, il y venait souvent, plusieurs fois par mois, mais moi, il ne me voyait que ce jour-là.

« Vous m'avez convoqué », dit-il en guise de bonjour, la première fois qu'il entra dans mon bureau.

Il s'arrêta sur le seuil de la porte. Quelqu'un qui ne le connaissait pas aurait pensé que c'était par modestie et déférence qu'il n'osait pas s'approcher et me regarder dans les yeux. Moi, je savais que ce n'étaient ni le respect ni même l'obséquiosité qui l'empêchaient de se présenter avec aplomb devant moi, mais uniquement son orgueil demeuré intact. Et je me promis de ne jamais entrer dans le jeu de la distance et de la froide politesse qu'il me proposait. Je me levai donc et allai à sa rencontre, le sourire aux lèvres et la main tendue.

« Non, camarade Horn, tu te trompes. Je ne t'ai pas convoqué mais invité. Tu ne veux pas t'asseoir ? »

Il fit semblant de ne pas voir ma main et se dirigea vers l'un des fauteuils. Je le suivis, mis une main sur son épaule et dis sur un ton encore plus aimable :

« Je suis heureux qu'à nouveau le hasard nous réunisse. Je suis heureux que nous puissions travailler ensemble, camarade Horn. »

Il ouvrit sa serviette en silence, en tira quelques papiers et les poussa vers moi. Je m'enfonçai dans mon fauteuil sans regarder ses papiers. J'attendis pour le forcer à parler, mais il leva les yeux et se contenta de dire :

« Vous vous trompez, monsieur le maire. Je ne suis pas votre camarade. Je ne suis pas membre de votre parti. »

Je continuai à sourire :

« Il ne faut pas me dire ça. Comme tu sais, c'est moi qui ai établi la demande de ton exclusion. Il n'empêche, Horn, que tu sois membre du Parti ou non, tu seras toujours mon camarade. »

Rien dans son regard gris et froid ne permettait de voir s'il comprenait comme je m'humiliais devant lui. Ni de se rendre compte s'il m'écoutait. Du bout du doigt, il remit en ordre les papiers posés devant moi.

« Mon rapport annuel, monsieur le maire.

– Je suis convaincu qu'il est bien fait. Je l'accepte sans le lire.

– Je peux donc m'en aller.

– Peut-être pourrions-nous discuter un peu ensemble. Puis-je envoyer quelqu'un te chercher un café ? »

Horn s'était levé, avait fermé sa serviette et attendait que je l'autorise à sortir. Depuis qu'il était entré dans mon bureau, il n'avait même pas déboutonné son manteau.

« Si tu as besoin d'aide, je suis entièrement à ta disposition.

– Merci. Je n'ai besoin de rien.

– Je veux dire s'il te manque quelque chose pour notre musée.

– Vous trouverez tout dans mon rapport, monsieur le maire. »

Il s'inclina légèrement, fit demi-tour et sortit.

Des années plus tard, je me suis souvent demandé si j'avais fait une faute en venant à Guldenberg. Aujourd'hui je dois dire que je regrette cette venue. Guldenberg se révéla avoir été la fin de mon parcours. Une misérable ville et une fin misérable. Je l'ai regrettée parce que mon ambition s'est éteinte dans la boue de banalités locales. Et non pour y avoir retrouvé Horn. Au contraire, j'étais reconnaissant au hasard de nous avoir à nouveau réunis, espérant pouvoir lever la réserve qu'il observait envers moi et l'amener à comprendre et à accepter les événements de Leipzig.

Je n'y suis pas parvenu. Trois ans après ma prise de fonction, il se suicidait. Je n'ai pas pu l'en empêcher et je sais que plusieurs personnes de Guldenberg me rendent responsable de sa mort. C'est absurde. Horn était voué à la mort comme un bœuf à l'abattoir. Il n'était pas apte à affronter la vie. Il n'était pas fait pour vivre parmi les hommes. Je dis cela sans aucun jugement ni mépris, car je l'ai toujours estimé. Et je pense que l'aptitude à affronter la vie n'est pas un bien grand mérite. Certains hommes extraordinaires ne l'ont jamais eue. Mais puisque nous sommes obligés de vivre en société, parmi les hommes, il faut, qu'on le déplore ou non, une certaine dose d'aptitude à la vie et, par conséquent, il faut en faire une vertu. Une vertu que Horn ne possédait pas. Et s'il pense aussi que je suis complice de sa mort, qu'il sache que cette prétendue responsabilité, que je ne peux revendiquer, a été mille fois vengée. Car même Irène, ma propre femme, a fait partie des gens de Guldenberg qui m'ont reproché son suicide. La corde que Horn se passa autour du cou avait été aussi tressée pour moi. Avec Horn mourut la chose la plus importante de ma vie, l'amour d'Irène.

En mars 1957, nous fêtâmes le cinquième anniversaire de notre musée. Ce fut l'occasion d'un repas au château, où je remis à Horn une médaille de bronze de la ville.

Horn prononça un étonnant discours de remerciement. Au lieu de quelques mots pour rendre hommage aux efforts consentis par la ville pour son musée, il se lança dans un long et épuisant discours sur les dernières fouilles d'une ancienne colonie sorabe, dont il pensait exposer bientôt les résultats. Une chose est certaine : il ennuya les invités présents avec ses explications historiques et ses connaissances archéologiques. Il les ennuya parce qu'ils ne comprirent pas qu'il parlait de tout autre chose que d'archéologie. Et ils auraient suivi son discours avec curiosité et une attention plus soutenue, s'ils l'avaient soupçonné d'évoquer – ses tessons de poteries sorabes à l'appui – une toute autre exhumation, à savoir Leipzig, son exclusion du Parti et moi. Dans son discours, il me mandait à la barre de sa loi, m'accusait et me condamnait au nom de ses chères abstractions.

Les applaudissements furent polis. J'ouvris le petit banquet non sans reprendre auparavant le verdict de Horn, tout en me servant de son jeu de cache-cache pour exclure de notre incessante bagarre les imbéciles atteints de surdité qui nous entouraient.

« Mon cher Horn, vous ne pourriez pas rassembler ces irremplaçables fragments de l'histoire, repris-je, si à l'époque il n'y avait pas eu une structure communautaire efficace. Or, cette communauté organisée, un petit Etat, détruisit inexorablement, cruellement, comme vous nous l'avez dit, ses ennemis, les ennemis de cette communauté. Mais elle leur construisit aussi des tombeaux, qui nous permettent aujourd'hui de faire ces riches découvertes. En dernière instance, toute communauté humaine a ses lois naturelles ou écrites, qui sont fatales à celui qui la mésestime ou se place au-dessus d'elle. Je pense qu'il n'y aura personne parmi nous pour le déplorer, et que personne non plus ne serait prêt à sacrifier la loi et donc la vie de la communauté au profit de l'ennemi mortel de ladite communauté – ou société, si vous préférez. La loi a aussi frappé des innocents, dites-vous. D'accord, mais la loi non plus n'est pas sans défauts. Le plus effroyable sacrifice qu'exige le cours de l'histoire est la mort d'innocents. Le progrès exige son tribut en vies humaines. Mais quoi qu'il en soit de cette tragédie, mon cher Horn, nous ne devrions pas céder trop longtemps à l'émotion personnelle, en dépit de la compréhension qu'on lui porte. Laissons les morts enterrer les morts, dit la Bible. Agissons sur ce point comme le font les chrétiens. Laissons les morts reposer en paix. Laissons aux seuls archéologues le soin d'ouvrir les tombes. »

On m'applaudit avec la même politesse et la même indifférence, puis on se rua sur le buffet. L'espace de quelques secondes, nous nous retrouvâmes face à face, Horn et moi, tels deux combattants solitaires et silencieux. Et je compris à cet instant que jamais nous ne réussirions à nous réconcilier. Mes efforts ne pourraient contenir ni sa haine ni son désir de justice meurtrière. Je le plaignais, car je savais que, quelques mois plus tard, l'irrémédiable se produirait.

J'allai vers lui, posai mon bras sur son épaule et lui dis :
« Je t'ai compris, camarade. Je souhaiterais que tu puisses me comprendre. »

Il recula et répliqua :

« Vous êtes aujourd'hui mon invité, monsieur le maire. Servez-vous autant que vous voulez. »

Je le vis pour la dernière fois quatre mois plus tard. L'enquête avait lieu au château, et on m'avait demandé de venir déposer. On m'interrogea sur Leipzig, et je dus rendre compte de toutes les conversations qu'en tant que maire j'avais eues avec Horn.

L'interrogatoire se déroula dans son bureau. J'étais assis sur une simple chaise en bois devant sa table de travail, à laquelle avaient pris place un sous-lieutenant et deux camarades du Parti en civil. Puis on me demanda d'aller attendre dans l'antichambre. On voulait faire taper le procès-verbal et me le donner à signer.

A mon retour dans le bureau, je demandai si Horn avait été arrêté.

Le sous-lieutenant secoua la tête :

« Non, nous ne l'avons pas arrêté. Nous devrions ?

– Je n'ai pas dit cela, répliquai-je aussitôt. Vous m'avez mal compris. »

Le sous-lieutenant me regarda d'un air désapprobateur :

« Une question, camarade Kruschkatz, comment as-tu pu faire autant confiance à Horn ? Toi qui le connais depuis une dizaine d'années ? »

Sans hésiter, je répondis à l'officier

« J'ai commis une faute, camarade. J'ai sous-évalué l'adversaire. Vous n'êtes pas les seuls à être déçus, je ne suis pas non plus en accord avec moi-même. Et je pense que je viens encore d'apprendre quelque chose. Grâce à vous, camarades. »

Le sous-lieutenant immobile prit acte de ma phrase, puis me laissa partir sans plus de commentaire. Je n'avais dit que la vérité, et pourtant j'avais l'impression d'être sale et de devoir aller me laver.

A ma sortie, Horn était dans l'antichambre. Il me sourit, et je me sentis rougir. Je passais rapidement devant lui sans le saluer.

Je m'étais toujours montré prévenant avec lui, plus que ne l'autorisaient ma fonction et mon amour propre. Désormais je ne pouvais et ne voulais plus rien faire pour lui. J'ignorais de quel délit il s'était rendu coupable, mais j'étais convaincu qu'à nouveau il se sentait innocent. Il avait été le seul homme à Guldenberg dont j'avais recherché l'amitié, et je savais qu'il ne survivrait pas à cette enquête, son second procès.

THOMAS

Dès le troisième jour, tous les chevaux des Tsiganes avaient disparu. Les paysans étaient venus et les avaient loués pour l'été. Même les deux marron tout branlants, dont les flancs étaient couverts d'horribles escarres, trouvèrent preneur. Les réfugiés qui travaillaient au démontage des usines étaient venus les prendre.

Paul me raconta tout cela dans la cour de l'école. Il me dit qu'aujourd'hui il ne pouvait pas aller au Pré des Blanchisseurs.

« Et demain ? lui demandai-je.

– Demain peut-être, me répondit-il. Va-t-en, pour l'instant je suis occupé. »

Il se tenait près de la clôture et discutait avec un garçon plus âgé, l'apprenti du maréchal-ferrant. Paul avait de l'argent dans la main.

« Va-t-en », répéta-t-il.

Le déjeuner et mes devoirs terminés, je courus voir les Tsiganes. Tout était comme Paul me l'avait dit. Près des roulottes, il n'y avait plus que les chèvres et les chiens. On les avait attachés. Les chiens somnolaient au soleil de midi, la tête écrasée sur l'herbe flétrie. Ils ne bougèrent même pas à mon approche. Les Tsiganes étaient dans l'une des roulottes : je les entendais parler très fort entre eux. Je gravis lentement les marches de bois et m'arrêtai sur le seuil de la porte.

Les Tsiganes étaient assis autour d'une table sur laquelle il y avait des bouteilles et des verres. Les femmes discutaient ensemble avec vivacité. Le gros Tsigane avait les yeux fermés : peut-être dormait-il. Il avait la bouche légèrement entrouverte ; une main posée sur la table, il tenait un verre d'eau. Son fils était assis à côté de lui. Il jeta un bref regard dans ma direction, puis contempla à nouveau avec indifférence le cigare qu'il tenait entre ses doigts. Il faisait chaud dans la roulotte ; ça sentait la cuisine, la sueur et l'alcool. J'attendis qu'une femme lève les yeux et s'aperçoive de ma présence, mais elles bavardaient toutes ensemble, riaient et buvaient. Elles étaient comme transformées. Ici aussi, dans la roulotte, elles portaient leurs longues robes bariolées et leurs châles de laine autour des épaules. Elles semblaient ne pas souffrir de la chaleur. Je voyais leurs visages cuivrés et, au-dessus de leur bouche, le sombre duvet qui tout à la fois me fascinait et me répugnait.

La vieille Tsigane finit par remarquer ma présence. Elle claqua des doigts et me dit :

« Va. Aujourd'hui, pas travail. Va. »

Puis elle se tourna vers les autres et, tordant en un rictus sa bouche édentée, elle fit une brève remarque que je ne compris pas. Les femmes me regardèrent. Les hommes continuèrent à m'ignorer. Une jeune femme me tendit un verre pour que je boive.

Je secouai la tête et demandai à la vieille :

« Et demain ?

– Demain ! » dit la vieille en hochant la tête et en riant à nouveau.

Je descendis l'escalier. J'entendais dans mon dos les fortes voix et les rires des femmes. J'avais honte et adressais à part moi des jurons à la vieille Tsigane édentée.

En face du Pré des Blanchisseurs, séparées par le ressaut pavé d'un fossé, il y avait six maisons de deux étages qui penchaient. C'étaient sûrement les plus vieilles maisons de Guldenberg et elles ne tenaient plus que parce qu'elles s'appuyaient l'une contre l'autre. Il n'y avait pas l'eau courante. Les habitants étaient obligés de se ravitailler à la pompe dans la cour, derrière les maisons. Les toilettes, une cabane en bois avec quatre portes, qui en été puait les cabinets et la chaux, étaient au même endroit.

Elske habitait là avec sa mère et sa jeune sœur. C'était mon amie. Elske était beaucoup plus âgée que moi, quatre ans de plus, mais elle était à peine plus grande. Pendant la période scolaire, elle fréquentait le collège de Wildenberg, où elle se rendait quotidiennement. Elske s'appelait en fait Elisabeth, mais personne ne l'appelait comme ça.

Il y avait longtemps déjà que nous étions amis. Nous nous étions connus à la chorale de l'école. J'étais alors en troisième classe. J'étais arrivé une fois à une répétition, le nez en sang, la lèvre ouverte. Je m'étais battu et j'avais reçu une bonne rossée. Elske me prit alors par la main, m'emmena aux lavabos et me lava le visage. Elle me maintenait la tête dans son bras et, avec son mouchoir, elle me nettoya les lèvres avec douceur mais énergie. Les yeux fermés, je respirais profondément pour faire entrer en moi son odeur délicate et agréable. J'étais malheureux et en même temps tellement incapable de me dominer que j'éclatai en sanglots. Je pleurai à cause de l'injustice dont j'étais victime et parce que j'avais mal, mais bien plus encore pour que Elske continue à me tenir la tête dans le creux de son bras et à me nettoyer le visage avec son mouchoir brodé et parfumé. J'avais mal, et j'étais bien, et je pressais mon nez contre la peau toute chaude de son avant-bras.

« Ne pleure pas, me dit Elske en me remettant sur mes jambes. Ce n'est pas si grave que ça. »

Elle me donna son mouchoir et me poussa hors des toilettes. Nous marchâmes côte à côte jusqu'à la salle de la chorale. Nous nous arrêtâmes un instant devant la porte.

« Merci, lui dis-je sans la regarder.

– Il n'y a pas de quoi, mon petit homme », répliqua Elske en rejetant en arrière les cheveux tombés sur mon front.

Je serrais son mouchoir roulé en boule dans ma main. Pendant la répétition, je me tamponnais souvent les lèvres. Je n'avais plus mal, mais quand je mettais son mouchoir sous mon nez, je respirais à nouveau son odeur et retrouvais la douceur de ses bras en train de maintenir ma tête. Elske me regarda, et je sentis le sang me monter à la tête. Je retirai vite le mouchoir.

Deux jours plus tard, je le lui rapportai, lavé et repassé. Après l'école, j'allai chez elle. Je ne voulais pas le lui donner dans la cour de récréation. Je ne voulais pas que mes camarades ou ses amies s'aperçoivent de quelque chose. J'aurais cru mourir de honte si l'un d'entre eux m'avait vu lui rendre son mouchoir.

Mais la honte n'était pas seule à me pousser à le lui rapporter chez elle. Il y avait aussi la curiosité. J'avais envie de voir son chez elle, sa chambre. Je voulais savoir comment elle vivait. Et je voulais qu'à nouveau elle me parle, qu'elle mette son bras sur mes épaules. Je voulais respirer son odeur.

Je sonnai. Elske vint m'ouvrir.

« Que veux-tu ? me demanda-t-elle.

– Ton mouchoir, je te le rapporte.

– Merci. »

Elle n'avait pas souri, et je compris soudain que tout cela était une épouvantable erreur. Elle ne mettrait pas son bras sur mes épaules, pas plus qu'elle ne me dirait « mon petit homme ». Elle n'avait fait, dans les toilettes de l'école, que nettoyer un garçon maculé de sang et de boue qui pleurait. C'était tout. Pour le reste, je m'étais fait des idées. Je n'étais pour elle qu'un simple petit garçon d'école primaire. Quel intérêt aurait pu la pousser à discuter avec moi ? De quoi aurais-je bien pu lui parler ?

« Qu'est-ce que c'est ? demanda une voix de femme.

– Rien », dit Elske en se retournant.

Elle me prit alors le mouchoir de la main, hocha la tête d'un air indifférent et s'apprêta à refermer la porte.

« Comment cela, rien ? demanda la voix avec rudesse. Je veux savoir qui est là.

– Un petit garçon, ronchonna Elske.

– Qu'il entre ! Je veux le voir.

– Viens ! dit Elske. Entre un instant ! »

Je la suivis dans leur petite salle de séjour encombrée de meubles. La mère d'Elske était assise dans un fauteuil près de la fenêtre, les jambes enveloppées dans une couverture.

« Qui es-tu ? me demanda-t-elle, et comme je lui répondais, elle poursuivit : tu es le fils du pharmacien, n'est-ce pas ? Assieds-toi. »

Je m'assis sur une des chaises rembourrées rangées autour de la table, sur laquelle était posé un napperon. Plantée devant sa mère, Elske attendait. Je regardai autour de moi à la dérobée. Tout avait l'air beaucoup plus humble que chez nous. Il n'y avait de place nulle part : on pouvait à peine bouger. Les meubles et la pièce donnaient la même impression de fragilité et d'humilité que la maison.

« Qu'il entre ! » avait dit la mère d'Elske, et dès ce jour, j'allais chaque semaine chez Elske. Nous jouions aux cartes et bavardions. Nous restions la plupart du temps dans sa chambre. Elle chantait parfois des chansons populaires ou des tubes anglais en s'accompagnant à la guitare. Elske était tellement belle, mais je n'osais pas le lui dire. J'attendais simplement avec embarras qu'elle me caresse encore une fois, m'embrasse rapidement, pour que je sente son odeur. Comme la première fois, dans les toilettes de l'école.

Aujourd'hui encore, je ne sais pas pourquoi elle passait tant de temps avec un petit garçon comme moi. J'espérais alors qu'elle le faisait parce qu'elle savait ce que je ne pouvais exprimer, qu'elle me comprenait mieux que je ne me comprenais moi-même. J'espérais qu'elle se rendrait compte de mon admiration muette, qu'elle l'accepterait, et qu'elle saurait ce que j'étais incapable d'exprimer, ce que je n'osais pas même penser. Et bien que ne me l'avouant pas à moi-même – que pouvais-je avouer, Elske, que pouvait signifier pour toi ce petit garçon ? – j'espérais qu'elle répondrait, même en se cachant, à mes sentiments. C'était une toute petite espérance, une fragile plantule que je cultivais pour moi. Si petite et si fragile qu'il aurait suffi d'un rire, d'une remarque d'Elske, pour la jeter par terre et m'abandonner à un furieux désespoir. Je t'ai aimée, Elske, je le sais aujourd'hui. Et j'ai eu raison à l'époque de ne pas me l'avouer.

Je quittai les Tsiganes pour courir chez elle. Sa sœur m'ouvrit la porte.

« Elle est dans sa chambre. Entre », me dit-elle.

J'entendis la voix forte et dure de leur mère :

« Qui est là ?

– C'est Thomas, répondit la sœur d'Elske en retournant dans sa chambre.

– Viens voir ! »

J'entrai dans la salle de séjour. La mère d'Elske était à sa machine à coudre. Elle tourna la tête vers moi et me regarda. C'était une femme gentille qui aimait beaucoup ses filles et était persuadée qu'elles étaient toutes les deux extraordinairement douées. Elle aimait parler de leurs bons résultats scolaires, et je sentais sa satisfaction quand elle énumérait les notes nettement plus mauvaises des autres élèves. Elle était contente de ses filles, tout en les faisant continuellement travailler et les contrôlant. Elle avait la goutte aux pieds et, ne se déplaçant que rarement, elle marchait du pas lourd des canards. C'était peut-être la cause de sa voix rude et autoritaire et qui correspondait si peu à sa personnalité : attachée à sa place, elle craignait qu'on ne l'entende pas et ne fasse pas attention à elle.

Elle me regarda. Je contemplai comme chaque fois les nombreuses bagues qui enserraient ses doigts à la manière d'un gantelet en métal précieux orné de pierreries.

« Tu peux aller la voir », finit-elle par dire en se penchant sur sa machine à coudre.

Elske était assise à son étroit bureau devant la fenêtre et faisait ses devoirs. Je décrochai la guitare du mur et, m'efforçant de ne pas la déranger, fis les accords qu'elle m'avait appris.

« Tu es retourné voir les Tsiganes ? me demanda-t-elle sans lever la tête de ses cahiers et de ses livres.

– Oui, répondis-je en appuyant mes doigts raides et crispés sur les cordes, mais aujourd'hui, ils ne travaillent pas. Ils font la fête. Les paysans leur ont payé leur chevaux, et ils s'amusent. »

Elske écrivait. Je voyais sa nuque, le duvet châtain clair qui, sous la lumière du soleil, était encore plus clair. Je voulais lui dire quelque chose d'intéressant, une nouvelle importante ou une pensée très intelligente pour l'obliger à engager une conversation. Mais plus je me creusais la tête, plus j'étais embarrassé et incapable de trouver quelque chose à dire. Je souhaitais ardemment avoir quatre ans de plus. Je serais allé dans la même classe qu'Elske, et quoi que je dise, elle m'aurait écouté. Je n'aurais plus été pour elle l'enfant dont on sourit par charité. Oh, Elske, que j'ai détesté ton beau sourire indulgent ! Il me rabaissait encore plus. Je me languissais de lui et pourtant je le ressentais chaque fois comme une façon de me repousser, une gifle donnée au petit imbécile que j'étais.

« Tu as vu les filles ? me demanda Elske.

– Quelles filles ?

– Les filles des Tsiganes. Est-ce que tu les as vues ?

– Oui », dis-je.

Ne comprenant pas où elle voulait en venir, j'avais hésité.

Elske se tut à nouveau, pendant que je caressais doucement les cordes en métal de la guitare.

« Elles sont sales, les filles des Tsiganes sont sales », s'emporta Elske, avant de se tourner vers moi et de me demander :

« Elles te plaisent ?

– Non, répliquai-je rapidement, elles ne me plaisent pas.

– Tu es peut-être encore trop jeune », décida-t-elle.

Elle regarda par la fenêtre le Pré des Blanchisseurs et les Tsiganes. Je réfléchis à ce que j'aurais dû lui répondre, à ce que j'aurais répondu si j'avais eu quatre ans de plus. Il devait y avoir une réponse juste à sa question, la réponse juste des plus grands. J'étais convaincu qu'il devait y avoir une phrase, une répartie qui ne force pas à conclure inévitablement que j'étais encore bien jeune.

Elske continuait à regarder par la fenêtre. Elle ne bougeait pas : peut-être qu'elle rêvait. Sa tête se détachait vaguement sur la pâle lumière du soleil.

Et soudain, perdue dans ses rêves, Elske prit une voix tellement lointaine que je compris qu'elle m'avait oublié et qu'elle ne s'adressait qu'à elle-même :

« Ces maudites Tsiganes. Je ne sais pas, mais j'aimerais les voir disparaître. »

DOCTEUR SPODECK

Je revins à Guldenberg parce que mon père l'avait décidé. Chaque mois, il avait versé à ma mère une petite pension pour qu'elle puisse m'envoyer au lycée, et il paya également mes études. En échange, il exigea que je revienne à Guldenberg pour y travailler comme généraliste.

Après mon baccalauréat, il m'écrivit une carte où il m'ordonnait de venir lui rendre visite. Ma mère me demanda d'y aller. Je dus mettre mon costume et me présentai chez lui à l'heure indiquée. Une secrétaire m'ouvrit la double porte capitonnée de son bureau. Je me retrouvai devant lui et attendis qu'il lève les yeux de ses papiers et me regarde.

« Assieds-toi », me dit-il.

Il se leva et vint se placer devant moi. Il me posa des questions sur mes examens et mes résultats, puis se dirigea vers son bureau, ouvrit un tiroir et en sortit un étui bleu, qu'il me tendit sans rien dire. Il contenait une montre de gousset plaquée or. Il avait fait graver à l'intérieur du couvercle en écriture gothique : « A mon fils, pour son baccalauréat – Dr. Konrad Böger. »

Il s'assit en face de moi. Je refermai la montre, la replaçai dans son étui et la mis dans ma poche.

« Merci », murmurai-je avec indifférence.

Je sentais qu'il m'observait.

« Qu'est-ce que tu comptes faire ? Vas-tu continuer tes études ? »

Je pensai à ma mère. Elle m'avait supplié d'être raisonnable. Elle avait pris mes mains dans les siennes et m'avait sans cesse demandé d'oublier pour une fois ma fierté et de lui obéir : à lui donc, et à elle aussi. Je pensai à ses supplications angoissées, à la cuisine sans fenêtre de notre minuscule logement, aux rapiéçages partout, aux meubles branlants et éraflés, et je répondis docilement :

« J'aimerais étudier la médecine.

– Excellent, s'écria mon père, qui bondit, me tapa sur l'épaule et se dirigea vers la fenêtre. Je suis content que tu t'y sois enfin décidé. Tu verras, c'est vraiment ce qu'il te faut. »

Je le regardai ; je regardai cet homme nerveux et sportif aux lunettes à monture dorée, aux cheveux en brosse, et qui était mon père, et je lui dis par bravade :

« Oui, c'est vraiment ce qu'il me faut. »

Il revint vers moi, me prit sous le menton et me redressa la tête. Il me fixa dans les yeux et dit en souriant :

« C'est comme ça, mon garçon. Je suis certain que tu ne regretteras pas ta décision. Je me suis mis d'accord avec ta mère sur la question financière. »

Je dégageai ma tête et me rencognai au fond du fauteuil.

« Ne parlez pas de ma mère, je vous prie. Pas en ma présence. »

Pour ne pas le voir, je regardai la porte. Il s'était arrêté à côté de moi sans plus bouger. J'attendais. Je l'entendais respirer. Un instant, je crus qu'il allait me frapper : je sentis les muscles de mon cou se contracter.

« Parfait, dit-il enfin avec un flegme amusé, je t'ai fait inscrire à Leipzig. Dans sept ans, nous verrons la suite. Je pense que quatorze semestres te suffiront. »

J'avais la bouche sèche et, d'une voix enrouée, j'acquiesçai faiblement. Puis je me levai. Ce qu'il avait à me dire et ce que ma mère m'avait prié d'écouter, tout avait été dit. Et j'espérai qu'il allait me congédier sans rien ajouter. Je me tenais devant lui, droit comme un cierge, et j'esquissai un léger salut. Il ne réagit pas. Comme je pensais qu'il ne s'était pas aperçu de mon geste, je m'inclinai une seconde fois. Je le regardai, il souriait avec dédain. Il devait éprouver du plaisir à m'humilier.

Il me saisit l'avant-bras, le serra si fort qu'il me fit mal et me dit :

« Tu recevras l'argent nécessaire le premier de chaque mois. Profite de ton temps. Dans sept ans, nous nous reverrons. Tu peux disposer. »

Je donnai la montre plaquée or à ma mère, je ne voulais pas la porter.

« Ce n'est pas juste, mon garçon, me dit-elle, c'est quand même ton père.

– Tu peux peut-être la vendre », répliquai-je avec brutalité.

Trois mois plus tard, je commençai mes études de médecine à Leipzig, durant lesquelles pas une seule fois je ne vis mon père. En six ans, je lui écrivis trois lettres, auxquelles il me répondit par télégramme. Chaque fois, ses décisions qui me parvenaient par retour du courrier ne supportaient pas la contradiction. Ses textes lapidaires expliquaient surtout qu'il ne souhaitait ni la discussion ni d'autres sollicitations.

A Leipzig, je commençai à m'intéresser à la psychiatrie. Je m'inscrivis à des cours facultatifs auprès du professeur Burckhardt, un élève de Rausch.

Reçu à l'examen intermédiaire, je demandai à mon père la permission de poursuivre mes études à Munich. Je lui écrivis que mes professeurs me l'avaient conseillé, la faculté de médecine de cette ville jouissant alors d'une excellente réputation. Je citai quelques noms importants et lui écrivis que j'étais assuré de solides recommandations. J'évoquai les Alpes toutes proches : les randonnées possibles et les efforts physiques pendant mes vacances et mes loisirs pourraient me faire du bien. Je le priai avec force détails de m'accorder un changement d'université, sans toutefois donncr la vraie raison de mes désirs : le professeur Rausch donnait des cours à Munich, et j'espérais pouvoir m'y inscrire.

J'étais fou de bonheur, lorsque trois jours plus tard je tins dans mes mains un télégramme, dont le texte ne tenait qu'en quatre mots : « Accord pour Munich. Père. »

Un an plus tard, je lui demandai la permission de prendre la psychiatrie comme spécialité. Il me répondit par télégramme : « Tu vivras des malades et non des fous. A part cela, il n'y a qu'un fou à Guldenberg, et je m'en trouve très bien. Père. »

Sa décision me blessa profondément. Je fus pris d'un accès de fureur et jetai mes livres contre les murs. Je gesticulai comme un dément, mais je n'avais pas le choix. J'obéis.

La nuit qui suivit l'irrévocable décision de mon père, je ne réussis à m'endormir qu'au petit matin. Je fis des cauchemars. A mon réveil, je ne me souvins que d'avoir couru indéfiniment et je me sentis fatigué, épuisé, comme si j'avais fais une longue marche. Je me levai, préparai mon sac à dos et partis dans la montagne. Quatre jours durant, je marchai, passant les nuits dans des refuges inhabités. Finalement la faim me fit sortir de ma solitude. Je montai dans le train de Munich qui devait me ramener à mes études. J'avais laissé mon désespoir derrière moi. Sans plus m'émouvoir, je regardai le paysage défiler. Je me résignai à devenir le généraliste que mon père avait décidé que je serais.

Je continuai à suivre les cours du professeur Rausch et des autres professeurs de psychiatrie, mais je les écoutais désormais sans cette participation intérieure, cette excitation des premières années. C'était comme un vieil amour éteint auquel, par habitude, je montrais encore de l'attachement, mais dont je ne suivais plus les lointaines destinées qu'avec le regard indifférent et serein d'un froid observateur.

Je passai mon diplôme d'Etat au bout du onzième semestre. J'en envoyai une copie conforme à mon père sans commentaires. Il me vira immédiatement l'argent d'un semestre et m'invita à prendre trois mois de vacances et à voyager. Son ton condescendant me vexa, et j'eus envie de lui renvoyer son cadeau. Mais je gardai ma lettre et, le lendemain, je la déchirai. Je lui répondis en l'assurant de mon obéissance.

Je partis pour la Hollande et la Belgique, me rendis à Dantzig, et pour finir dans les monts des Géants. Puis je rentrai à Leipzig. Après une année à la clinique de l'université, je fus reçu à l'internat et pus m'inscrire au doctorat.

Quatre mois avant l'échéance fixée par mon père, je revins à Guldenberg. J'embrassai ma mère que, pendant mes études, je n'avais vue que rarement et, toute une journée, je dus lui parler de moi. Mais ni la joie que lui procurait ma réussite aux examens ni ses larmes de bonheur ne purent atténuer mon amertume et réduire la conscience de ma détresse. Et quand trois jours plus tard, obéissant à l'injonction paternelle, j'entrai pour la seconde fois de ma vie dans son cabinet, je ne pensai qu'à une chose : aux pauvres années où ma mère, à cause de lui, avait dû tout assumer, aux vexations auxquelles, à l'école, le bâtard que j'étais avait été exposé, et aux études qu'il avait décidées pour moi et qu'il m'avait infligées comme une paire de claques.

Je m'étais préparé à me défendre contre des embrassades et un contact qui se serait voulu aimable, mais mon père s'abstint de tout geste familier. Il resta assis derrière son bureau. Il ne se leva pas, ne me tendit pas la main. J'étais soulagé et en même temps déçu ; ce qui m'apparut tellement étrange que je ne trouvais pas d'explication à ma réaction.

Les dernières années, il avait vieilli. Ses cheveux avaient blanchi, mais on le voyait à peine car ils étaient coupés courts. Il ouvrit le tiroir de son bureau et me tendit une montre où il avait fait graver : « A mon fils, pour son doctorat – Dr. Konrad

Böger. » C'était la même montre plaquée or qu'il m'avait offerte pour mon baccalauréat, et la dédicace avait été écrite avec les mêmes caractères gothiques. Je me demandai s'il me faisait ce cadeau par oubli ou bien parce qu'il faisait toujours cadeau d'une montre plaquée or. Il avait peut-être appris que je ne portais pas sa première montre. Mais une chose était sûre : avec ce cadeau aussi, il faisait exprès de m'humilier en me faisant la démonstration de ma dépendance et de la pauvreté de ma mère.

Il me fit asseoir et me tendit une grande enveloppe scellée qui visiblement contenait plusieurs papiers.

« Je t'ai acheté un cabinet, me dit-il en s'asseyant à côté de moi, c'est l'ancien cabinet de Köstler, qui est mort il y a deux ans. Je l'ai loué depuis sans m'en servir. Au printemps, je l'ai fait remettre à neuf et j'ai renouvelé quelques appareils. Tu n'y trouveras pas le matériel modèle que l'on trouve dans une clinique, mais je pense que pour un cabinet en ville c'est plus que suffisant. »

Comme je me taisais, il poursuivit :

« Parmi ces papiers, tu trouveras un droit de jouissance pour les vingt-cinq prochaines années. Cette période écoulée, tu en seras propriétaire. Tu pourras vendre ou ne pas vendre, y rester ou t'en aller. Comme tu voudras. Si tu t'en vas avant l'échéance des vingt-cinq ans, tu n'auras pas un pfennig. Réfléchis bien. Tu trouveras également dans cette enveloppe l'autorisation officielle d'ouvrir ici un cabinet. Je me suis permis aussi de régler cela. Décide-toi. Dans une semaine, tu me donneras ta réponse.

– Je n'ai pas besoin de réfléchir. Je vous obéirai. »

Mon père fut visiblement surpris. Il avança vers moi en se demandant s'il devait être content d'une décision qu'il n'avait pas supposée aussi rapide, ou s'il devait se méfier. Il se planta devant moi, réfléchit en me regardant et conclut avec un méchant sourire :

« Tu n'auras pas eu de mal à te décider : tu te couches dans un lit tout fait. »

La haine et la honte se bousculèrent dans ma tête et, dans la confusion, je me mordis les lèvres pour ne pas lui répondre. Mais comme il était là devant moi – je sentais une moquerie dédaigneuse dans son regard et n'osais lever les yeux –, je me forçai à lui répondre poliment :

« Vous vous trompez. »

Il se dirigea vers son bureau.

« Tu trouveras tous les papiers nécessaires dans cette enveloppe. »

Je restai assis et attendis qu'il lève les yeux et me regarde.

« Tu as encore une question ?

– Je ne vous comprends pas.

– Ce n'est pas nécessaire, mon garçon.

– Je ne comprends pas comment vous pouvez en même temps me faire des cadeaux et m'humilier. Je ne comprends pas quel plaisir vous pouvez y éprouver.

– Ce n'est pas moi qui te blesse, mon garçon, ce sont les cadeaux. C'est recevoir des cadeaux qui est humiliant. Souviens-t-en. Il faut te débrouiller tout seul.

– Pourquoi faites-vous cela ? Je ne me soumets à vous que parce que ma mère le veut. Elle a vécu trop longtemps dans la misère. Je fais cela pour elle. Mais vous ?

– Pourquoi ? Parce que je suis ton père. Parce que c'est l'usage.

– Vous avez d'autres enfants.

– Qui dit cela ?

– La rumeur.

– La rumeur, répéta-t-il avec un sourire.

– Toute la ville sait ce que vous avez fait.

– La ville. Tu n'es pas obligé d'écouter les racontars.

– J'ai été obligé toute ma vie de les écouter. Ce n'est pas facile pour un enfant d'avoir un père qui...

– Tu veux dire : qui couche avec toutes les femmes.

– Oui. Mais ce qui est encore plus dur, c'est d'avoir des frères et des sœurs. Des frères et des sœurs que l'on ne connaît pas, mais que tout le monde connaît. Savez-vous que nous nous sommes détestés, que nous nous sommes battus sans raison jusqu'au sang ? Uniquement parce que nous avions le même père, un père qui nous était à tous étranger.

– De vrais combats de coqs, n'est-ce pas ! dit-il avec fierté.

– Je suis aujourd'hui persuadé que nous nous battions, parce que nous vous haïssions. Père, c'est vous que nous voulions tuer.

– C'est évident. »

Il enfonça une cigarette dans un fume-cigarette d'ambre jaune, puis l'alluma. Je sentis que mes accusations ne faisaient que l'ennuyer et je ne trouvai pas le courage de lui dire ce que j'avais encore sur le cœur.

« J'ai un peu exagéré, dit-il enfin pour interrompre le silence, mais il y a longtemps. Ça fait cinq ans que je mène une vie plus rangée. »

Je n'avais rien à répliquer. Il souffla la fumée de sa cigarette dans ma direction et dit :

« Tu peux disposer.

– Vous n'avez pas répondu à ma question.

– Je te dis que tu peux disposer.

– Pourquoi moi ? Pourquoi m'avoir choisi pour vos cadeaux ?

– Tu étais doué. Pourquoi n'aurais-tu pas fait d'études ?

– Pourquoi moi ? Pourquoi ces études, ce cabinet ? Tous ces cadeaux pour m'humilier ? »

Je vis la peau blanche de son front se colorer, ses yeux rapetisser derrière ses verres de lunettes. Et je pensai à ma mère qui m'avait prévenu contre lui. C'est un sauvage, m'avait-elle dit, il s'emporte, fais attention à toi.

Mon père écrasa sa cigarette avec énergie dans le lourd cendrier de marbre, puis sans élever la voix mais sur un ton toujours aussi décidé, il dit :

« D'accord. Imagine donc que tu sois mon cadeau à cette ville. J'ai construit les établissements thermaux, une immense entreprise, et je me suis enrichi. Grâce aux thermes et à cette ville. Je ne me suis pas toujours comporté avec délicatesse, mais j'ai réussi. Et en remerciement, je te fais cadeau de notre ville. Un geste de générosité pour la rémission de mes péchés. »

Il eut un rire sec et bref.

« Et si tu as encore des questions à me poser, n'oublie pas que j'ai commencé avec moins que toi. A moi, on ne m'a pas fait de cadeaux. J'ai dû tout acquérir par mon travail. Je ne dois rien à personne, pas même une réponse. Tu peux disposer. »

Quinze jours plus tard, j'ouvris mon cabinet de médecin généraliste à Guldenberg. Sept ans après, je me mariai. Dix-neuf ans plus tard, j'enterrai ma mère. Quand les vingt-cinq années fixées par mon père arrivèrent à échéance, le cabinet m'appartint ; quand j'eus enfin toute liberté d'agir comme bon me semblait, j'étais devenu trop vieux pour désirer encore quelque chose. Pas un instant je ne pensai exploiter mes nouvelles possibilités.

Aujourd'hui encore, je comprends pourquoi j'avais accepté les engagements infâmes que mon père m'avait imposés. Je ne peux pas me le pardonner. Au fond, je suis le même hypocrite égoïste et condescendant que lui.

Je m'étais habitué à toutes les vexations, à ma misère et à mes jérémiades, comme aux cadeaux qu'il me faisait et qui m'humiliaient, mais sans eux, j'étais incapable de m'en sortir. Et quoi que je me raconte, je n'obéissais pas à mon père pour l'amour de ma mère, mais bien parce que j'étais son fils, la chair de sa chair.

Pour fêter le vingt-cinquième anniversaire de mon installation, la ville me remit un diplôme qui me qualifiait de bienfaiteur de Guldenberg. On ne pouvait pas trouver mieux pour se moquer de moi, car jamais de son vivant mon père, cet être misérable, hypocrite et cupide, n'avait été appelé autrement que le bienfaiteur de Guldenberg.

Mon père avait obtenu avec moi plus qu'il n'avait escompté. Je l'avais écouté en tout.

Pour répondre aux bons vœux de la ville, je décidai de ne plus ouvrir mon cabinet que douze heures par semaine. Je prétextai l'état de santé de l'infatigable bienfaiteur sacrifié au bien de la ville. Ce même jour, je portai pour la première fois des fleurs sur la tombe de mon père. Car j'avais compris que la haine que je lui avais vouée toute ma vie ne m'avait servi qu'à excuser la laideur de ma propre existence.

GERTRUDE FISCHLINGER

M. Horn vint me voir une semaine avant sa mort. Je crus qu'il venait simplement pour payer son loyer et je restai assise.

Depuis le jour où, brusquement et sans m'y avoir préparée, il avait interrompu notre relation par la phrase : « Excusez-moi, mais ce n'est pas bien ce que nous faisons », il était devenu encore plus silencieux.

Je le voyais rarement. Parfois nous nous rencontrions sur le chemin de la maison. Il me saluait poliment et me proposait de porter mon sac. Chez moi, il m'évitait. Quand nous nous croisions dans le couloir, il hochait la tête dans ma direction et me souriait sans rien dire. Puis il m'ouvrait la porte ou se rangeait sur le côté pour me laisser passer. Il était poli et donnait toujours l'impression de disposer de beaucoup de temps. Une fois par mois, il venait dans ma chambre pour payer son loyer. Il posait l'argent sur la table et, pour cacher son embarras ou respecter les convenances, il échangeait quelques mots avec moi. Habituellement il me posait des questions sur les travaux de couture que j'avais entre les mains, ou me demandait comment s'était passée ma journée. Et chaque fois, il me proposait son aide en cas de besoin. C'était une proposition dont il savait que jamais je n'aurais osé profiter. Il y a un petit nombre d'années, quelques semaines après son installation chez moi, je lui avais demandé de parler à Paul, qui m'échappait de plus en plus et, quand je lui faisais une remontrance, quittait la pièce en claquant la porte. A l'époque M. Horn avait refusé :

« Je ne suis pas son père, avait-il simplement répondu. Pourquoi Paul m'écouterait-il ? »

Non, je n'allais avoir aucune aide de sa part, et la proposition renouvelée chaque mois ne faisait que m'en convaincre.

Le jour où il entra pour la dernière fois dans ma chambre, il posa l'argent comme d'habitude sur la table. Mais comme il tirait une chaise pour s'asseoir, je levai les yeux de mon tricot et retirai mes jambes de la banquette. Je compris alors qu'il n'était pas simplement venu pour me payer le loyer. Jamais il ne s'était assis. Les quelques mots qu'il prononçait, il les prononçait debout pour pouvoir partir aussitôt après.

Cette fois, il s'assit à la table, l'air fatigué, et me regarda comme dans un rêve.

« Vous avez besoin de quelque chose ? Puis-je vous aider ? lui demandai-je.

– Non, non, dit-il en souriant et en écartant mes questions d'un geste imperceptible.

– Vous voulez un thé ? ou une bière ? »

Il secoua la tête tout en restant assis. Je ne voyais pas ce qu'il attendait de moi. Immobile sur sa chaise, il me regardait. Il me mettait dans un tel embarras que je fis tomber mon tricot et qu'en essayant de le ramasser, je me cognai la tête contre le bord de la table.

« C'est maintenant la cinquième année que j'habite chez vous, Gertrude. Et ça ne devait durer que quelques mois. »

Sa façon de parler était si uniforme qu'on aurait cru un monologue.

« Ça s'est fait comme ça, répliquai-je en essayant de reprendre mon tricot pour me donner une contenance.

– Oui, ça s'est fait comme ça. Tout s'est fait comme ça. Et je suis venu vous voir pour m'excuser.

– Vous n'avez pas besoin de vous excuser. Vous n'avez rien fait de mal, rien qui vous demanderait de vous excuser. »

M. Horn me regarda d'un air triste et dit :

« Je vous ai dérangée, Gertrude. J'aurais dû chercher un autre logement au lieu d'abuser de votre gentillesse.

– Vous ne m'avez pas dérangée. Je suis adulte. J'assume la responsabilité de ce qui s'est passé.

– Merci », dit-il, soulagé.

M. Horn se tut, mais resta assis. J'étais un peu décontenancée. Je sentais qu'il m'observait et je me mis bêtement à compter mes mailles. Il y avait dans la pièce voisine de la musique avec des bribes de phrases en anglais. Paul avait emporté ma radio dans sa chambre et, tous les jours, il la laissait allumée jusqu'à une heure avancée de la nuit.

« Vous ne voulez vraiment pas de thé ? demandai-je pour rompre un silence insupportable.

– Non, j'ai simplement envie de rester encore un peu avec vous. J'espère que je ne vous dérange pas. »

Je secouai la tête et pour éviter que la conversation ne retombe, je lui demandai :

« Et votre travail, comment ça va ?

– Mon travail ? dit-il d'un air soupçonneux. Pourquoi me posez-vous cette question ?

– Vous rentrez toujours tard, vous avez sûrement beaucoup à faire.

– Actuellement, il y a beaucoup de travail », concéda-t-il. Il respira profondément, comme s'il venait de prendre une décision, et poursuivit :

« J'ai quelques ennuis au musée. J'ai fait une faute involontaire et je suis donc maintenant obligé de répondre à quelques questions désagréables.

– Une faute grave ?

– Non, non, dit-il en souriant. Rien d'important. Une confusion idiote. Une erreur d'étiquette dont je ne me suis pas aperçu. Heureusement, quelqu'un l'a découverte à temps.

– Il n'y a donc pas de problème, dis-je.

– Oui », dit-il machinalement.

Et soudain sa voix se transforma, s'anima :

« Gertrude, je n'ai pas l'intention de vous mentir. Si, il y a un problème. Un de mes collaborateurs a découvert la faute à temps. Le pire, c'est qu'il ne me l'a pas dit, mais qu'il est allé voir le maire. Et maintenant au musée, j'ai une commission de l'arrondissement sur le dos. Tout cela est fort désagréable pour moi. Il faut que je me justifie, vous comprenez ? On fouille dans tous les coins dans l'espoir de trouver quelque chose. »

Il pianotait sur la table. Je ne savais pas comment répliquer. Il me faisait de la peine : qu'est-ce qu'une idiote comme moi pouvait bien lui dire ?

Mais déjà il retrouva son sourire et dit :

« C'est comme ça, Gertrude. On me radiographie consciencieusement. Presque comme chez le médecin. Et vous savez bien que quand on commence avec ça, on finit toujours par trouver quelque chose.

– Que voulez-vous dire par là ? » demandai-je.

Je crus qu'il faisait allusion à un secret qu'il avait envie de me révéler.

Mais il secoua la tête :

« Moi non plus, je ne le sais pas. Mais quand on commence à chercher... »

Il leva les mains d'un air résigné.

« Si je peux vous aider...

– Ah, ne vous inquiétez pas. Ça passera, dit-il en se levant. Bonne nuit, Gertrude. Je voulais vous demander pardon de n'avoir pas tenu parole en ne déménageant pas d'ici il y a quelques années. Maintenant, ça n'en vaut plus la peine.

– Vous voulez nous quitter ? Vous retournez à Leipzig ?

– Pour quoi faire ? On ne peut pas fuir en permanence. »

Il s'arrêta sur le seuil de la porte et fit un signe de la tête en direction du mur :

« Et Paul, comment ça va ? Toujours des difficultés ? »

Je me penchai sur mon tricot sans lui répondre. Il n'avait pas le droit de me poser ces questions.

« Dormez bien », dit-il et il sortit.

J'entendis son pas dans le couloir et sa porte se refermer. Je me levai aussi et fis mon lit. En retirant soigneusement mes bas, je pensai que la femme de M. Horn vivait quelque part, à Leipzig ou dans une autre ville. Ça faisait quatre ans qu'ils ne s'étaient pas revus, plus même. Et je pensai à Paul. Malgré ses mensonges et l'argent qu'il me volait, c'était quand même mon fils. Je n'étais pas aussi seule que M. Horn.

Avant de m'endormir, je voulus rêver de la mer Noire : marcher en rêve le long de la côte ensoleillée, sur le sable doux et chaud de la plage. Le matin, j'avais vu une photo de la côte. Sur une feuille de journal avec laquelle j'avais enveloppé pour une cliente un morceau de savon jaune et friable.

CHAPITRE 4

Et après ?
Vous me torturez.
Ce n'est pas moi qui te torture. C'est toi. Toi-même.
Qu'est-ce que vous voulez encore que je vous dise ? Vous en avez vu beaucoup plus que moi.
Je ne sais rien. Raconte-moi.
Pour quoi faire ? Vous êtes mort. C'est du passé. Vous pourriez dormir.
La mort ne réconcilie pas. Pas quand les souvenirs restent implacables.
Pie Iesu domine, dona eis requiem.
Oui, oui. Mais la mort n'est pas la fin des tourments. Le repos ne vient pas tout seul. Aide-moi, mon garçon. Souviens-toi.
Comment puis-je vous aider ?
Continue à parler. Que s'est-il passé après ?

KRUSCHKATZ

Le 4 juillet à midi, Bachofen entra précipitamment dans mon bureau. Il avait ouvert ma porte d'un geste brusque, avant même que j'aie réagi aux coups violents qu'il venait d'y donner. Il agitait en l'air une feuille de papier et, à la lueur de triomphe qui traversait ses yeux clairs et humides, je sentis que sa méfiance toujours en éveil s'apprêtait à fêter une nouvelle et éclatante victoire.

« Horn », lança-t-il d'une voix satisfaite en faisant claquer la feuille sur mon bureau.

Je contemplai son visage écarlate, sa bouche ouverte, son cou un peu trop court. Il est mal rasé, me dis-je avant de prendre la feuille : Guldenberg a un secrétaire général toujours mal rasé.

Celle-ci contenait un court exposé philosophico-historique sur la chronique du château et les migrations des Herminones, des Warnes et des Duringues chassés par les Wendes. Les réflexions sur la colonisation primitive et le catalogue des outils et des restes d'ustensiles domestiques découverts, que Horn avait ajoutées, ressemblaient à celles du discours officiel qu'il avait prononcé quatre mois plus tôt à l'occasion de l'anniversaire du musée.

Ce petit exposé portait l'empreinte de son auteur : on ne pouvait s'y tromper, c'était du Horn qui, courageusement mais sans clairvoyance, refusait l'évolution, l'histoire et la marche du temps et, d'une main nerveuse et tremblante, brandissait l'étendard pleurnichard d'un humanisme stérile et éculé.

Je laissai retomber la feuille et m'enfonçai dans mon fauteuil. J'entendais par la fenêtre ouverte les coups de marteau clairs et réguliers du maréchal-ferrant. Je fermai les yeux et pensai aux vacances. Je voulais aller avec Irène dans la vallée de l'Unstrut en octobre. Nous espérions trouver une location dans un village pour assister aux vendanges. Et je pensai à l'été que j'allais passer dans ce bureau où, chaque jour, je regarderais la poussière danser dans les rayons du soleil. Bachofen m'arracha à mes pensées.

« Est-ce que tu vois quelles sont ses intentions ?

– Oui, dis-je en bâillant les yeux fermés. Plus exactement, je ne comprends pas tout », m'empressai-je de corriger.

Je me redressai et repris le papier :

« Pour autant que je sache, les Wendes, c'est la même chose que les Sorabes. Mais diable ! les Herminones ? »

Bachofen souffla bruyamment. Ma question l'avait surpris. Je l'observai : vexé et décontenancé, il se demandait si j'attendais vraiment une réponse.

« Pouvons-nous parler sérieusement ensemble, me lança-t-il enfin.

– Je t'en prie.

– Qu'est-ce que tu comptes faire ? »

Il avait parlé sur un ton agressif et méchant. Déstabilisé par mon attitude, il était tombé dans l'exagération. Comme je le regardais avec étonnement pour le remettre à sa place, il s'efforça de me submerger sous un déluge d'explications et de phrases toutes faites :

« Le texte de Horn est un texte révisionniste, sectaire. Il veut nous imposer des discussions sur une époque révolue. Une discussion erronée et rétrograde sous couvert d'objectivité scientifique... »

Je fermai à nouveau les yeux. J'étais certain que Horn, tout comme Bachofen, connaissait les tenants et les aboutissants de son article, et j'essayai de m'imaginer ce qui l'avait poussé à jeter ces idées sur le papier. Cette feuille était manifestement destinée à servir d'explication à des objets exposés au musée. Avait-il l'intention d'ennuyer les innocents visiteurs du dimanche venus contempler ses tessons de terre cuite et ses reconstitutions de tumuli ? Son texte était certainement mauvais pour ne pas dire scandaleux – pour reprendre le jugement de Bachofen – mais il était surtout ridicule.

Bachofen avait continué à s'échauffer et avait fini par arriver au bout de son accusation. Je n'avais pas écouté et seul son silence interrogateur me fit à nouveau prêter attention.

« Qu'est-ce que tu comptes faire ? me demanda-t-il avec son insolente insistance.

– Où as-tu eu ce papier ?

– C'est Alfred Brongel qui me l'a apporté. »

Une fois de plus, sa voix avait changé. Comme si je l'avais surpris en train de dire une obscénité, des méchancetés sur quelqu'un. Manifestement, il avait eu du mal à révéler le nom de Brongel, même s'il l'avait prononcé sans hésiter. Alfred Brongel travaillait au musée ; c'était l'adjoint de Horn.

« La nouvelle salle d'exposition, dans laquelle ce pamphlet était exposé, devait ouvrir demain, poursuivit Bachofen. Brongel l'a découvert ce matin et me l'a tout de suite apporté. »

Comme je ne disais mot, il reposa sa question.

« Qu'est-ce que tu comptes faire ?

– Je ne sais pas », répondis-je.

Je n'avais pas menti. Je pris l'article de Horn et le mis dans mon bureau.

Laisse couler, décidai-je dans mon for intérieur. Et soulagé et content, je regardai la tête de Bachofen, incapable de dissimuler sa déception.

« Ce n'est pas rien, camarade Kruschkatz.

– Dès que je saurai ce qu'il faut faire, je te le ferai savoir », dis-je avec force gentillesse.

Quinze jours plus tard, Bachofen – ou Brongel – découvrit d'autres écrits de Horn qu'ils transmirent, comme preuves de ses menées révisionnistes, sans m'en informer, aux autorités de l'arrondissement. Fin juillet, une enquête sur Horn fut ouverte. Je fus moi aussi convoqué au château pour un entretien, et bien que je ne fusse que partiellement au courant des griefs dont Horn était l'objet, si, m'étant rendu coupable d'un manque de vigilance en sous-estimant la nocivité de l'article de Horn et, dans un geste de trop grande confiance, ayant fait disparaître cet article dans mon bureau, je ne voulais pas devenir l'objet de toutes les suspicions et m'exposer moi-même au danger, il ne me restait pas d'autre solution que de saluer les mesures prises à l'encontre de Horn et de soutenir sans réserves les camarades chargés de l'enquête.

Après une proposition de Bachofen, le conseil décida, jusqu'à ce qu'on ait élucidé l'affaire, de suspendre Horn de ses fonctions et de nommer Brongel directeur intérimaire du musée. Je votai également la nomination de Brongel.

Lors de cette séance du conseil, Bachofen évoqua également les manquements de Horn. Selon le secrétaire général, il avait mené un travail de sape et violé de la façon la plus grossière les principes fondamentaux du Parti. On avait démasqué en lui le représentant typique de la petite bourgeoisie intellectuelle que son manque de confiance en la classe ouvrière et en son Parti avait amené à faire des concessions à l'idéologie bourgeoise et, reprenant le chœur des perroquets du libéralisme, à réclamer un prétendu élargissement de la démocratie. Partageant la colère des membres du conseil, j'avais signé un appel passionné qui exprimait notre émotion devant le comportement de Horn et la promesse de nous montrer à l'avenir encore plus vigilants et intransigeants vis-à-vis des ennemis de l'ordre socialiste.

Je signai avec un farouche empressement. J'avais sous-estimé l'entêtement de Bachofen. Je n'avais pas prévu que, sans moi et contre moi, il franchirait le pas suivant, et j'étais maintenant obligé d'acquitter cette faute en reconnaissant ma culpabilité et en témoignant de ma docilité en toute impuissance. Mais je signai aussi parce que l'opiniâtreté intransigeante et bornée de Horn m'avait ôté ma dignité et que j'étais convaincu que toute autre complaisance à son égard ne lui servirait à rien, sinon qu'à repousser un peu plus la catastrophe, à prolonger le désastre.

Je signai sans sentir l'insipide goût de cendre que, dans le passé à l'occasion de semblables explications, j'avais eu dans la bouche et qui témoignait contre moi. Je signai en sachant que non seulement c'était nécessaire, mais qu'en dernière instance cela lui serait utile.

Fin août Horn disparut. Il y eut des bruits et des spéculations. Bachofen me pressa de nommer Alfred Brongel directeur du musée. Je refusai tout en pressentant que je ne reverrais jamais Horn. Le dernier jour des vacances, des enfants trouvèrent son cadavre dans la forêt.

Le mort mit de façon fort inconvenante la petite ville en émoi. Même après qu'il fut enfin enterré, les gens ne le laissèrent pas en paix. J'avais l'impression qu'un mauvais génie les poussait à discuter sur lui à tout bout de champ. Le mort accablait les consciences, et, pour s'en libérer, on cherchait des coupables et des innocents potentiellement coupables. Ce furent pour moi des jours et des semaines répugnants et dégradants, et cela d'autant plus que j'étais désarmé. J'appris très vite à lire dans les yeux des visiteurs s'ils me rendaient responsable de sa mort.

Irène était atterrée par la fin de Horn. Elle était plus émue que je ne l'aurais supposé. Elle m'obligea à assister à son enterrement, alors que nous étions en vacances, à deux cents kilomètres du trou dans lequel on allait le descendre. Son intérêt me surprit. Je savais qu'elle tenait Horn en estime. Elle avait régulièrement participé à ses soirées du jeudi. Horn avait institué ces soirées. Un jeudi sur deux, quelques personnes se réunissaient au château pour écouter un exposé, puis discuter. On parlait d'histoire locale, de développement urbain et d'art. Ces soirées au musée représentaient en quelque sorte la vie intellectuelle de Guldenberg. Ces manifestations étaient publiques, mais bien peu de personnes les fréquentaient régulièrement : quelques enseignants, un médecin, le pharmacien et sa femme, trois ou quatre dames d'un certain âge et ma femme. Il était rare qu'un curiste s'égare dans ce cercle.

Pour ma femme, ces discussions étaient importantes. Elles remplaçaient un peu ce à quoi elle avait dû renoncer avec notre déménagement, la vie dans une grande ville. Je la laissais faire. Mes plaisanteries sur ce club n'étaient jamais méchantes et elle les acceptait en souriant. Mais je ne soupçonnais pas l'importance que ces soirées et Horn avaient pour elle, et je fus surpris et bouleversé en voyant son émotion à la mort de celui-ci. Je ne tardais pas à comprendre qu'elle aussi voyait en moi son meurtrier, coupable envers lui pour la seconde fois. Coupable parce que j'avais forcé son destin, ou tout au moins n'avais pas essayé de le conjurer. Je ne réussis pas à lui enlever cette idée de la tête. Je discutai avec elle pendant des heures ; les lèvres fatiguées, je sacrifiai des nuits à bredouiller les mêmes mots pour me disculper. Au bord de l'épuisement et du désespoir, je lui demandai de me faire confiance. Je hurlais et même je la battais pour l'arracher à ses reproches insensés. Mais en vain.

Un jour après notre retour de vacances, deux mois jour pour jour après la découverte du cadavre de Horn, elle me lança ces terribles paroles :

« Je n'aurais jamais pu m'imaginer cela avant. Tu me dégoûtes. »

Et je dus me rendre à l'évidence : la mort de Horn m'avait fait perdre ma femme.

THOMAS

J'étais assis devant la coiffeuse de ma mère et contemplais mon image. J'étais seul dans la maison. Mon père était à la pharmacie, et ma mère était allée chez une tante. J'avais le temps : je serais seul deux ou trois heures. La maison m'appartiendrait, à moi tout seul, pour quelques heures. Je pourrais aller dans le bureau de mon père, à la cuisine, dans le petit atelier, au grenier : personne ne m'appellerait. Je pourrais allumer le globe terrestre et en tourner la lourde boule de verre, ou fouiller dans la bibliothèque de mon père ou dans les tiroirs de sa table de travail. Je pourrais jouer avec le poignard que j'avais découvert au grenier et que je gardais depuis en lieu sûr. Je pourrais aller à la cave chercher un bocal de cerises, à condition de déplacer les autres bocaux et de répartir soigneusement la poussière sur l'étagère de bois pour ne pas me trahir.

Au lieu de cela, je restais dans la chambre à coucher de mes parents, assis sur le tabouret capitonné devant la coiffeuse. Sur la plaque de verre, il y avait devant moi des brosses et des peignes, une boîte de bonbons pleine de bigoudis, des coffrets à bijoux de ma mère, des flacons de parfum et des pots de crème. Je pris le vaporisateur et appuyai sur la petite balle de caoutchouc recouverte d'étoffe verte et fis jaillir un nuage de gouttelettes parfumées qui retomba en pluie sur mon visage.

La table du meuble était surmontée d'un haut miroir en trois parties, dont les volets latéraux étaient mobiles.

Je me regardais dans les yeux. Du coin de l'œil, je contemplais mon profil gauche et mon profil droit. Je m'étais multiplié, j'étais devenu un triptyque. Comme le retable au-dessus de l'autel dans l'église Sainte-Marie. J'étais obligé de me concentrer. C'était très difficile de saisir en même temps ma triple image. Mes yeux n'arrêtaient pas de glisser sur le côté. J'essayais de retenir ma respiration. Je penchais légèrement la tête et m'efforçais de ressembler au Christ en bois sur la chaire de l'église, au regard douloureux et compassé. J'essayais de me prendre à l'improviste : je tournais brusquement la tête vers l'un des miroirs latéraux pour voir mon profil. Ça ratait. Je n'arrêtais pas de me regarder droit dans les yeux. Je croyais parfois apercevoir un mouvement et me persuadais d'avoir réussi à tourner la tête une fraction de seconde plus vite que mon image.

Quand je rapprochais de moi les deux glaces latérales, j'en voyais les images se refléter. A l'infini ou plutôt jusqu'aux limites de la perception possible se succédaient les images des images des images. Au-delà de la froideur du verre apparaissait une galerie de mes portraits. J'étais multiplié par cent, repoussé dans un lointain inconnu : j'étais inaccessible à moi-même. Un mouvement de miroirs, et l'agaçant et brillant fantôme avait disparu.

Je m'efforçais de mettre les miroirs latéraux sur un même plan, d'en faire une seule surface lisse et égale. C'était difficile. Dès que je bougeais la glace, ne fût-ce que d'un millimètre, une image fantastique, inquiétante et pourtant fascinante, me regardait. Un globe oculaire s'allongeait, se partageait et se dédoublait pour me fixer. Le nez gonflait, grossissait, s'élargissait, puis se déchirait. Deux nez pointus étaient apparus. J'étais capable à partir d'une oreille d'en faire pousser une seconde. Elles semblaient se recouvrir puis se fendre pour se séparer. J'étais tellement subjugué par ce jeu que, pris d'inquiétude, je regardais dans l'un des miroirs pour m'assurer que mon visage était indemne.

Je repoussais les miroirs en arrière. J'essayais d'aller le plus loin possible. Il fallait faire attention de ne pas arracher les charnières. Une partie de mon visage disparaissait. Le nez devenait invisible. Devenu borgne, je contemplais mon œil unique. Deux ailes de nez formaient le reste, deux commissures de lèvres ma bouche. Ce qui manquait avait été arraché sans une trace de blessure. Aucune plaie, aucune cicatrice ne signalaient les parties perdues du visage. La peau ne marquait aucune différence. Ce visage défiguré, horrible et dénaturé, c'était moi. Une tête sans nez, avec un seul œil fait de deux pupilles. Cette figure grotesque, c'était maintenant mon image dans un miroir. Le portrait de mon double.

Soudain un bruit dans la maison. Vite, il faut tout remettre en ordre. Le miroir en triptyque. L'ancienne disposition. A la hâte, sans respirer. La porte se referma doucement derrière moi. J'entendais mon cœur battre. Dans la cage d'escalier, mon nom. Je répondis. Calme, impassible, innocent. Mon visage avait à nouveau un nez, deux yeux, la bouche habituelle.

C'était mon père.

« Thomas, cria-t-il une seconde fois. Sa voix était aiguë et tremblait légèrement, comme prête à monter dans des notes suraiguës. Je me dépêchai de descendre pour ne pas l'indisposer encore plus contre moi. Quand je fus devant lui, il me dit avec calme et en retenant sa colère :

« Viens dans mon bureau. »

GERTRUDE FISCHLINGER

« Sais-tu qui est venu nous voir aujourd'hui ?

– Non.

– Tu ne le devineras jamais. Jamais je n'avais pensé qu'il viendrait chez nous.

– Chez qui ? Chez toi ou ton curé ?

– Chez le révérend, évidemment.

– Alors, n'en parle pas comme si tu étais mariée avec lui. »

Juliane tordit la bouche :

« Arrête tes idioties. »

Elle se leva et alla à la cuisinière. Du bout du tisonnier, elle remua les braises. Puis elle regarda dans la bouilloire et la reposa à sa place sur la plaque de la cuisinière. Revenue enfin s'asseoir à la table, elle reprit la conversation :

« Tu ne devineras jamais.

– Allez, parle ! »

Au lieu de répondre, Juliane sourit d'un air entendu, reprit dans le plat une tranche de viande et la découpa en minuscules morceaux. Elle en porta un à la bouche, se mit en devoir de le mâcher comme quelqu'un qui n'a pas de dents et annonça :

« Ton sous-locataire.
– M. Horn ? »

Juliane roula des yeux comme une poule à l'abreuvoir et hocha la tête, satisfaite d'elle-même.

« Et qu'est-ce qu'il voulait ?
– Comment pourrais-je le savoir ?
– Tu le sais, Juliane, dis-je. Tu le sais parce que tu es tellement curieuse que même un mur de deux mètres d'épaisseur ne peut t'empêcher de savoir ce que tu as envie de savoir. »

Flattée, elle gloussa de plaisir. Elle se fourra avec les doigts un autre morceau de viande dans la bouche. Elle était tellement goinfre qu'elle avait pris l'habitude de manger de tout petits morceaux. Elle prolongeait ainsi le cérémonial du repas uniquement pour satisfaire une gourmandise jamais assouvie. Elle était en outre persuadée que sa méthode infantile et peu ragoûtante constituait une façon distinguée de se nourrir.

« Je sais que tu le sais, continuai-je. Tu es certes curieuse, bavarde, mais tellement parfaite que tu t'imagines être canonisée de ton vivant, et tu es incapable de mentir. Dis-moi ce que M. Horn voulait.
– Le secret de la confession existe.
– Oui, mais tu n'es pas encore prêtre, Juliane, et M. Horn ne fait pas partie de l'Eglise, il ne peut donc pas se confesser.
– Tu as peur qu'il ait parlé de toi en se confessant, Gertrude ? »

A l'écoute de ses bavardages ineptes, je pris soudain conscience de ma solitude et je sentis comme une douleur me traverser le corps, comme une contraction, la montée brusque d'un hurlement de sirène qui tout aussi brusquement s'évanouit. Je dus me forcer à reprendre ma respiration. Je n'étais pas sûre que Juliane n'avait pas remarqué quelque chose.

« Je n'ai pas du tout peur. Qu'est-ce qu'il pourrait raconter sur moi. Il me parle à peine.
– Ton sous-locataire a des difficultés », dit-elle enfin.

Elle avait baissé la tête et parlé en pinçant les lèvres, comme pour ne pas abîmer son secret.

« Quelles sortes de difficultés ?

– De graves difficultés », répondit Juliane, avant d'observer un silence révélateur.

Je la brusquai :

« Est-ce que tu vas finir par parler ?

– Je ne sais pas bien, je n'ai pas tout compris », admit-elle. Elle venait d'avouer qu'elle avait écouté à la porte. Une légère lueur rougeâtre se déposa sur son visage et l'embellit.

« Il parlait terriblement bas et de choses si compliquées. J'ai compris qu'il a des problèmes dans son musée et qu'il ne connaît personne avec qui il pourrait en parler. »

Elle fit une de ses petites pauses affectées pour ajouter d'un air important.

« Personne en dehors de mon curé Gessling.

– Et après ? » demandai-je pour l'arracher à la vaniteuse fierté dont son curé était l'objet, une fierté et une affection qui enrichissaient et éclairaient sa vie.

Juliane se leva. De la vapeur sortait de la bouilloire posée sur la plaque de la cuisinière. Elle rinça une cafetière, l'essuya soigneusement en décrivant dans les airs de grands mouvements et, puisant dans un tas de boîtes, de pots en terre et de petits flacons de verre, elle prépara cette mixture dont elle se servait pour faire son effroyable café. Non contente de n'avoir toujours pas renoncé à brûler les grains de café elle-même – elle les brûlait avec du sucre pour enrober les grains d'une pellicule de caramel noir et brillant –, elle ajoutait au café moulu différentes épices. Elle fabriquait cette mixture en suivant une recette de son curé, si bien que son café tenait presque – pour reprendre ses mots – du médicament miracle ; moi, je le trouvais quasiment imbuvable. Après y avoir mis du cacao et de la cannelle, elle y ajoutait un soupçon d'anis, une feuille de mélisse, un bâton de vanille, du thym, de la fleur de muscade, de la cardamome et des grains entiers de poivre vert. La première fois qu'elle m'avait présenté son breuvage en m'en confiant la composition et en me demandant si je le trouvais bon, je lui avais répondu qu'elle pouvait se donner moins de mal. Elle aurait, selon moi, fort bien réussi à donner ce goût à sa boisson en versant une bonne rasade de vinaigre dans du café pur.

Je débarrassai la vaisselle et posai sur la table les tasses, le sucre et la crème. Juliane apporta le café — elle tenait la cafetière devant elle comme on tient un ostensoir consacré – et le versa dans les tasses.

« Je comprends, dis-je, qu'un malade ne puisse pas choisir ses médicaments selon ses goûts. Mais je ne vois pas pourquoi nous serions obligées d'avaler cet élixir du diable. »

Juliane eut un sourire indulgent, mais elle ne tolérait pas la moindre contradiction :

« Ce qui fait du bien à un saint homme ne peut pas nous faire de mal, à nous, pauvres vieilles pécheresses. »

Elle sirotait avec délectation sa mixture noire et brûlante, et j'attendis. Le tic-tac de la pendule était lancinant. Nous n'entendions aucun bruit dehors, seules la chaleur et la poussière pénétraient lourdement par les fenêtres ouvertes.

« Il veut partir, ton sous-locataire, dit-elle enfin. Il veut disparaître.

– Mais pour aller où ? »

Je ne comprenais pas.

« Pour aller où ? Où va-t-on quand on veut partir d'ici ?

– Je n'y crois pas », dis-je, très sûre de moi.

Je connaissais M. Horn depuis quatre ans, et même s'il avait peu discuté avec moi et si je ne savais pas grand-chose de lui, j'étais certaine qu'il n'allait pas disparaître du jour au lendemain. En tout cas pas avant d'avoir surmonté toute cette histoire. Il n'était pas né pour être heureux sur terre. Il boirait le calice jusqu'à la lie, s'il était persuadé que le devoir l'exigeait. Il était de ces hommes dont Juliane disait qu'en s'entêtant ils donnent à Satan les verges pour se faire battre.

« Je refuse d'y croire, Juliane, répétai-je. Tu as dû mal entendre.

– Je sais ce que j'ai entendu, s'obstina-t-elle, et il n'est pas le premier à quitter Guldenberg. Et il n'est pas non plus le premier à venir avant demander conseil au révérend. »

Je savais que Juliane se trompait, qu'elle ne devait pas avoir raison, et comme je ne voulais pas me battre avec elle, je me contentai de répliquer :

« Et qu'est-ce qu'il a dit ton curé ? »

Juliane baissa les yeux, et quand elle me répondit, sa voix avait une étrange et solennelle dureté, et je compris qu'elle avait accueilli les paroles du saint homme avec un tel ravissement et une telle piété qu'elle pouvait me les rapporter sans la moindre modification.

Je ne peux pas vous donner de conseil, lui avait dit le curé Gessling, mais je suis convaincu que Dieu a mis chaque homme à sa place. Si vous croyez que votre place n'est pas ici, vous avez assurément le droit de vous en aller. Avant d'ajouter : N'oubliez pas une chose, c'est que l'on a besoin de vous ici.

M. Horn avait poussé un profond soupir et dit : Le pire, c'est que je suis innocent. Ceux qui me condamnent sont des camarades, et ils le resteront, même après un jugement sordide. Je me demande quand tout cela sera fini.

Un long silence avait suivi. Après le départ de M. Horn, le curé Gessling avait récité le Dies irae, la prière des morts.

« La prière des morts ? demandai-je, bouleversée.

– Oui », dit Juliane.

Elle posa sa tasse et se mit à chanter d'une voix sans timbre :

« Lacrimosa dies illa, qua resurget ex favilla, iudicandus homo reus : huic ergo parce deus ! »

Un chat jaune avait sauté sur le rebord de la fenêtre et nous fixait en réclamant à manger. Juliane poussa un cri. Elle alla à la fenêtre et chassa l'animal. Je regardai la pendule. Il était deux heures moins le quart. Il fallait que je me dépêche pour être à l'heure à ma boutique.

« Il ne partira pas », dis-je à Juliane, pendant que nous débarrassions la table.

Elle ferma légèrement ses yeux limpides et me regarda d'un air dubitatif.

« Ne sois pas aussi sûre de toi », dit-elle sur un ton énigmatique.

Trois semaines plus tard, M. Horn venait dans ma chambre pour m'expliquer que, dans la vie, on ne peut pas toujours s'enfuir.

Quelques jours après, il disparaissait.

MARLENE

Ma chère maman, je vais me marier. C'est vrai, je vais bientôt avoir un mari. Tu es contente, maman ?

Tante Hedel va me choisir un fiancé, et je ferai sa connaissance chez elle. Tante Hedel m'invite souvent à venir la voir. Je l'aide à répondre à toutes les questions difficiles. Si tu savais, maman, comme les gens sont ignorants. Ils n'arrêtent pas de poser des questions. Et il n'y a que nous, tante Hedel et moi, qui sachions leur répondre. Tous ces gens ne font-ils pas de rêves et n'ont-ils pas de maman morte, qui leurs disent ce qu'ils ne savent pas.

Je vais me marier et avoir des enfants. Je ne suis pas folle. Un peu dérangée, dit tante Hedel, mais pas folle. Et tout le monde est un peu dérangé, dit tante Hedel, et ce n'est pas une raison pour ne pas se marier.

Mais qu'est-ce que je vais faire de papa ? Il s'est mis à pleurer quand je lui ai dit que j'allais me marier. Il a pleuré parce qu'il va être seul. Mais dois-je passer toute ma vie à veiller sur lui uniquement parce qu'il est fou, tellement fou qu'il raconte partout en ville que je suis folle ? Tu te rends compte, maman, voilà ce qu'il raconte sur sa propre fille. C'est fou, n'est-ce pas ?

Quand j'étais dans mon lit et que je ne pouvais dormir à cause des arbres noirs, je pensais à plein de choses. Mais je ne m'en souviens plus. Tu viendras à mon mariage, maman ? J'épouserai un beau jeune homme. Toi non plus maman, tu ne me reconnaîtras pas sous le voile que tante Hedel me pose sur la tête. J'ai l'air d'une jeune fille, maman.

Je lui ai demandé si ce sera Carlos. C'est un si bel homme. Mais tante Hedel a été horrifiée. Elle dit que, chez les Tsiganes, les femmes ne font pas d'enfants, qu'elles les volent. Tu ne trouves pas ça drôle ? Les enfants arrivent tout faits, et on n'a aucun problème avec eux. Mais peut-être que tante Hedel raconte des mensonges, à moins qu'elle ne soit un peu folle. Je sais bien comment les gens parlent d'elle, ils disent que c'est une vieille sorcière.

Mais que va faire papa quand je me marierai ? Que va dire mon bel et jeune mari devant un père qui ne fait que pleurer ? Viens à mon mariage, maman, je n'ai pas d'autre amie que toi. Et mets-toi aussi un voile sur la tête, ma chère maman, pour que mon fiancé n'ait pas peur de toi.

Oh ! maman, tu as encore beaucoup de choses à me dire avant mon mariage. Je t'en prie, explique-moi pourquoi tout me fait mal quand je suis couchée toute seule et que je ne bouge pas.

Il faudrait peut-être que je l'épouse, mon Tsigane. Il est si beau. Et s'il est vrai qu'ils ne font pas d'enfants et qu'ils les volent, ça évite bien de la peine.

Les arbres sont si noirs, et je pleure à cause de mon pauvre papa. Il est tellement fou qu'il dit que je ne me marierai jamais.

Maman, pourquoi m'as-tu enfermée à la cave ? Les hommes ont demandé après moi, c'était Marlène qu'ils voulaient et non pas toi, maman. N'oublie pas de te mettre un voile sur la tête quand tu viendras à mon mariage, ma chère vieille maman morte.

Le bureau de mon père était la pièce sacrée de la maison. Il nous était interdit d'y entrer sans y avoir été expressément invités. Et comme il se doit, cette pièce était le théâtre privilégié de toutes nos entreprises, dès que nous étions sûrs que nos parents avaient quitté la maison pour assez longtemps.

Mais cette stricte interdiction ne s'arrêtait pas là, puisqu'il ne nous serait jamais venu à l'esprit, tant à mon frère qu'à moi, de transgresser ensemble les ordres paternels. Chacun de nous s'assurait non seulement de l'absence des parents, mais s'efforçait également d'empêcher l'incursion inopinée de son frère avant d'entreprendre l'expédition qui le conduirait dans le saint des saints de la maison. La solitude du plaisir en renforçait le charme, puisqu'il s'agissait de se mouvoir en silence dans ce lieu interdit, d'essayer d'éviter tout bruit dans la crainte permanente d'être pris sur le fait et d'être sévèrement puni. Mais peut-être que la pression de ces angoisses était la véritable raison et l'aspect le plus excitant de l'aventure. En fait, il y avait dans le bureau de mon père peu de choses à la mesure de ce grand effort, et j'étais certain que c'était pareil pour mon frère.

Les vieux ustensiles d'apothicaire posés sur le bureau et la petite étagère remplie de dossiers, la bibliothèque lourde et massive et une collection de pipes étaient les objets qui m'attiraient le plus. Mais l'imagination s'épuisait vite à la vue des pots de porcelaine avec leur inscription et des petits mortiers de bronze, de la balance à l'apparence fragile et des ustensiles de fumeur. Comme d'ailleurs les possibilités de s'en servir.

Je m'intéressais donc essentiellement à la bibliothèque. Au milieu d'une accumulation infinie de littérature pharmaceutique ennuyeuse, je trouvai un guide familial de médecine naturelle avec de nombreuses illustrations en couleur et des tableaux. Je contemplais des hommes et des femmes nus qui me regardaient avec sérieux et s'exhibaient sans la moindre pudeur. Je voyais des éruptions cutanées et des atrophies, les images des maladies les plus bizarres et de la misère physique. Mais le plus fascinant, c'était deux tableaux en couleur, dépliables, qui représentaient un corps d'homme et un corps de femme. On relevait successivement la peau, les muscles et les organes, jusqu'à ce qu'il ne reste plus que les contours d'une silhouette humaine et le squelette. J'avais des démangeaisons dans les doigts quand je caressais les vaisseaux sanguins mis à nu. La possibilité d'ouvrir et d'enlever des boîtes crâniennes ou des poitrines et de toucher le cerveau, les petits découpages de carton figurant le cœur, la vésicule biliaire ou l'estomac, m'excitait et m'écœurait tout à la fois. Les horribles organes bleus, rouges et verts m'obsédaient et, en s'introduisant la nuit dans mes cauchemars, me tourmentaient.

Mon intérêt pour ces images et ce manuel de médecine naturelle disparut brusquement. Un jour, je déchirai involontairement un découpage brunâtre traversé de tuyaux et figurant l'un des poumons. Je pris peur, j'essayai de refixer cet organe et, n'y réussissant pas, je finis par le fourrer dans ma poche. Le soir, je le jetai dans la cuvette des cabinets et je tirai la chasse plusieurs fois jusqu'à ce que le poumon que j'avais arraché et chiffonné disparaisse. Ce morceau de carton disparu, le livre perdit tout son charme. Il était devenu ordinaire et ne se distinguait plus des autres ouvrages ennuyeux de mon père. Ce n'était plus un livre rempli d'organes humains et de chair rouge, mais du carton et de la colle. Un conte horrifiant avait jeté le masque et n'était plus pour moi qu'une imposture imprimée.

Son secret découvert, la lourde bibliothèque allait exciter mon intérêt. A l'étage supérieur, il y avait plusieurs éditions de classiques allemands. C'étaient de gros volumes, gris et inutiles, qui remplissaient tout le rayon et qui, à cause de leur épaisseur et de leurs titres dorés, me semblaient tout aussi vénérables qu'inintéressants. Chaque volume contenait l'œuvre entier d'un écrivain ; cette information sur la page de titre suffisait à me retenir de les regarder et à plus forte raison de les lire. Je découvris par hasard que le vrai trésor de la bibliothèque de mon père se trouvait derrière ces lourds volumes. Il y avait là des piles de romans illustrés de dessins excitants, usés à force d'avoir été lus, des brochures avec sur la couverture des femmes à demi déshabillées et plusieurs exemplaires d'une revue marquée du tampon rouge « Réservé à l'adulte ».

Je supposai immédiatement que ces brochures et ces livres dissimulés appartenaient à un étranger et étaient arrivés par hasard dans la bibliothèque de mon père, supposition qui m'apparut évidente, plus normale en tout cas que l'idée de mon père achetant et possédant lui-même ces raretés à la fois grisantes et écœurantes, mais qui s'évanouit quand je découvris sur plusieurs pages de garde l'ex-libris de mon père : de petites étiquettes sur lesquelles était reproduite une balance d'apothicaire avec des têtes de mort sur les plateaux et le fléau surmontant ses initiales. Tous ces textes et images étonnants lui appartenaient : il en était le propriétaire, il les avait achetés et les avait lus. Ce trésor caché m'inquiétait et excitait ma curiosité. Une personne étrangère, mon père, se révélait à moi, et je voulus découvrir sa vie passée, une vie qui m'était inconnue.

Je ne comprenais pas qu'un adulte sévère, avec femme et enfants, et jouissant de la prévenance et de la haute considération de tous, possède cette abominable littérature. Je m'imaginais que la vérité cachée sur le passé de mon père était infiniment plus glorieuse mais aussi plus terrible que le laissait supposer ma découverte. Je savais que, ces revues et ces livres illustrés devant moi, j'avais trouvé un secret, bien que je ne fusse pas capable de le déchiffrer. Et quelque chose me disait que, si je devais un jour être surpris en pleine expédition dans le bureau de mon père, je serais impitoyablement puni pour avoir eu connaissance de ces écrits, sévèrement, plus sévèrement que pour tous mes autres égarements. Cette découverte était donc fort précieuse et, à chaque nouvelle incursion secrète dans le royaume paternel, je m'enivrais de ces pages usées.

Je me souviens d'un livre mince et élégamment relié, avec pour titre en écriture gothique : « L'Amant de la putain ». C'était une suite de photos marron foncé. Une femme aux cheveux noirs, mi-longs, coiffée à la garçonne et vêtue d'une robe du soir ajourée et très décolletée, était assise dans un fauteuil capitonné et fumait. Elle tenait entre ses doigts avec un geste affecté un long fume-cigarette. Des rideaux relevés découvraient une fenêtre dont les stores fermés laissaient passer de faibles rais de lumière Il y avait à droite une petite table avec un grand vase vide. Une bonne qui portait un tablier blanc entrait dans la pièce. On apercevait derrière elle la tête d'un homme. Puis cet homme était seul. Il était vêtu d'un smoking et tenait un haut-de-forme à la main. Il avait un étroit filet de barbe tout autour de la bouche. L'homme gesticulait, la femme étendait ses jambes sur les accoudoirs de son fauteuil et riait. L'homme sortait un revolver. La femme se cachait derrière le rideau. La table se renversait. On voyait les morceaux du vase par terre. Puis soudain de la lingerie déchirée sur le tapis. La femme s'agrippait aux rideaux. Elle avait le dos nu, la tête entre les bras. Puis venaient les quatre images d'une poursuite sauvage à travers la pièce. Affolée, la femme, de plus en plus dénudée, croisait les bras sur ses seins pour les cacher. L'homme dans une attitude étrangement figée tenait son revolver à bout de bras. Son visage demeurait dans la pénombre. On ne distinguait que ses yeux exorbités et menaçants. La femme était étendue sur le lit et avait un regard hautain et désespéré. L'homme se dressait devant elle et dirigeait l'arme sur son propre front. La femme s'accrochait alors à ses genoux, pressait son corps nu contre ses jambes et, la bouche entrouverte, levait les yeux vers lui. Sur les dernières images, on voyait le salon vide et, en désordre, un champ de ruines sur lequel s'étendaient des lambeaux de voile. On devinait une ombre. Puis on apercevait par la fenêtre de lourds nuages d'orage entre les stores déchirés. Et pour finir, la femme étendue sur le moelleux tapis de laine à côté du lit, le visage presque souriant, dans une attitude détendue et séductrice.

Une main sur la poitrine à quelques centimètres de la blessure mortelle d'où coulaient quelques gouttes de sang.

Je cherchais vainement des explications. Le seul texte d'accompagnement était un poème qui évoquait les passions et la grande loi de la nature. En revanche, nulle part il n'y avait d'indications sur les deux personnages, ni sur l'arrestation et la condamnation du meurtrier. Je ne doutais pas de l'authenticité de ces documents photographiques ni de l'histoire d'un crime fixée sur la pellicule. L'ampleur de la destruction, les chaises cassées, les mille morceaux du précieux vase, mais aussi le visage défiguré de la femme, son corps peu à peu dénudé dans une fuite désespérée, les cris silencieux et qui pourtant me perçaient les oreilles et que je n'arrivais pas à oublier, renforçaient ma conviction. L'homme lui-même si élégamment vêtu, le meutrier, semblait confirmer ma supposition, puisque sur aucune des photos je n'apercevais nettement son visage. Il voulait ne pas être reconnu.

J'imaginais même que mon père était impliqué dans le crime. C'était pour moi la seule façon d'expliquer qu'il possède et cache cette série de photos. Je n'allais cependant pas jusqu'à supposer qu'il ait été l'homme des photographies, l'amant et le meurtrier de la putain. Mon imagination trouvait là ses limites. Je ne pouvais pas imaginer que mon père puisse être responsable de ce crime et de ce désordre, lui, avec qui tous les dimanches je devais aller me promener, et que la vue d'une cafetière renversée au petit déjeuner dégoûtait et irritait tellement qu'il quittait la table et, sans plus tarder, se retirait dans son bureau. Je l'imaginais comme un personnage au courant de l'affaire plutôt qu'en complice lié involontairement au meurtrier à la suite de tragiques circonstances.

Je lui avais attribué le rôle principal dans un autre livre : un roman épistolaire, une histoire d'amour. J'étais également persuadé que ce livre rapportait des événements réels. Il y avait pour moi des preuves irréfutables. Les pages apparemment écrites à la main ; les billets d'entrée d'un théâtre déchirés et collés sur une lettre avec le récit de la représentation ;

une page de calendrier avec un mot pour Bella, la jeune héroïne qui vivait en Suisse ; les photos du couple devant des montagnes couvertes de neige ou perché sur les chevaux de bois d'un manège ; une boucle de cheveux fixée par un trombone et ayant appartenu à la femme, de vrais cheveux que je pouvais toucher ; et pour finir, l'addition d'un déjeuner avec le nom et l'adresse imprimés d'un grand hôtel de Genève : je ne doutais pas un instant de la réalité de Bella et de son anonyme fiancé qui habitait à Munich. Et j'étais certain que mon père avait été autrefois le fiancé de Bella. Comment expliquer sinon qu'il fût en possession de ces lettres et de ces documents ?

Les photos du livre ne pouvaient pas me démentir. Elles étaient aussi peu naturelles, aussi ridicules et jaunies que les autres photos de jeunesse de mes parents, qui ne permettaient pas plus que je les reconnaisse. Des visages étrangers, dont je ne voyais pas la beauté si souvent vantée, des inconnus que leur étrange coupe de cheveux, leurs vêtements rendaient interchangeables, c'était pour moi du passé, un univers mort. Pourquoi l'unique homme du livre n'aurait-il pas été identique à l'autre étranger que j'avais vu dans le coffret à photos de ma mère ?

S'ajoutait à cela que celle-ci rappelait souvent à mon père une ancienne liaison amoureuse. Elle faisait alors des allusions gentilles ou ironiques, mais parfois aussi agressives et méchantes, soit pour que nous, les enfants, nous n'y comprenions rien, soit aussi pour signifier qu'elle en savait beaucoup plus que son mari ne le soupçonnait. Pour moi, ces remarques voilées, ces conversations pleines d'allusions et de silences renvoyaient à des événements importants du passé de mes parents, une époque à laquelle je ne pouvais accéder, puisqu'elle était couplée à la réalité d'un monde dans lequel je n'existais pas encore et que je ne pouvais donc pas comprendre.

Comme mon père réagissait toujours avec rudesse et colère aux coups de bec de ma mère et lui défendait même de parler, et que jamais un mot sur cette femme ne lui échappait, j'acquis la certitude que le roman épistolaire de Bella et de l'inconnu racontait les anciennes amours de mon père et – comme les romans et les photos cachés dans sa bibliothèque, que je prenais pour des documents sur sa jeunesse – révélait sa seconde nature, la vraie. Derrière l'homme sévère et maniaque qui, chaque matin, quittait la maison à la minute près pour se rendre dans sa pharmacie ; derrière la personnalité estimée dans toute la ville, l'homme de devoir, dont mes maîtres me renvoyaient régulièrement l'exemple ; derrière le père redouté et détesté, je découvrais l'aventurier, qui avait vécu dans le vice et la débauche, l'allié des putains et des assassins. Des assassins dont j'associais l'image à celle des pirates aux vêtements bariolés et aux personnages audacieux de mes romans d'indiens et de brigands. Et une putain m'apparaissait comme une créature fabuleuse, un peu comme la petite sirène dans le conte du même nom, ou comme les fières et jeunes gitanes au regard froid, qui fumaient avec de longs fume-cigarettes d'ambre et dont j'avais trouvé les photos dans la collection de vieux programmes de théâtre de ma mère. Je n'aurais jamais pensé donner ce nom honorable à Mlle Mercker, une femme d'un certain âge fortement maquillée, qui habitait dans la cité et dont ma mère disait que c'était une cocotte, et certains camarades d'école qu'elle faisait ça pour de l'argent. Et même si je n'avais qu'une vague idée de ce qui se faisait pour de l'argent, Mlle Mercker me semblait être une femme vulgaire et repoussante et n'avait pour moi rien de l'éclat du mot putain. La femme du maire aurait plutôt correspondu à mes idées. Parfois mes parents les invitaient. Le soir, le maire et sa femme arrivaient juste avant que mon frère et moi nous dussions aller nous coucher. Il fallait les saluer et quelques minutes après, lavés et en pyjama, venir leur souhaiter aussi poliment une bonne nuit. Cette jeune femme me plaisait. Elle me parlait avec prévenance et elle était gentille avec moi, sans cet air d'aimable condescendance des adultes. Et elle était belle, très belle. Comme elle se rendait souvent seule à Leipzig pour – comme disait ma mère – s'amuser et jeter honteusement son argent par les fenêtres en s'achetant des robes, et qu'elle partait en vacances, seule ou avec son mari, deux fois par an, ce qui constituait un gaspillage insensé pour mes parents, et merveilleux pour moi, elle accédait dans mon esprit au rang de ces êtres prestigieux auxquels je donnais le nom de putains.

J'avais donc entraîné mon père dans des affaires et des entreprises louches et scandaleuses, dans l'univers secret de la belle horreur. Ce n'était pas l'appétit de l'aventurier qui se réfugie dans les rêves, ni l'imagination débridée qui naît des besoins refoulés d'un enfant qui m'avaient poussé à cela mais le désir unique d'élucider les mystères découverts dans le bureau de mon père et d'expliquer le silence de mes parents, leurs allusions à des choses dont apparemment on ne pouvait pas parler. L'image de mon père jeune que je m'étais moi-même créée m'impressionnait et m'iritait tellement que je n'étais pas capable ou pas susceptible de libérer complètement l'homme actuel et le père de famille de ce passé chatoyant. Un jour, Bella, la belle héroïne du roman, et l'assassin en habit de soirée viendraient certainement rendre visite à mon père et l'emmèneraient peut-être avec eux. Ils sonneraient à notre porte. Ma pauvre mère, qui ne se douterait de rien, les ferait entrer et les conduirait – comme les autres visiteurs – dans le jardin d'hiver en leur disant de bien vouloir attendre mon père. Un enfant – moi bien entendu – courrait alors jusqu'à la pharmacie pour lui dire de rentrer à la maison. Je serais aussi présent quand il les saluerait : un bref instant d'hésitation, puis tout à coup il les reconnaîtrait, réprimerait un cri et ferait un geste vif qui le trahirait. Evidemment Bella et l'assassin n'auraient pas du tout changé : même leurs mouvements seraient comme sur les photos. Mon père s'assiérait et parlerait avec eux, non sans m'avoir renvoyé. Quelques instants après, ils quitteraient tous trois la maison sans dire au revoir – mon père emportant la petite valise de cuir noir dans laquelle il aurait rangé les livres et les documents qu'il avait soigneusement gardés et cachés – pour reprendre dans une ville lointaine son existence dissolue d'autrefois.

Curieusement la question de savoir si mon père reviendrait un jour ou disparaîtrait à jamais avec mes personnages imaginaires ne me préoccupait nullement. Son départ ne m'inquiétait pas : le seul point qui comptait était de ne pas manquer l'arrivée chez nous de Bella et de l'assassin. Je voulais les voir, les reconnaître. Je voulais vivre l'instant où mon père disparaîtrait pour quelques mois, quelques années ou peut-être pour toujours. C'était la seule raison pour laquelle j'essayais de jeter un coup d'œil sur les visiteurs attendant mon père dans le jardin d'hiver. S'ils étaient déjà avec lui dans son bureau, je les guettais à leur sortie.

J'étais particulièrement inquiet quand quelqu'un arrivait le soir à l'improviste. Plusieurs fois par mois, des gens venaient voir mon père après la fermeture de la pharmacie et lui demandaient des médicaments. Dans l'entrée, il avait fait installer à leur intention un placard qui fermait à clef et contenait des cachets contre la douleur et la fièvre, du sparadrap et des pansements. Mais il arrivait parfois que cette pharmacie domestique améliorée ne suffise pas et qu'il soit obligé d'enfiler son manteau et d'aller avec ces gens jusqu'à la pharmacie sur la place du Marché, pour leur délivrer des médicaments en urgence. Si à l'arrivée de ces visiteurs j'étais déjà dans mon lit, j'attendais que mon père soit dans l'entrée et, sans bruit, je me glissais le long de la rampe à l'étage supérieur pour observer entre les petites volutes des barreaux ces visiteurs imprévus.

La plupart du temps, c'étaient des femmes. Mal à l'aise devant mon père, elles présentaient leur demande en se confondant en excuses. Mon père parcourait l'ordonnance en silence ou, la tête légèrement penchée et les yeux mi-clos, écoutait les antécédents du malade. Puis il décidait de ce qu'il fallait faire. Il allait au placard y prendre quelque chose, une petite boîte, un flacon brunâtre, et donnait le médicament au visiteur tout en lui expliquant en quelques mots et sur un ton impératif le mode d'emploi. S'il y avait quelque chose à payer, il lui indiquait les heures d'ouverture de la pharmacie, où le client viendrait le lendemain régler ses dettes. Jamais mon père, quand il était chez lui, n'encaissait d'argent. Le client tardif en était doublement embarrassé. Se demandant s'il devait s'en aller sans plus de cérémonie, il proposait à mon père de lui montrer sa carte d'identité ou de laisser quelque objet en gage. Mon père refusait l'un et l'autre. Il était persuadé que l'autorité de sa profession était la meilleure garantie, et aujourd'hui je suis sûr qu'il n'exigeait ce paiement différé à la pharmacie que pour savourer jusqu'au bout le crédit accordé à sa personne et à sa profession.

Si c'étaient des clients que je ne connaissais pas, j'attendais leur départ pour me glisser à nouveau dans mon lit. Et si mon père se rendait, accompagné du visiteur étranger, à la pharmacie, j'attendais au lit son retour ; et quand enfin j'entendais la porte d'entrée se refermer et ma mère poser son éternelle question sur l'effectivité de l'urgence, je m'endormais rassuré.

Voilà comment le bureau de mon père avec ses secrets et l'interdiction d'y pénétrer, et les trésors qu'il y avait enfermés, engendraient les plus violentes inquiétudes et les rêves éveillés les plus excitants. Mais c'était aussi le lieu où nous étions appelés, mon frère et moi, pour recevoir la condamnation et la punition pour nos mauvaises actions. Quand notre père nous demandait de venir dans son bureau, parce qu'il avait un « petit mot à nous dire », mes rêves s'évanouissaient, et mon père redevenait un homme sans passé, l'homme sévère et colérique, qui n'était que mon père et rien d'autre, l'homme qui pouvait punir ses enfants et ne recevrait jamais la visite de Bella et de l'assassin en haut-de-forme noir.

DOCTEUR SPODECK

Fin juin, je fermai mon cabinet et partis pour trois mois avec ma famille et Christine dans notre ferme au milieu des bois à quelques kilomètres de Guldenberg. Je l'avais achetée un an avant le début de la guerre pour y passer mes vacances. Depuis que j'avais réduit mes heures de consultations, j'y passais chaque année tout l'été. J'avais besoin du calme des bois et de l'isolement total. C'était peut-être cela la paisible solitude que j'avais en vain cherché toute ma vie. J'aurais sans doute été heureux si mon père ne s'était pas mis en tête de me faire, seul, continuer des études et si, dans ma misère désespérée et les folles attentes de la jeunesse, j'avais trouvé une petite chance de me défendre contre son argent ; et si j'avais été moins vénal.

Maintenant, il était trop tard. Les feuilles agitées par le vent ne pouvaient plus m'apporter la paix de l'âme : je n'en recherchais plus le calme que parce que j'étais devenu un vieil homme, trop faible pour pouvoir encore changer de direction, chercher un autre chemin, mais tout de même suffisamment lucide pour savoir que ce n'est pas en se révoltant que l'on peut encore donner un sens à une vie gâchée, mais en la menant, malgré toute son inutilité, jusqu'au bout avec dignité.

J'avais fait aménager les combles de la ferme en un vaste bureau avec deux fenêtres sur les façades sud et nord. J'y passais les après-midi. Trois ou quatre heures par jour, j'y transcrivais et complétais les quelques cas de malades auxquels, pendant des années, je m'étais intéressé. J'avais réuni quelques études qui, tant pour la description que pour le commentaire, ne prétendaient pas spécialement à l'originalité, mais me donnaient l'occasion de les comparer avec les cas que j'avais étudiés chez le professeur Rausch et la publication des résultats de ses recherches, de les classer et donc de m'adonner à mon vice innocent. Je n'ai pas l'intention de publier ces pages. Je crains que l'on découvre très vite le rustre chercheur contraint de travailler avec le seul secours du hasard. Ma vie a été suffisamment pitoyable, je ne voudrais pas en plus sacrifier au ridicule.

Les cas que je considérais comme réglés, soit parce que le patient était mort, soit parce que j'avais fini par l'envoyer à l'hôpital psychiatrique de Leipzig, je les faisais recopier et relier. Ils sont maintenant dans mon bureau à la ferme. Ce sont onze livres noirs et proprement reliés, auxquels je voue mon amour et ma tendresse. Ces onze petits volumes renferment, entre deux couvertures cartonnées recouvertes de toile de lin et à coins renforcés, non seulement mon travail mais aussi mes vaines espérances sans cesse réchauffées. Je souhaite que l'on enterre, que l'on brûle ces petits livres avec moi. Mais j'hésite à l'écrire dans mon testament. Peut-être qu'un jour j'aurais la force de le demander à Christine. Peut-être mettra-t-elle tous ces écrits dans mon cercueil ou, le jour de mon enterrement, les brûlera-t-elle dans le poêle en fonte de sa chambre. Quoi qu'il en soit, ce sera un instant extrêmement drôle, mais je ne serai plus là pour le voir.

Mon autre travail à la ferme, c'est l'histoire de Bad Guldenberg. Je n'écris ni les annales de la ville ni des chroniques pathético-locales qui flatteraient la vanité d'obscurs édiles. Je ne note sur ces pages que les vilaines histoires et les méchantes actions par lesquelles mes vénérables concitoyens se sont distingués. Il s'agit des affaires peu ragoûtantes des habitants de ma ville, qui n'ont jamais raté l'occasion de masquer par des discours onctueux et sous des motifs respectables leur égoïste méchanceté. C'est une histoire de la bassesse humaine. Je ne peux pas la lire sans être secoué d'un fou rire, un rire provoqué par le mépris de l'homme et la pitié devant une telle dépense d'énergie faite au nom de quelques misérables avantages.

J'ai intégralement consacré le premier chapitre à mon père qui fut, en son temps, le concitoyen le plus honorable de ma ville, son infatigable bienfaiteur. Je ne peux pas affirmer avoir enregistré la totalité de ses infâmies : qui peut décrire la bassesse humaine dans sa totalité, ce plus profond mobile de notre vie, aussi puissant, énigmatique, inéluctable que le temps ? qui réussit à découvrir les motifs réels de la cupidité et de la prétention derrière chaque action humaine ? Mais même si elles sont imparfaites, ces pages permettent de mettre à jour dans l'œuvre de sa vie, les établissements thermaux Böger, un gigantesque monument à la rapacité, à l'escroquerie et à l'obscénité. C'est un gigantesque monument auquel, même dans l'histoire de la bassesse, on ne peut guère refuser le respect ; le respect pour quelqu'un qui, sans scrupules et avec beaucoup de sang froid, a réussi en fin de compte à faire travailler toute la ville pour sa poche et à plier toutes les entreprises communales à ses besoins et à ses projets. La gare de Guldenberg, cette cathédrale de la prétention et des espoirs déçus, ce monument en décrépitude d'une bourgeoisie mystifiée par un parvenu sans vergogne, n'est qu'un des symboles de son désir effréné de mettre toute une ville sous tutelle, de la pousser inexorablement avec l'aide de la puissance stimulante de l'essor économique dans l'ivresse de l'oubli général de ses devoirs et de la cupidité, jusqu'à ce qu'enfin le château de cartes édifié sur cet insatiable enrichissement s'effondre dans les quelques semaines d'un printemps, et que les trompeurs trompés, effrayés et incrédules, mettent tous leurs espoirs de joueurs pas encore lassés par cet homme, qui fut l'instigateur de leur ruine et de leur honte, jusqu'à l'élever lui, l'honorable docteur Böger, mon père, au rang de bienfaiteur de la ville et de citoyen d'honneur, au lieu de l'abattre comme un chien enragé sur la place du Marché ou de le pendre au chêne quatre fois centenaire devant le château. De te fabula narratur – en vérité, c'est de toi, Guldenberg, que je parle !

Ce chapitre aujourd'hui achevé n'est que l'éclatant prélude de mon histoire, et je dois dire avec reconnaissance que mon époque a enrichi cette histoire locale de la bassesse de magnifiques passages.

J'ai vécu dans cette ville quand les chemises brunes y tenaient leur cour et qu'on leur faisait la fête. J'ai vu comment cette ville s'est ouverte, avec grâce et bonne volonté, au crime quotidien, et comment la fringale de trahison et de bestialité a révélé une soif de sang restée longtemps en friche. Pour imposer les lois de la mort et du mépris, les dénonciateurs et les assassins n'étaient pas venus de n'importe où ; ils avaient vécu avec nous ; ils avaient été les citoyens de ce gentil trou de province idyllique : ils sont sortis en rampant de nos logements, de sous notre peau.

Mon père envoya dans les sections d'assaut l'un de mes frères inconnus, fils du tout puissant Dr Böger et d'une femme aussi pauvre et humiliée que ma mère, s'achetant ainsi les bonnes grâces de ces bandits. Et mon père n'aura éprouvé aucune peine à la disparition de ce frère mort en héros – ce qui lui valut de somptueuses funérailles. Il avait assez de fils et de filles et assez d'argent pour les corrompre en raison de leur indigence et de leur soif de vivre, et en les embrigadant dans son immense dessein.

J'ai toujours regretté que mon père, honoré comme un saint par cette ville, meure avant l'effondrement du pays et soit enseveli sous de lourds blocs de marbre noir. Je l'ai regretté parce que j'aurais aimé voir avec quelle habileté il aurait mis à profit les changements de situation. Je suis convaincu que je n'aurais pas pu lui refuser ma profonde estime pour son impudence.

J'ai vécu l'effondrement à Guldenberg et, en dépit des demandes réitérées de ma femme, je refusais à la fin de la guerre de me réfugier à la ferme et dans le silence presque intact de la forêt. Je ne voulais pas rater le spectacle comique et navrant de ces journées, dont j'avais eu le pressentiment, ni les innombrables métamorphoses, les prévisibles comme les imprévisibles. Ce fut angoissant et macabre. Et ce fut beau. Et les pages de mon histoire de la bassesse se remplirent comme d'elles-mêmes. Ces jours-là, j'eus la nette impression d'écrire en lettres de feu, comme l'aurait fait un prophète de l'Ancien Testament écrivant ses malédictions.

De nouvelles personnes se pressèrent alors dans les bureaux. Elles étaient maladroites, parlaient haut et avaient la tête dure. Leurs intentions étaient sans doute respectables, mais elles étaient incapables de s'orienter dans les nombreux recoins, les petits escaliers et les portes dérobées d'une mairie. Elles s'empêtrèrent ainsi dans leur naïveté maladroite ; et même dans leur chute, elles n'allaient rien comprendre. D'innocentes fautes et d'obscures accusations firent tourner de plus en plus vite la roue de la méfiance. Dans les dix ans qui suivirent la guerre, Guldenberg n'eut pas moins de seize maires. Avec eux montèrent et tombèrent les subalternes apeurés et désemparés qui nouaient des intrigues et chutaient avec elles.

J'ai effectivement gâché ma vie à une époque où plus d'ambition que celle dont je disposais m'aurait conduit à de plus grandes indignités encore, une époque où les circonstances et les crapules qui s'appuyaient sur elles m'ont offert de somptueux matériaux pour mon histoire.

Cette histoire de la bassesse ne finira pas comme mes petites recherches scientifiques dans mon cercueil ou dans le poêle de Christine. J'en possède trois exemplaires qu'après ma mort on enverra l'un au maire de Guldenberg, le deuxième au directeur du musée et le troisième au curé.

Je suis convaincu que le maire, quel qu'il soit, fera immédiatement brûler le sien.

Je ne sais pas si le directeur du musée aura assez de courage ou de sens du devoir pour accueillir mon histoire dans ses archives. Depuis que Horn s'est donné la mort et que son adjoint, un imbécile et un illettré, Alfred Brongel, qui avec ses lâches mesquineries s'est assuré une place méritée dans mon histoire, est le nouveau directeur du musée, je crains que cet exemplaire ne serve aussi qu'à allumer les bûches dans la cheminée de la salle des fêtes et ne déchaîne des rires sarcastiques à ma mémoire.

Je n'ai pas la moindre idée de ce que fera le curé. Je lui donnerai aussi son exemplaire sans autre commentaire. A supposer que ce soit encore Gessling, je ne sais pas s'il le conservera, l'utilisera et même le diffusera, ou s'il le détruira. Je ne sais même pas s'il le lira. Je le laisserai libre de ses décisions. Et si lui aussi le brûle et si ces pages s'en vont en fumée, comme celles des deux autres exemplaires, j'espère qu'il évoquera alors la mémoire de ma pauvre âme et qu'il intercédera pour moi auprès des saints.

En revanche, jusqu'au jour où je mourrai, je veux continuer à écrire l'histoire de la bassesse avec le regard lucide et intègre des anciens chroniqueurs, sans haine et sans passion, afin que ce que je n'aurai pas réussi à écarter ne soit pas confirmé par mon silence et que je ne sois pas complice de toute notre abjection.

C'est le même sens du devoir propre au chroniqueur qui m'a ordonné de coucher par écrit mes propres fautes morales et mon infâmie, et je ne me suis pas dérobé à cette tâche. Je dois avouer que j'ai réalisé cette confession personnelle avec un plaisir autodestructeur et que je me suis efforcé, presque comme un toxicomane, de donner un nom aux sédiments les plus profonds de ma propre abjection. J'ai enregistré dans mon histoire comment, face à mon misérable père, j'ai lamentablement flanché ; comment j'ai docilement obéi à l'argent qui se présentait ; comment j'ai camouflé ma propre lâcheté derrière l'amour de ma mère ; comment j'ai gâché, par avidité, les quelques années qui m'ont été données à vivre ; comment, par orgueil et par peur, je ne me suis pas opposé à la basse hypocrisie de ma femme et ai accepté qu'elle élève mon seul enfant dans le même goût du mensonge.

Et j'ai aussi rendu compte de l'acte le plus infâme que j'ai commis. J'ai noté en termes objectifs, sans explications ni excuses, ce que moi, adulte qui connaissait, exécrait et combattait la bassesse humaine, j'ai fait à une jeune fille. Aucune rémission, Christine, ne me sera accordée. Sainte-Marie, mère de Dieu, intercède pour moi, pauvre pécheur, maintenant et à l'heure de ma mort.

THOMAS

« Wolfgang et toi, venez dans mon bureau », cria mon père en colère en claquant la porte derrière lui.

Je n'eus pas besoin de chercher mon frère. Il avait entendu

la voix de notre père et était apparu dès que celui-ci était entré dans son bureau.

« Qu'est-ce que tu as encore fait comme bêtise ? grogna-t-il à voix basse.

– Pourquoi moi ? Je n'ai rien fait, répliquai-je.

– Bon, on y va ? » dit mon frère.

Je lui fit signe que oui.

Au pied de l'escalier, nous marquâmes un arrêt. Mais il n'y avait aucun espoir. Le sang bruissait dans mes oreilles, sourde sensation de l'imminente humiliation. Par la porte de la cuisine entrouverte, j'aperçus notre mère. Elle nous regarda d'un air inquiet. Elle souffrait des accès de colère de son mari et s'efforçait de préserver la paix familiale.

« Ne faites pas attendre votre père », nous supplia-t-elle.

Je fis une grimace pour lui signifier de rester à la cuisine et de fermer la porte. Elle secoua la tête en signe d'impuissance, puis elle disparut. Son obéissance confiante m'effraya. Je compris que la rage qu'elle avait lu dans mes yeux l'avait fait reculer.

Nous montâmes l'escalier et frappâmes à la porte de son bureau.

Notre père nous dit d'entrer. Comme d'habitude, il nous désigna nos places en silence, puis s'assit à sa table de travail pour continuer pendant quelques secondes encore à écrire, comme s'il avait oublié notre présence.

Pendant ce temps, mon frère et moi, nous examinions les objets témoins qui auraient pu trahir nos incursions secrètes. Je contrôlai à la dérobée la bibliothèque, le rayon, la balance d'apothicaire, la petite boîte vernie avec ses minuscules poids en laiton, le bureau sur lequel nous avions fait avec nos couteaux des rayures que nous avions retouchées avec du cirage marron. Le plus petit changement dans le rangement aurait éveillé mon attention et signalé le danger. J'avais même gravé dans ma mémoire l'ordre des livres sur le rayon pour effacer les traces possibles de mes expéditions.

Mon frère aussi cherchait dans la pièce les marques accusatrices de ses entreprises et se mit à rougir quand il se rendit compte que je l'observais et ricanais d'un air entendu.

Notre père recula son fauteuil, retira ses lunettes, les mit dans sa veste d'intérieur marron et se frotta lentement les yeux. Puis il nous dévisagea d'un air pensif et soucieux. Ce regard, nous le savions, concluait le traditionnel cérémonial d'ouverture. Le procès allait commencer. Sans le regarder, je savais que mon frère était maintenant effondré au fond de son fauteuil et qu'il avait dans les yeux cette expression particulière que notre père appelait avec dégoût son « regard bovin ».

« Je suppose, commença notre père, que le retour des Tsiganes ne vous a pas échappé. »

Il jeta un coup d'œil par la fenêtre et poursuivit presque comme dans un rêve :

« Oui, d'accord, c'est désagréable, mais c'est une affaire qui regarde la ville et qui ne me regarde pas. Pas plus qu'elle ne vous regarde. »

Il se tourna vers nous. Il me fixa d'un regard perçant, puis regarda mon frère.

« Je considère en tout cas qu'il est déloyal d'attaquer la ville dans le dos. »

Je lorgnai du côté de mon frère. La commissure droite de la bouche légèrement inclinée, il devinait que cette fois il devait s'agir de moi. Mais il savait aussi ce que notre père avait décidé depuis toujours : la punition serait tout autant pour lui que pour moi, car celui-ci avait pour principe de punir également ses deux fils pour toute faute non avouée. Il considérait comme superflu de faire des recherches, son opinion étant que les enfants sont généralement des petits menteurs et des fabulateurs. En outre il voulait, comme il disait, ne pas nous éduquer dans l'esprit de la délation, mais au contraire fortifier notre sentiment de solidarité par la punition commune et, faute de mieux, en partie injuste. Et son regard inquisiteur, qui se posait tour à tour sur nos visages, annonçait que nous étions pour lui en plein dans ce cas de figure et que l'innocent, mon frère, allait être injustement puni.

« On m'a rapporté aujourd'hui que mes fils – il s'arrêta un instant, nous fixa dans les yeux et poursuivit en se corrigeant – que l'un de mes fils remplit les fonctions d'homme de peine chez les Tsiganes. Un des fils du pharmacien joue au chevrier chez les Tsiganes ! Sous les yeux de mes patients ! »

Notre père employait toujours le mot « patients » pour marquer la différence entre une pharmacie et une quelconque épicerie. Pour la même raison, il ne lui déplaisait pas que les gens, ses patients, en particulier ceux qui venaient des villages environnants, l'appellent « Docteur ».

Il s'était levé et faisait les cent pas devant nos fauteuils. Il parla de situations gênantes où, avec leurs inconscientes âneries, ses enfants le mettaient. Il en parla longuement. Mon frère avait compris que c'était moi le coupable. Quelques jours plus tôt, je lui avais montré une pièce étrangère. J'avais affirmé l'avoir trouvée dans la rue, mais il ne m'avait pas cru. Il pensait que je l'avais échangée. Nous avions pour cela une expression : faire du trafic. Il savait maintenant que c'étaient les Tsiganes qui me l'avaient donnée. Et que je lui avais caché la vérité pour ne pas qu'il aille là-bas et me prenne et mon travail et mon salaire.

Notre père poursuivait son discours sur la honte, mais je ne l'écoutais plus, occupé à deviner la punition imminente.

Il aimait parler de son métier. Ses études et la pharmacie étaient la fierté de sa vie, le rêve réalisé par un jeune paysan. Et il attendait de ses deux fils qu'ils se montrent dignes de leur père. Les fils du pharmacien ! Il ne soupçonnait pas que nous puissions souffrir d'être les enfants d'un personnage connu dans toute la ville. A l'école, les camarades de la cité, tous enfants d'ouvriers et d'employés, grandissaient dans un anonymat qui excitait notre envie. Pour les enseignants et les autres adultes, ce n'étaient que des enfants parmi d'autres. Quand ils avaient fait quelque chose de mal, on les menaçait de le dire à leurs parents, mais tout le monde savait que ça ne se ferait pas. Qui connaissait leurs parents ? Mais pour nous ce n'était pas pareil. On disait : Je n'aurais jamais cru ça de toi, le fils du pharmacien. On ne nous menaçait pas de le dire à nos parents ; on disait : Qu'est-ce que va dire ton père ? Et nous savions qu'ils le connaissaient et qu'ils lui parleraient, pour la raison toute bête et toute simple que ce serait l'occasion de pouvoir converser avec lui.

Jouer dans l'enceinte des ruines, où il pouvait encore y avoir des grenades intactes de la dernière guerre, ou franchir le soir la clôture d'un jardin pour marauder des fraises ou des prunes étaient pour nous des entreprises risquées. Si nous étions pris, les gens ne disaient qu'une chose : le fils du pharmacien y était. Les autres, on ne les avait pas reconnus. Ils pouvaient donner de faux noms ou déguerpir sans craindre que leurs parents soient informés. Oui, on pouvait même les laisser partir, puisque l'on nous avait reconnus. Il suffisait d'aller le lendemain à l'école et, en présence d'un maître, de nous demander quels étaient nos complices. Et comme de juste, on commençait par dire que nous, les fils du pharmacien, nous étions ceux que l'on avait entraînés, que nous n'étions que les victimes, étourdies mais innocentes, des véritables coupables, victimes pour qui, à la différence des copains, on pouvait s'adresser aux parents, à l'honorable docteur en pharmacie et à son épouse, avec tout le respect qu'on leur devait. Nous nous efforcions en vain de subir les mêmes punitions, aussi sévères et impersonnelles, que nos camarades de classe.

J'essayai même un jour de me faire punir exprès. A l'école, une méchante caricature du directeur avait été accrochée au tableau noir. On en rechercha l'auteur. Je n'avais pas vu la feuille que l'on avait rapidement confisquée, mais je me dénonçai. Je me dénonçais parce que j'espérais être sévèrement condamné et traité au moins une fois comme les autres. Et je voulais gagner la reconnaissance de ma classe et la gratitude du vrai coupable pour qui je m'étais sacrifié. Je m'imaginais que c'était un garçon d'une classe supérieure qui, dans la cour de l'école, poserait sa main sur mon épaule sans rien dire et deviendrait mon ami pour toujours.

La tentative échoua. Dans le bureau du directeur, on me démontra toute une heure qu'il était impossible que ce soit moi le gribouilleur. Je dus écrire sous la dictée la légende qui figurait sous la caricature, et le directeur et mon professeur principal comparèrent les écritures. Puis ils hochèrent la tête. Ils étaient d'accord pour dire qu'un fils de pharmacien n'écrit pas de telles insanités. En supposant derrière cela une histoire d'honneur, on pouvait imaginer que je me sois sacrifié, que j'aie couvert les instigateurs par camaraderie, par fausse camaraderie naturellement ; peut-être même qu'on m'avait fait chanter pour que je fasse de faux aveux.

Je m'emportai, déçu que l'on ne veuille pas croire mon mensonge. J'avais des larmes de colère dans les yeux, et j'oubliai que je n'étais pas l'auteur de la caricature. Je persistais à être le gribouilleur anonyme. Je voulais être cet autre garçon d'une famille inconnue, cet autre garçon avec qui on pouvait s'attendre à tout et dont d'emblée on pouvait croire les aveux. Mon rêve : être un enfant trouvé.

Notre père s'assit à son bureau. Nous savions que la décision, la condamnation, allait tomber. Comme d'habitude, il reprit les travaux d'écriture interrompus – s'il lisait, il saisissait le livre resté ouvert et s'enfonçait dans son fauteuil – et dit d'une voix qui se voulait indifférente, comme s'il avait été absorbé par son travail :

« Votre mère ne peut cueillir les groseilles toute seule. Pendant les deux prochaines semaines, vous passerez trois heures au jardin chaque après-midi pour l'aider. »

Puis il leva les yeux et nous jeta un regard interrogateur comme si notre opinion l'avait intéressé.

« Vous pouvez disposer », dit-il enfin.

Nous partîmes en courant dans notre chambre. Mon frère me donna un coup de pied dans le creux du genou qui me fit plier les jambes et tomber sur le derrière.

« Tu n'es pas fou ? lui dis-je.

– Espèce d'imbécile, grommela-t-il, je vais être obligé à cause de toi d'aller dans ces groseilliers de merde.

– C'est le destin », murmurai-je en risquant un ricanement malgré la douleur au moment où il passait devant moi.

Je savais qu'il ne m'en voulait pas vraiment. Le destin, comme nous l'appelions, aurait très bien pu tomber sur lui pour le punir de ses péchés. Quant au coup de pied, je l'avais mérité, puisque je lui avais menti à propos de la pièce de monnaie.

Un quart d'heure plus tard, notre mère entrait dans notre chambre et posait deux seaux devant nous.

« J'y vais », dit-elle et elle disparut sans attendre notre réponse.

Nous étions assis sur nos lits et contemplions en silence les deux récipients cabossés et usés, dont l'anse perdue avait été remplacée par une bonne ficelle. Deux seaux vides que nous allions devoir remplir jusqu'au soir de petites grappes de groseilles couvertes de poussière. Chaque jour pendant deux longues semaines, ces buissons gris et ternes allaient attendre notre cueillette.

CHAPITRE 5

Bien, bien. Mais ce n'est pas tout.
C'est tout ce que j'ai vu.
Alors souviens-toi de ce que tu n'as pas vu.
C'est impossible. Comment pourrais-je savoir...
Fais un effort. Tu as vu beaucoup de choses. Plus que tu n'en sais.
Ça fait trop longtemps.
Non. Ta mémoire a tout conservé. Mais si tu ne te souviens pas et si tu ne continues pas à en nouer le filet infini, je tomberai dans le vide. Mais, toi aussi, plus personne alors ne pourra te retenir.
La vie est passagère. Nous sommes tous destinés à mourir et à tomber dans l'oubli.
Faux, complètement faux. Ce sont des sottises de mauvais goût. Tant qu'il y aura une mémoire humaine, rien n'aura été inutile, rien ne sera passager.
Le repos des morts ne vaudrait alors pas plus cher que l'agitation des vivants.
Bien sûr. Car un jour les morts aussi ont été vivants. Tu ne peux pas les oublier comme ça. Et en été, que s'est-il passé ?
J'essaie de me souvenir... Il y eut...
Qu'est-ce qu'il y eut ? Parle !

GERTRUDE FISCHLINGER

Le chant des oiseaux et la chaleur me réveillèrent. Je restai immobile dans mon lit sans ouvrir les yeux. Je n'avais pas suffisamment dormi. J'étais trempée de sueur et j'avais du mal à respirer l'air confiné et trop chaud. J'avais le corps comme engourdi, et les veines gonflées comme si j'étais restée toute la nuit debout sur mes jambes. Je regardai l'heure, et le moment venu, je me levai. Je préparai mon petit déjeuner et bus une tasse de café.

Dans le silence de la cuisine, on n'entendait que le tic-tac du réveil. Je me lavai, m'habillai, mis la table pour Paul et préparai le plateau en bois toute usé avec le petit déjeuner de M. Horn. Avant de quitter la maison, je frappai doucement à la porte de Paul jusqu'à ce qu'il me réponde.

Dans la boutique, l'air était suffocant. J'ouvris toutes les fenêtres et descendis à la réserve. Un tonneau de savon liquide était crevé, parce que deux jours plus tôt les livreurs l'avaient tout simplement jeté par le soupirail. Chaque fois que j'avais une minute, je nettoyais, mais malgré cela le sol continuait à glisser et l'eau moussait.

A neuf heures, j'ouvris la porte de la boutique. Mes premières clientes furent deux vieilles femmes qui habitaient juste au-dessus du magasin. Elles achetèrent quelques grammes de beurre, de la farine et un peu de café que je versai dans le grand entonnoir en fer du moulin pour le moudre. Nous ne parlâmes que de la chaleur. Les deux vieilles femmes se plaignirent aussi de n'avoir pas pu dormir.

Un peu plus tard vinrent des écoliers. Ils avaient quitté en cachette la cour de récréation pour acheter des gâteaux et des bonbons au détail. Les pfennigs qu'ils posèrent sur le comptoir étaient chauds et collants.

Les Tsiganes arrivèrent juste avant la fermeture de midi. Elles venaient deux fois par semaine, le lundi et le jeudi. Toujours à l'heure de midi, quelques minutes avant que je ferme ma porte. C'étaient chaque fois les mêmes : la vieille avec son nez mince de vautour et ses quelques chicots noirâtres, et deux femmes, plus jeunes, avec leurs bandeaux de cheveux noirs. Elles se campèrent près des rayons en face du comptoir et attendirent que les autres clients soient servis et aient quitté la boutique. La vieille avança alors de quelques pas. Elle me montra du doigt ce qu'elle voulait, et je remplis les sachets posés sur la balance jusqu'à ce qu'elle me dise d'arrêter. J'écrivis les prix l'un sous l'autre sur un papier. Chaque fois, elle le retournait, jetait un regard mécontent sur les chiffres que je venais d'inscrire, et disait de sa voix rude et âpre : « Cher ! »

Puis elle repoussait le papier vers moi et, de son doigt jauni par la nicotine, me désignait le produit suivant. Les jeunes femmes étaient restées près des étagères. Quand elles parlaient trop fort ou qu'elles riaient, la vieille se retournait et leur disait quelques mots que je ne comprenais pas. Elle parlait à voix basse mais avec sévérité, et les deux femmes se taisaient instantanément.

Quand il fallait que j'aille chercher quelque chose dans l'arrière-boutique ou à la cave, je laissais la porte ouverte. Non pas parce que j'avais peur qu'elles me volent – il y avait si longtemps qu'elles faisaient leurs courses chez moi –, mais parce que j'avais l'habitude de la laisser ouverte. Les plaintes de la vieille, disant que tout était cher, ne me vexaient pas non plus. Je la comprenais.

Après qu'elles eurent payé, les jeunes femmes s'approchèrent du comptoir avec de grands cabas et y fourrèrent leur alimentation, leurs bonbons, leur eau de vie et leur vin rouge doux. Puis elles quittèrent ma boutique. Sur le seuil, la vieille me fit un signe de tête. Son visage était dur, comme pour me dire : Cher ! la vie est chère !

Je fermai la porte à clef derrière elle, et j'allai dans l'arrière-boutique. Je triai les bons de livraison et fis mes comptes pour la banque. Pendant ce temps, mon déjeuner chauffait sur le réchaud électrique. Après le repas, je remplis les rayons et redescendis à la cave pour continuer à nettoyer. Comme j'avais peur que l'alimentation prenne l'odeur du savon liquide, je frottais à fond avec la brosse dans tous les coins. Je versai l'eau couverte de mousse dans le caniveau. Les pavés étaient si chauds qu'il s'en dégagea bien vite de la vapeur d'eau.

L'après-midi, des enfants vinrent dans ma boutique. Ils posèrent le papier où étaient notées leurs courses et l'argent sur le comptoir. Je mis les marchandises dans leurs filets et leurs sacs, encaissai et inscrivis les prix sur leur papier.

Une heure avant la fermeture, mon magasin se remplit. C'étaient maintenant les femmes et les hommes de l'usine. Ils habitaient dans la cité et, pour rentrer chez eux, devaient passer devant ma boutique. Ils achetaient chez moi ce dont ils avaient besoin. Ils étaient beaucoup à acheter à crédit et réglaient leur dette le vendredi quand l'usine leur avait donné leur acompte hebdomadaire. Je les connaissais tous et je savais d'avance ce qu'ils voulaient. Je courais donc entre le comptoir et les étagères pour y prendre les paquets et les bouteilles, montais sur l'escabeau, allais dans l'arrière-boutique ou descendais à la cave. Les clients parlaient à mi-voix entre eux. Je ne pouvais pas écouter leurs conversations, trop occupée à ne pas oublier ce qu'ils m'avaient demandé.

A six heures, après l'angélus, je fermai ma porte, suspendis les volets de bois et posai les barres de sécurité. Je mis de l'eau à bouillir sur le réchaud électrique et me fis un café. Puis je restai un quart d'heure devant ma table dans l'arrière-boutique à ne rien faire. Je ne pensais à rien. Je ne sentais même pas ma fatigue. J'étais complètement vide, incapable de réfléchir. Quelqu'un donna des coups de poings contre les volets de la boutique. J'entendis un tracteur. Un autre passant cria mon nom, mais je n'y fis pas attention, comme s'il s'était agi d'un cri dans un lointain souvenir. Je me levai, allumai la lumière et remplis une nouvelle fois les étagères. Je balayai la boutique et m'assis pour rédiger mes commandes. Ce travail terminé, je mis la boîte en fer avec les tickets d'alimentation dans mon sac à provisions et fermai la porte de derrière à clef.

Vers huit heures, j'étais chez moi. J'entendis M. Horn dans sa chambre. Il parlait tout seul à voix basse. Je jetai un coup d'œil dans la chambre de Paul qui, assis sur son lit, bricolait un tourne-disque qu'il avait trouvé dans un dépôt d'ordures. C'est du moins ce qu'il avait affirmé. En guise de bonsoir, il me réclama de l'argent. Il avait des dettes à rembourser. Je lui donnai ce qu'il m'avait demandé. Je le lui donnai parce que je n'avais pas envie qu'il me vole. Puis j'allai à la cuisine, préparai le repas du lendemain, fis la vaisselle et soupai en même temps.

Paul vint à la cuisine et me dit qu'il sortait devant la porte encore une heure. Je le laissai faire : il était presque adulte. Puis il me présenta son carnet de correspondance pour que je le signe. Son professeur principal exigeait pour la troisième fois que je vienne le voir. Mais dans la journée je ne pouvais pas quitter la boutique, et le soir le professeur n'était plus en ville. Il habitait un village dans les environs de Guldenberg. Je ne savais pas quoi faire. J'avais peur que Paul ait fait des bêtises et qu'il soit renvoyé de l'école. Paul ne me disait rien.

Je ne sais quand, M. Horn entra dans la cuisine pour se faire un thé. Avec un sourire gêné, il resta près de la cuisinière et attendit avec la patience dégagée d'une personne déçue que l'eau commence à bouillir. Il me posa des questions sur ma boutique, et je lui répondis gentiment mais par monosyllabes. Nous étions tous deux empêtrés dans le souvenir d'une passion qui ne méritait pas ce nom, d'une passion que je retournais sans amertume dans ma tête, mais dont il avait honte.

Après qu'il eut versé l'eau sur le thé et jeté proprement les feuilles dans le seau à ordures, il prit la théière et me dit en souriant :

« Je n'ai jamais bu un thé aussi bon que chez vous.
– C'est à cause de l'eau », répliquai-je.

Il secoua la tête et se pencha sur la théière. Puis il se redressa et dit :

« Non, vous vous trompez, Gertrude. Tout ce que nous mangeons et buvons a le goût de la maison. Et chez vous tout est doux. Très doux. »

Plus tard, dans mon lit, son étrange affirmation continua à me trotter par la tête. Je songeai à mes jambes qui me faisaient mal, à mon fils et aux quelques mois que j'avais passés avec mon mari. Je songeai au jour où, avec un voile prêté et un bouquet de roses d'un jaune cireux, je m'étais présentée devant l'autel de l'église Sainte-Marie. Et je fus surprise à l'idée que les quelques années d'impuissance que j'avais vécues aient pu avoir la force de laisser aux choses de chez moi le goût patient de la douceur.

KRUSCHKATZ

Je ne m'attends pas à être compris quand je dis que cette ville était une cité de fous. Je sais ce que je dis, je ne suis pas encore sénile et je maintiens ce que je dis. D'autres pourraient tenir un autre discours. Ils ont peut-être su mieux comprendre cette petite ville, ils ont peut-être considéré ces gens comme des modèles de vertu. Et ils me prendront peut-être pour un fou. Je n'attends donc plus rien. Mais il ne faut pas essayer de me détourner de cette idée.

J'ai été maire de Guldenberg dix-neuf ans durant, mais je n'ai jamais compris cette ville. Et l'énigme demeure pour moi : quelle raison avaient les gens de venir de tous les coins du pays ici, dans ce trou, pour se faire soigner ? Il doit y avoir plus fou que moi ou de pauvres diables qui vivent ailleurs en enfer.

En tout cas, cette ville m'a pris tout ce que j'avais d'important dans la vie. Et quand enfin j'ai pu démissionner de ma fonction, j'ai tourné le dos à Bad Guldenberg pour ne pas perdre la seule chose qui me restait : la raison. Car dans les derniers temps, je n'arrivais pratiquement plus à respirer, et mon départ de cette ville ressembla à une fuite précipitée.

J'étais capable de comprendre la rapacité et la jalousie, le plaisir de la dénonciation, la suspicion mutuelle pour ne pas rater l'instant où l'on tire quelque petit avantage égoïste. Je comprenais aussi leur serviabilité, leur franche et naïve ouverture et le gaspillage insouciant et onéreux de temps, leur sens prononcé pour les vertus bourgeoises et leur attachement indéfectible aux principes qui trahissaient aussi bien le sens de l'honneur que le caractère marqué par les lois des pères. Ce qui me bouleversa et me troubla, ce fut la découverte que, pris individuellement, les habitants de Guldenberg étaient capables, sans raison et manifestement sans conscience de l'inconvenance de leurs agissements, d'associer les intérêts les plus sordides à leur étonnante générosité et, sans aucune sensibilité, de faire suivre la pire pingrerie d'un geste de tendresse désintéressée.

Dans les premières années de ma fonction, comme je m'étais rendu compte avec étonnement et inquiétude combien cette petite ville était insaisissable, je m'efforçais à l'indifférence, convaincu que ces agissements étaient déterminés par un instinct confus et ne répondaient nullement à des valeurs morales et logiques, et qu'ils échappaient ainsi à tout jugement, à toute conclusion, qui découle de la pensée ou de la pratique humaines. Ils étaient comme des animaux, comme des chats qui, avec une cruauté inattendue, dépècent un petit oiseau, alors que l'instant d'avant ils ronronnaient encore avec innocence et cherchaient la chaleur, ou marchaient au rythme de leur élégance naturelle.

Je ne parle pas des psychotiques. A Guldenberg, il n'y en avait pas plus que dans n'importe quelle autre petite ville. Je ne parle pas non plus de ces originaux qui, l'âge avançant, poussent leurs illusions et leurs marottes à une telle perfection qu'on finit par s'interdire de parler avec eux, parce que toute discussion est devenue un absurde et cruel non-sens. Ici aussi, ma fonction m'interdisait toute émotion naturelle et m'obligeait à observer une réserve digne, qui déshonorait ma saine intelligence, uniquement pour pouvoir écouter avec patience les accusations les plus insensées de gens comme le docteur Spodeck, et leur répondre avec sérénité.

Non, aujourd'hui plus que jamais, je suis persuadé que cette ville n'était peuplée que de fous, et que mes efforts – mes vains efforts, comme je dois maintenant l'avouer, car les fous n'ont pas besoin de maire mais de solides infirmiers et d'un médecin qui a une bonne carapace – n'ont fait que concourir à ce que je perde Irène. J'aurais dû prévoir que cette femme sensible, qui aujourd'hui encore incarne pour moi la beauté de ce monde, était incapable d'opposer une résistance suffisante aux discours confus et aux pensées grotesques de ces gens, si bien que la folie ne tarda pas à entrer dans sa tête, que la sombre végétation de folles accusations se développa en elle et qu'elle finit par me soupçonner de toutes les infamies. Et quoique j'aie fait pour la garder, la folie la monta contre moi, jusqu'à ce qu'au lieu de ma femme je n'aie plus qu'une étrangère qui supportait mon amour avec indifférence.

Après la guerre, Guldenberg avait eu plus de douze maires. Franz Schneeberger, mon prédécesseur, fut celui qui tint le plus longtemps : un an et demi, au terme desquels je le remplaçai. Plusieurs d'entre eux n'avaient été en fonction que pendant quelques mois, et l'un même, six semaines seulement. Je mobilisais toutes mes forces, mon expérience et mon habileté, pour ne pas être chassé prématurément. J'ai réussi. J'ai été maire de Guldenberg pendant dix-neuf ans, jusqu'à ma retraite anticipée. Et ce n'est que le jour de mon départ, quand je fus obligé d'écouter d'ennuyeux orateurs et qu'on me remit une médaille en faux bronze et sans valeur, qui représentait le château de Guldenberg et que j'avais fait frapper quelques années auparavant et remise un nombre incalculable de fois à mes concitoyens pour les remercier des services insignifiants qu'ils avaient rendus à la ville, que je compris que tous les efforts pour lesquels j'avais sacrifié ma vie n'étaient rien qu'une poignée de neige. Une poignée de neige qui souille les quelques semaines et les quelques jours qu'il me reste à vivre et prend un goût amer dans ma bouche.

Aujourd'hui je maudis Guldenberg et ses fous qui m'ont tout pris et presque rendu semblable à eux. Mais plus encore, je me maudis moi-même pour avoir laissé l'amour-propre et la vanité me conduire à ma propre ruine, les yeux ouverts et sans que je réagisse.

Je n'ai jamais aimé cette ville et je sais que je n'y ai jamais eu d'amis. On me tolérait ou l'on me craignait comme un mal nécessaire. Le seul mérite que Guldenberg m'attribue sans le dire ne m'incombe pas : passé l'été où Horn mourut, jamais les Tsiganes ne sont revenus à Guldenberg.

Il n'y eut aucun rapport entre leur disparition et la mort de Horn. Tout ce que l'on raconta dans la ville à ce sujet n'était que mensonge et rumeur, les habituels racontars. Ils n'ont pas quitté la ville à cause de Horn, ni à cause de mesures que j'aurais prises contre eux. Le mérite et la faute ne m'incombent nullement. Je n'ai pas obligé les Tsiganes à quitter Guldenberg. Je me suis toujours refusé à utiliser la force publique contre eux, quelle que fût la pression opiniâtre que les citoyens et le conseil municipal exerçaient sur moi.

Il y eut tous les étés une séance du conseil municipal où l'on discutait en vain des Tsiganes jusque dans la nuit. Bachofen exigeait avec toujours plus d'énergie leur expulsion de la ville. Il voulait les contraindre à s'installer sur les prés inondables derrière le château.

« Ils font de toi ce qu'ils veulent, camarade Kruschkatz.

– Qu'est-ce que tu as contre les Tsiganes ?

– Rien. Mais nous avons un arrêté municipal qui interdit le camping sauvage.

– Il y a des milliers de décisions que nous ne respectons pas. Si nous commençons à vouloir les appliquer toutes, ce sera le chaos.

– C'est la loi, Kruschkatz.

– Aucune loi ne nous oblige à expulser les Tsiganes de la ville. Cette époque est révolue, Bachofen.

– En tout cas, il y avait de l'ordre.

– Attention, Bachofen.

– Je n'ai rien à me reprocher, je n'ai jamais été nazi. Au contraire. Mais le droit doit rester le droit.

– Oui, et tant que je serai maire de cette ville, les Tsiganes conserveront aussi leurs droits.

– Ne te gargarise pas de mots, Kruschkatz. Tu ne serais pas le premier maire à partir prématurément d'ici. Les conseillers municipaux ne partagent pas ton avis.

– Tu veux dire tes boutiquiers

– Je parle des représentants élus par les citoyens de Guldenberg.

– Si tu es si sûr de toi, essaie. Essaie de me faire révoquer.

– Ce n'est pas de cela qu'il s'agit. Comprends-moi bien, camarade Kruschkatz, je n'en veux pas plus que toi aux Tsiganes. S'il n'y avait que moi, je leur ferais cadeau du pré. Mais nous avons adopté un plan d'embellissement de la ville qui reste lettre morte. On boycotte notre concours. Tant que les Tsiganes resteront en ville, aucun habitant ne remuera spontanément le petit doigt. A quoi bon des massifs de fleurs et des corbeilles à papier, disent-ils, il faut d'abord nettoyer le Pré des Blanchisseurs. Renseigne-toi. On dit : Quelle drôle de station thermale avec des Tsiganes qui empestent l'atmosphère.

– On dit cela ?

– Oui.

– C'est bizarre. Jamais encore quelqu'un n'est venu dans mon bureau se plaindre des Tsiganes.

– Bien sûr, tu leur fais fermer leur gueule. En outre, tu n'as pas cessé d'être à leurs yeux l'étranger, le parachuté de l'arrondissement. Va donc un jour au bistrot et parle avec les gens.

– Je n'ai pas besoin de cela pour savoir ce que tes gens feraient des Tsiganes.

– Discute avec eux. Ce ne sont pas des nazis.

– Non, bien sûr. Ici personne n'a quelque chose à se reprocher. Dans cette ville, il n'y a jamais eu de nazis.

– Tu deviens injuste.

– Ah bon ? Et pourquoi ne viennent-ils pas me voir ? Pourquoi ne donnent-ils pas franchement leur avis ? Non, Bachofen, je n'irai pas dans les bistrots. Du moins pas pour cela. Nous avons le pouvoir, et je veillerai à ce que nous ne le perdions pas.

– Ne brave pas toute une ville, Kruschkatz.

– Je ne suis pas isolé. J'ai aussi des amis, des alliés, des camarades. La direction du Parti et l'arrondissement partagent mon avis.

– Peut-être plus pour longtemps.

– C'est une menace, camarade Bachofen ?

– Non. »

Il marqua une pause et contempla ses ongles. Je compris un peu plus tard qu'à ce moment il s'était demandé jusqu'où il pouvait aller.

« J'ai lu le rapport de Martens », dit-il enfin.

Martens était l'un de mes cinq adjoints. Chargé des affaires agricoles, il s'occupait des quelques paysans de Guldenberg et des villages environnants. Il était arrivé à Guldenberg après la guerre comme réfugié de l'est. On lui avait donné un peu de terre, et il avait tenté de reconstruire une ferme, mais au bout de trois années désespérantes il avait jeté l'éponge. Il avait rendu ses terres et travaillé comme employé à la chambre d'agriculture de l'arrondissement. Deux ans plus tard, il était devenu conseiller municipal de Guldenberg.

Bachofen se replongea dans la contemplation de ses ongles. Il attendait que je le presse d'en dire plus, mais je gardais le silence. On entendait le bruit irrégulier de la machine à écrire dans l'antichambre. J'espérais que Bachofen dirait rapidement ce qu'il avait à dire et quitterait mon bureau aussitôt. Je voulais être seul. J'avais envie de remonter mes manches et, dans le petit lavabo derrière l'armoire, de laisser couler l'eau sur les articulations de mes poignets.

Bachofen prit à deux doigts une cigarette dans la poche de

sa chemise et d'une main légèrement tremblante l'alluma. Puis il souffla la fumée et dit :

« Dans son rapport, Martens désigne nommément les Tsiganes comme obstacle principal au développement et au renforcement des coopératives.

– C'est absurde.

– Si les Tsiganes ne venaient pas tous les ans avec leurs chevaux, les paysans ne feraient pas tant les crâneurs.

– C'est ridicule.

– Kruschkatz, tu ne peux pas contester que, s'ils n'avaient pas les chevaux des Tsiganes, quelques paysans réfléchiraient un peu plus et se demanderaient s'il ne vaudrait pas mieux adhérer à la coopérative.

– C'est un mensonge. Martens sait aussi bien que toi et moi où sont les vraies difficultés. Combien y a-t-il de paysans à la coopérative ? Une poignée de crève-la-faim !

– Sans les Tsiganes...

– Sottises ! Il y a des milliers de villages qui n'ont encore jamais vu un cheval tsigane et où les coopératives battent de l'aile comme ici.

– Ce n'est peut-être pas l'exacte vérité, camarade Kruschkatz, mais ce n'est pas faux non plus.

– Je ne permettrai pas qu'un rapport pareil quitte mon bureau pour l'arrondissement. Je ne l'accepterai pas. Martens n'a pas le droit de raconter n'importe quoi. Ce qu'on lui demande, c'est d'analyser la situation.

– On n'y verra pas plus clair.

– Ça ne m'intéresse pas. Je veux un rapport correct. Si l'arrondissement destitue Martens à cause de son mauvais travail, il ne pourra s'en prendre qu'à lui-même.

– Kruschkatz, tu ferais mieux de commencer par toi. Les chevaux gênent la coopérative.

– Je ne signerai pas un tel rapport. Demande à Martens de venir me voir.

– Ce rapport ira à l'arrondissement sans ta signature. Tout le conseil municipal le signera. Que ton nom n'y figure pas n'aura pas grande importance. Je m'arrangerai pour que ce rapport soit adopté pendant que tu seras en vacances. Comme ça tu n'auras rien à dire. Accepte ma proposition. Ne te mêle pas de cette affaire. L'arrondissement ne peut s'opposer à tout un conseil municipal uniquement pour te donner raison.

– Laisse-moi seul.

– Kruschkatz, réfléchis. Je n'aimerais pas te voir partir. Nous n'avions encore jamais eu un aussi bon maire.

– Sors. »

Après son départ, assis dans mon fauteuil, je sombrai dans une morne apathie. J'étais incapable d'avoir les idées claires. La secrétaire entra dans mon bureau et me présenta le courrier à signer, je l'engueulai pour une faute de frappe. Un peu plus tard, je lui demandai de m'excuser. Je lui dis que la chaleur m'avait empêché de dormir et rendu nerveux. Elle hocha la tête pour me remercier et me raconta qu'elle-même avait des troubles circulatoires.

Sur le chemin de la maison, je m'arrêtai devant le Pré des Blanchisseurs. Je contemplais les roulottes et les enfants en haillons. Un humble petit tas de misères qui, avec sa pauvreté et sa saleté, ses cris gutturaux et ses mots incompréhensibles, gênait la petite ville.

Les femmes m'aperçurent et appelèrent le gros chef. Un léger sourire condescendant aux coins des lèvres, il se planta sur le seuil de sa porte et, d'un air protecteur, agita sa grosse main dans ma direction. Je le regardai sans réagir. Je savais que je n'allais rien faire le concernant.

DOCTEUR SPODECK

Christine arriva chez nous quelques années après la fin de la guerre, un samedi de novembre 1950.

J'allai moi-même ouvrir après avoir entendu la sonnette.

Devant moi se tenait une jeune fille de quinze, seize ans avec une valise en cuir tout éraflée et un sac à dos. Elle ne me regarda pas, fixant d'un air embarrassé le seuil de la porte.

« Je suis Christine, dit la petite et elle se tut.

– Et c'est moi que vous venez voir ? lui demandai-je pour l'encourager. Puis-je quelque chose pour vous, Mlle Christine ? »

Je ne la connaissais pas. Je ne l'avais encore jamais vue. Après la guerre, beaucoup de nouveaux visages étaient apparus dans notre ville, des réfugiés avec leur langue de l'est, lourde et pauvre en vocabulaire, et des gens qui avaient quitté leur ville bombardée. Tous ces gens s'entassaient dans des logements sous-loués ou dans les nouveaux immeubles de la cité construite à la hâte à l'extérieur de la ville. Il y avait tant d'étrangers dans notre petite ville que je renonçais à fixer leurs visages dans ma mémoire ou même à les dévisager.

A ma question, la jeune fille était devenue rouge comme une pivoine. Elle leva la tête et me regarda avec effroi.

« Je suis Christine Hofberg, dit-elle sur un ton suppliant. Ma mère m'envoie chez vous. »

Elle se tut à nouveau. Son regard s'accrochait à moi avec l'énergie du désespoir. La rougeur s'effaça lentement de ses bonnes joues rondes d'enfant.

Il faisait froid. J'avais la sensation de respirer un brouillard humide qui enfermait mes poumons dans une carapace de glace. Sur les pavés du marché, une vieille femme habillée de noir tirait une voiture à bras. Les roues cerclées de fer faisaient un bruit désagréable. Je me rendis compte tout à coup que la jeune fille tremblait de froid.

« Entrez, je vous prie », lui dis-je en lui montrant le chemin.

Les Hofberg étaient des connaissances de ma femme. Ils habitaient à Kretsch, un village dans les environs de notre ferme. Souvent dans les moments difficiles, ma femme était allée chez eux pour y acheter ou échanger quelques œufs et un peu de lard. Elle m'avait parlé de leur fille. Sa mère voulait l'envoyer en ville, et ma femme s'était déclarée prête à la prendre comme aide-cuisinière. J'ignorais pour quelle raison Christine avait quitté son village. Je me souvenais vaguement des récits truffés de digressions de ma femme. Un frère de Christine s'était marié et voulait qu'elle quitte la ferme.

Quand j'ouvris la porte de la cuisine et fis passer Christine devant moi, mon regard tomba sur ses jambes, sur d'innocents mollets de jeune fille serrés dans de solides bas de fil. Cette vision me mit de bonne humeur. Je crois même que je posai mon bras sur les épaules de la petite en disant à ma femme :

« On nous a fait cadeau d'une grande fille. Fais attention qu'elle ne tourne pas la tête à tous les garçons de la ville. »

Christine allait dès lors habiter chez nous, dans la chambre voisine de celle de Johanna, qui avait cinq ans à l'époque. Elle aidait ma femme aux travaux ménagers et s'occupait de notre enfant. Comme elle vivait avec nous, j'eus bientôt l'impression qu'elle avait toujours vécu chez nous, qu'elle était ma propre fille.

Les dimanches, elle passait quelques heures chez ses parents, mais ces visites s'espacèrent de plus en plus, et il fallut presque la forcer à retourner de temps à autre dans son village. Elle passait même Noël avec nous. Elle nous l'avait demandé, et c'est avec plaisir que je le lui avais accordé. Sa demande m'avait rempli d'une fierté rassurante que je n'avais pas pu m'expliquer.

Quand elle eut dix-sept ans, je la pris avec moi dans mon cabinet et la formai pour en faire mon assistante. Elle fréquenta une fois par semaine l'école professionnelle : je voulais qu'elle ait un niveau d'instruction convenable. En revanche, au bout de ses six heures de travail dans mon cabinet, je ne pouvais l'empêcher de continuer à aider ma femme aux travaux du ménage ou à s'occuper de la petite Johanna. Je lui expliquais en vain qu'après les consultations elle pouvait prétendre au repos et à des moments de liberté, et rester dans sa chambre ou avec nous sans autres obligations. J'allai même jusqu'à lui lire les articles du code du travail, pour lui mettre mes torts sous les yeux, si j'acceptais qu'elle travaille chez moi sans être payée pour cela.

Christine, que mes scrupules répétés amusaient, éclatait de rire.

« Ne vous donnez pas tant de mal, docteur, disait-elle. Vous ne m'empêcherez pas de faire ce qui me plaît.

– Mais peut-être que vous avez un ami qui vous attend, Christine, objecté-je, un gentil et joli garçon. »

La remarque que je venais de faire m'étonna moi-même et, inquiet à l'idée que Christine ait pu me comprendre, je tentais de surprendre dans sa voix les accents de son angoisse. Mais elle répliqua sans gêne aucune :

« Je n'ai pas d'ami, docteur, vous ne le savez pas ? Et je resterai toujours chez vous, si vous ne me chassez pas. »

Elle avait dit cela avec un tel sérieux que je compris l'ampleur de son innocence. Je me sentis humilié et je fermai les yeux pour ne pas me montrer plus longtemps sous mon vrai jour, car sa façon de me sourire me troublait et me faisait honte.

« Maintenant, laissez-moi seul, Christine », lui demandai-je en m'asseyant brusquement dans le fauteuil des patients.

Les mains sur mes yeux fermés, obéissant à une soudaine inspiration et désireux de lui mentir, j'ajoutai bien vite, dans l'espoir de me tromper moi-même :

« Je n'ai plus besoin de vous. »

Depuis que Christine prenait ses repas avec nous, j'allais même jusqu'à supporter avec indifférence l'incessant bavardage de ma femme. La présence de Christine me reposait et me mettait de bonne humeur. Quand Christine était à table avec nous, jamais je ne me laissais aller à ces accès de colère qui, non contents de faire peur à ma femme et à Johanna, me faisaient souffrir et me tourmentaient intérieurement sans que j'en tire les conséquences, dans l'incapacité de résister au déferlement dévastateur de ma fureur, dès que survenait une nouvelle et violente contrariété. C'était comme si la seule présence de cette calme et confiante jeune fille avait eu le pouvoir de me libérer de toutes mes humeurs et de mes mauvais instincts.

En un rien de temps, cette petite campagnarde un peu gauche devint une femme. Ce n'était pas une beauté, son visage était un peu trop large et son rire trahissait son origine villageoise, mais ses yeux noirs extraordinairement beaux, sa sensibilité infinie et une intelligence, y compris pour les choses inexplicables de la maison et de la ville, éclipsaient toute imperfection. Elle était devenue une grande sœur pour ma fille, et une grande fille pour ma femme et pour moi. C'est du moins ce dont j'essayais de me persuader, et il fallut que je commette la faute inexcusable pour comprendre qu'elle était plus que ma fille, qu'elle avait toujours signifié plus pour moi que j'avais été susceptible ou capable de l'avouer.

L'événement, ou plutôt la catastrophe, car je ne peux appeler autrement la faute que, depuis ce jour, je ne cesse d'avoir sur la conscience, et qui m'a fait ouvrir les yeux sur moi-même et comprendre que je n'ai été rien d'autre que le fils malhonnête d'un père malhonnête, pas moins cupide, brutal et méprisable, mais beaucoup moins brillant que lui, ce qui fut peut-être la seule explication de mon orgueil et de cette haine durable et implacable, de cette arrogance qui, je le reconnais, se fondent peut-être sur l'occasion manquée de montrer ma bassesse et ont fait de ma vie un morceau d'hypocrisie et d'indignité ; cet événement effroyable, qui à la fois m'a bouleversé et ouvert les yeux sur moi-même, eut lieu le jour de la mort de ma mère. Christine avait alors dix-neuf ans.

Lorsque plus tard je méditai sur les événements de cette journée et que j'en compris la nécessité, je commençai à me douter que tout ce qui s'était passé ce jour-là, quelle que soit la part du hasard dans tel ou tel détail, tout comme les circonstances, le lieu et l'heure, était l'aboutissement longtemps souhaité de désirs inavoués et le résultat d'un destin dont je n'avais pas eu conscience et que je n'avais même pas soupçonné, mais que j'avais cependant voulu et provoqué. Cette catastrophe, quelle que soit la peur qu'elle me causa, je l'avais ardemment désirée. Et je m'en suis servi parce que je ne pouvais pas détruire autrement et plus radicalement les illusions que je m'étais faites. Les yeux grand ouverts, j'avais couru au désastre sans pouvoir ni vouloir en arrêter la mécanique. J'avais tout pressenti sans vouloir l'admettre. Je savais ce qui allait arriver, mais je m'étais purement et simplement efforcé de ne pas comprendre. Je voyais tout cela, les yeux fermés. Et comme si le destin avait voulu se railler de moi, de mon mépris, tout – et même les objets inanimés, à ce qu'il me sembla – tout finit par m'entraîner de plus en plus vite vers mon inéluctable destin, sur la voie du désespoir, de la solitude et de la lucidité. Même ma femme devint l'instrument aveugle de cet irrésistible événement.

Ma mère mourut à l'hôpital de Wildenberg. Elle y avait été transportée après un deuxième infarctus. Les médecins qui la traitaient et moi-même, nous avions cru qu'elle l'avait déjà surmonté lorsque, la nuit, victime d'une nouvelle attaque, elle s'éteignit paisiblement sans s'être réveillée. Un médecin de l'hôpital vint me voir pendant mes consultations pour m'annoncer personnellement son décès. Il me demanda où je voulais la faire enterrer et si l'hôpital devait s'occuper des formalités nécessaires. Je le remerciai et lui dis que j'irais l'après-midi à Wildenberg.

Lorsque je lui appris la mort de ma mère, ma femme poussa un soupir de soulagement qui se voulait compatissant. Elle me jeta un regard de crucifié et dit :

« Que Dieu ait pitié de son âme ! Elle l'a bien mérité. »

Puis elle s'assit sur la banquette, sortit son mouchoir de sa manche et se mit à pleurer et à geindre, ne s'interrompant que de temps à autre pour se moucher bruyamment.

Je lui dis que j'irais l'après-midi à Wildenberg et lui demandai de m'accompagner avec Johanna. Son gémissement presque imperceptible fut sa seule réponse. Je me tenais devant elle et attendis. Elle finit par se lever, fourra son mouchoir dans sa manche – avec l'index, elle fourgonna entre son avant-bras et la manche de sa robe en laine, jusqu'à ce que le mouchoir ait complètement disparu et forme une boule presque invisible – et répliqua :

« Je t'en prie, vas-y tout seul. C'est au-dessus de mes forces. Et en tout cas nous ne pouvons pas demander ça à notre fille. »

Elle sortit de la pièce. Je la regardai partir et sentis une rage sourde m'envahir ; je ne voyais plus rien et, l'espace de quelques secondes, je n'arrivais plus à respirer. Elle ment, pensai-je épuisé, et, comme un enfant qui s'obstine, je me mis à faire tourner ce mot dans ma tête : elle ment, c'est ignoble comme elle ment.

Elle avait méprisé ma mère dès le premier jour. Elle la méprisait à cause de sa simplicité, de sa pauvreté et de ses mille maladresses. Et maintenant, comme s'il fallait encore qu'elle montre son mépris pour son cadavre, elle se drapait dans une feinte compassion et me laissait seul. J'étais vexé que ma fille Johanna ne puisse faire ses adieux à sa grand-mère. Johanna n'avait que neuf ans, et il était sûrement raisonnable de ne pas montrer à une petite fille impressionnable la dépouille d'un être proche. Pourtant je l'avais voulu, et je souffrais des sarcasmes de ma femme, de son aversion toujours grandissante pour ma mère et mes origines, pour moi. En proie à l'impuissance et au désespoir, j'étais encore au salon quand la porte s'ouvrit et que ma femme revint. Elle me regarda d'un air désolé et dit d'une voix douce :

« Prends Christine avec toi. Elle peut peut-être t'aider. »

Nous partîmes après le déjeuner. Nous étions assis l'un près de l'autre sans rien dire. Je pensais à ma femme, à notre mariage, à ma vie, et j'essayais de m'imaginer le nouveau visage de ma mère. Christine avait un air sérieux. L'idée me traversa l'esprit que, depuis qu'elle vivait chez nous, je ne m'étais encore jamais retrouvé seul avec elle dans ma voiture. Un vieil homme et une jeune fille, pensai-je, un vieil homme très fatigué et une jeune fille qui aurait pu être sa fille.

« Vous n'étiez pas obligée de venir avec moi, Christine, lui dis-je. Vous avez peut-être peur de voir le cadavre de ma mère.

– Non, j'ai déjà vu beaucoup de morts, dit-elle en secouant la tête. Dans les bois autour de notre village, nous les enfants du village, nous trouvions tout le temps des soldats morts. C'était horrible à voir. »

Elle était assise sur son siège, droite comme un cierge et regardait la route. Je l'observai et me demandai si elle se doutait de ce qu'elle réprésentait pour moi et comme j'aurais voulu qu'elle soit ma fille.

« Non, je n'ai pas peur, dit-elle. A la mort de ma grand-mère, j'étais toute seule pour lui faire sa toilette. Je n'avais que douze ans à l'époque. »

Je sentis à ses mots sa force et sa supériorité. Je savais que je lui étais inutile, superflu comme tous ces morts qui n'avaient eu aucune prise sur elle, pas plus qu'ils ne l'avaient aidée. Je me faisais pitié et, l'émotion me gagnant, je sentis les larmes me monter aux yeux. Et je maudis en silence ma sentimentalité, les vaines espérances d'un vieil idiot répugnant, qui ne méritait aucune sympathie et était suffisamment âgé pour comprendre qu'il avait depuis longtemps gâché, dilapidé sa vie pour des bêtises et des succès qui pesaient moins qu'un plat de lentilles, et que, par conséquent, il ne pouvait prétendre à l'amour, à quelque être humain. Car la seule personne qui m'avait aimé sans rien me demander en échange, ma mère, était morte.

A l'hôpital, on me conduisit à la cave. Ma mère reposait dans une salle étroite, froide et humide, basse et qui sentait fort. Cette salle était comme les deux pièces dans lesquelles elle avait passé la plus grande partie de sa vie. Je m'assis près d'elle, posai ma main sur le drap blanc à l'endroit où se dessinaient les mains, et me mis, enfin seul avec elle, à pleurer sans plus pouvoir m'arrêter. Et bien que mesurant seulement alors toute l'étendue de ma solitude, je me sentis, en cette dernière heure passée avec ma mère, presque heureux.

Christine était allée à l'administration. Je lui avais donné procuration pour régler le transport et signer les papiers nécessaires. Après avoir reposé le drap sur la tête de ma mère et quitté la cave, je l'attendis devant l'hôpital. Comme elle sortait et me racontait ce qu'elle avait fait, je la remerciai et lui baisai les mains. Mon geste la troubla. Pour réparer ma maladresse, je posai mon bras avec un geste paternel sur ses épaules. Je ressentis soudain le violent désir de lui faire des cadeaux, de la submerger d'habits et de chaussures, mais j'articulai tout juste une invitation ridicule et embarrassée à prendre un café. Les joues toujours aussi rouges, elle refusa.

Sur le chemin du retour, nous parlâmes de nos mères. C'était une chaude journée d'octobre, l'été de la Saint-Martin. Le long de la route, les feuilles des arbres changeaient de couleurs : le vert qui s'épuisait faisait place aux jaunes et aux bruns. La fine poussière des champs labourés s'était déposée sur le ruban d'asphalte que le soleil chauffait.

Christine parla de sa mère :

« Quand elle était jeune fille, elle dessinait. Elle possède encore aujourd'hui de gros cartons remplis de merveilleux dessins. Elle était très douée et elle a tout arrêté. Depuis des années, elle n'a plus touché un crayon.

– Tous les jeunes sont doués. Et qu'est-ce que ça donne ?

– Ma mère a été complètement usée par la ferme et le ménage.

– La peinture lui manque ?

– Je ne sais pas. A l'époque, elle aurait dû s'enfuir. Mais elle n'en a pas eu le courage.

– S'enfuir comme vous, Christine ? plaisantai-je.

– Oui. »

Christine me regarda sans sourire.

La chaussée qui traversait la forêt était déserte. De hautes fougères cachaient le sous-bois. A la hauteur de la charbonnière, le revêtement de goudron avait été arraché par les roues des voitures à chevaux. A travers les arbres serrés, les meules papillotaient comme des tumuli géants. Il faisait sombre et frais : le soleil était incapable de percer à travers le feuillage.

Nous venions juste de quitter la forêt quand le moteur se mit à tousser et s'arrêta brusquement. Je dirigeai la voiture en roue libre sur le bas-côté, descendis, ouvris le capot et recherchai la panne. Au bout de vingt minutes, j'abandonnai. Je m'essuyai les doigts avec de l'herbe, fermai le capot et dis à Christine :

« Espérons que quelqu'un passera et pourra nous remorquer. »

Et après un coup d'œil sur la route déserte, j'ajoutai :

« Je crains que nous devrions attendre longtemps. »

Christine descendit. Nous étions près de la voiture sans savoir que faire. Le soleil de l'après-midi était si chaud que je retirai ma veste et la posai sur le siège. Nous nous assîmes au bord du fossé et jouâmes avec des brins d'herbe. Dans la forêt voisine, un pic vert tapait contre le tronc d'un arbre : de violents coups de marteau, puis brusquement le silence interrompu par de nouveaux coups, d'abord hésitants et espacés, puis rapides et réguliers. Je pensai à la mort de mon père, à son somptueux enterrement. Ma mère m'avait alors demandé de l'accompagner jusqu'à la tombe, et j'avais refusé. Au milieu du convoi funèbre, elle avait suivi toute seule le cercueil porté par les notables de la ville, toute seule dans le cortège des hommes d'affaires et des amis de mon père, de ses patients reconnaissants et des trompeurs trompés. Elle avait marché seule, sœur de toutes les autres femmes qu'il avait abusées et abandonnées et qui, aussi seules qu'elle, accompagnaient mon père jusqu'à sa dernière demeure, en compagnie peut-être de leurs enfants, mes frères et mes sœurs inconnus qui, comme moi, rendaient un hommage insensible et rancunier à leur monstrueux géniteur. Et voilà que ma mère était morte, et comme un enfant, je ressentais à présent le fait d'être orphelin, abandonné de tous et libéré de tout.

Christine semblait rêver les yeux ouverts. Le haut de son corps me cachait le soleil bas à l'horizon. Une auréole de lumière vibrait autour de sa tête, dans ses cheveux, et lui donnait une beauté irréelle. Je me levai et suivis des yeux le ruban luisant de la route goudronnée qui se perdait dans la sombre forêt. Puis je remontai dans ma voiture et essayai une nouvelle fois sans plus de succès de mettre le moteur en marche.

Je dis à Christine que j'avais envie de faire quelques pas ; si un véhicule passait, elle n'aurait qu'à crier fort, et je l'entendrais. Puis je traversai la prairie, presque rase après le passage des vaches. Je vis des chardons, des plantes magnifiques et curieuses aux formes variées, de hautes touffes aux feuilles épaisses, garnies de piquants, que le bétail avait dédaignées. Je vis des taupinières et les trous des souris des champs. Je traversai la prairie, les yeux mi-clos, sans penser, jusqu'à ce qu'un fossé rempli d'eau me barre le chemin. C'est là que Christine me rejoignit.

J'entendis ses pas et le léger froufrou de sa robe quand elle s'assit à côté de moi. Je sentis son regard se poser sur moi et, dans un premier mouvement, je me pris la tête à deux mains pour cacher mon visage. Je m'étais laissé aller à un mouvement de honte et j'eus besoin de toutes mes forces restantes pour décoller les mains de mon visage. Et comme pris d'un insolent désespoir et du désir de résister totalement à la gêne qui me gagnait, je me laissai tomber sur le dos, vulnérable et sans plus de défense. Je sentis l'herbe et les fruits séchés des fleurs de la prairie à travers le mince tissu de ma chemise, et la main de Christine essuyer d'une caresse les larmes sur mon visage.

« Ne pleure pas », me dit-elle en continuant à me caresser le front et les joues.

Je gardai les yeux fermés et m'abandonnai à un indicible chagrin, et à la douceur rédemptrice de cette jeune fille.

« Tu as beaucoup aimé ta mère ? me demanda Christine.

– Je ne sais pas, lui dis-je sans masquer la vérité. Je ne sais pas si j'ai aimé ma mère. Je ne sais pas si j'ai un jour aimé, ni si j'ai été aimé.

– C'est grave. Très grave et très triste.

– Et je ne sais même pas si je suis triste, Christine. Je sais simplement que je suis effroyablement seul. Oh, cette longue vie de solitude.

– Tu n'es pas seul. Je suis près de toi. Je t'aime.
– Oh ! Christine », soupirai-je doucement.

Je me sentis à la fois soulagé et mort de fatigue. Un doux sentiment d'affection paternelle pour cette enfant m'envahit, à l'instant où je perçus l'ombre inattendue de son corps au-dessus de mon visage. Christine pressa ses lèvres sur ma bouche, ses mains saisirent mon visage et glissèrent autour de mon cou et de mon torse à la manière d'un anneau. Couvert de ses baisers, de ses mains, de son corps, je sentais les battements sourds et violents de mon cœur qui, dans ma poitrine, se déchaînait, grossissait et menaçait d'éclater. Je me retins de respirer pour ne pas couler sous la vague qui m'emportait. Et soudain le voile de miséricorde, dans lequel je m'étais caché pour me protéger, se déchira et je me rendis compte avec une violence jusqu'alors inconnue et irrésistible que j'aimais Christine, que je l'avais toujours aimée, qu'elle n'était pas ma fille, mais ma femme. Cette découverte ne jaillit pas de mon esprit. Cette pensée ne s'exprimait pas par des mots mais provenait du sang qui gonflait mes artères, des milliers d'yeux qui s'ouvraient sur ma peau. Le désir inonda mon corps, tous les replis de mon cerveau. Il engloutit mes yeux sous un feu brûlant et courut avec une rage furieuse à travers tous mes muscles, à travers toutes mes fibres. Je regardai sans réagir Christine se déshabiller et se blottir, nue, mince et fragile, contre moi. Je la laissai docilement guider mes mains sur ses seins, sur ses grands seins veloutés de femme, qui donnaient à son timide corps de jeune fille une impatiente et émouvante sensualité. Incapable de bouger, je sentais sa peau douce et ferme et appréhendais de blesser la gloire de son corps. Je sentis mon être agité de tremblements et j'attendis, heureux et serein, que mon cœur éclate, l'instant où mon sang s'emportant déchiquetterait ce petit muscle palpitant. Je lui abandonnai ma main qui, guidée par ses doigts, glissa sur ses hanches, sur ses cuisses, puis sous sa pression, agrippa sa toison et la fleur rouge sombre de sa chair. Paralysé par un immense bonheur, je laissai Christine ouvrir ma chemise et mon pantalon.

Je me laissai docilement déshabiller et osai à peine respirer. Et quand enfin mon souffle, repoussant l'obstacle, se fut frayé un chemin et eut quitté mes poumons dans une plaintive expiration, j'eus l'impression que ma poitrine se déchirait et que je sombrais au plus profond de ma vie, au plus profond du plaisir et de la mort. Et au-dessus de moi, très loin, je perçus la plainte presque inaudible de Christine.

Il commençait à faire noir quand nous fûmes enfin capables de nous détacher l'un de l'autre. Grisés par un bonheur que nous n'avions pas épuisé, nous remontâmes dans ma voiture pour constater en riant et sans nous étonner que maintenant le moteur démarrait. Au retour, nous n'échangeâmes pas un mot, mais notre silence avait la gaîté d'un bavardage. Sans rien dire, nous nous parlions avec les signes délicats et magiques de l'amour, et seules les extrémités de nos doigts se touchaient.

J'avais déjà cinquante-et-un ans et je venais de découvrir l'amour, le plaisir et la femme. J'étais presque un vieil homme quand je vécus ce moment qui aurait pu me libérer de ma haine et de mon furieux désespoir, moment où brilla en moi la lueur d'une autre existence, de l'homme que j'aurais pu être. Mais j'avais cinquante-et-un ans, et Christine dix-neuf. Les années de ma vie avaient passé et, sur le chemin de ma vanité, me retenaient par les chaînes de notre mortalité.

Le deuil de ma mère et la puissance du bonheur de nos corps inondaient, submergeaient mon esprit et ne le quittaient plus. Assis au volant de ma voiture comme un pauvre imbécile, j'avais envie d'éclater en sanglots et de chanter à tue-tête. Et pourtant j'avais assez d'expérience et j'étais suffisamment vieux pour savoir que, au-delà de l'horizon de ce bienheureux tourment, la conscience de mon humiliante inutilité me poussait déjà à renoncer à un bonheur aussi tardif que fugitif.

J'arrêtai la voiture à l'entrée de Guldenberg. Sans que nous nous regardions dans les yeux, j'eus le courage de me séparer du dernier espoir de ma vie.

Trop tard. Ces mots tournèrent comme une meule de pierre, écrasant tout dans ma tête ; trop tard.

« Oublie-moi, Christine, ordonnai-je.

– Oui, docteur, dit-elle, obéissante.

– Il faut que tu m'oublies », insistai-je.

Elle hocha la tête et répéta d'une voix blanche :

« Oui, docteur.

– Et tu vas nous quitter. Tu vas chercher un jeune homme, te marier et avoir des enfants. Tu habiteras dans ta propre maison. »

J'essayais de lui parler sévèrement, durement, et pourtant le ton de ma voix restait suppliant. Mes exigences devenaient des prières.

Christine secoua la tête :

« Non, docteur. Chez vous, je suis chez moi. Je vous oublierai, mais je ne vous quitterai pas. »

Le naturel et la détermination avec lesquels elle m'avait répondu m'étonnèrent et je n'osai pas la contredire. Je sentais que je commettais une faute irréparable si je ne la renvoyais pas sur le champ, et pourtant sa décision m'avait soulagé. Je ne voulais pas la perdre.

Christine resta chez nous. Plusieurs fois encore et chaque fois en vain, j'essayais de lui faire comprendre qu'il fallait qu'elle nous quitte. Avec les années, mes demandes se firent plus pressantes, car j'étais tourmenté par ma conscience, oppressé par l'idée que je sacrifiais à ma solitude la vie de cette innocente jeune femme. Je l'aimais et je ne regrette rien plus que le mal que je lui ai fait. J'avais une violente envie de Christine, et cette envie me dévorait, et ma honte incessante me désarmait plus que jamais.

Christine avait trente-deux ans quand, pour la dernière fois, je lui dis de partir loin de moi. Elle me répliqua :

« N'avez-vous toujours pas compris, docteur, que je ne peux pas vous quitter. »

Depuis le jour où ma mère est morte, je n'ai jamais plus embrassé ses seins, ni jamais reposé ma tête sur ses cuisses.

Nous vivons l'un près de l'autre comme en plein amour courtois : promis l'un à l'autre, jamais nous ne nous toucherons. Elle accomplit son travail dans mon cabinet et à la maison, et rien ne vient trahir notre indéfectible complicité et son angoissante décision.

Il ne lui est arrivé qu'une fois de ne pas pouvoir se contrôler. C'était un soir d'hiver, trois ans après la mort de ma mère, trois ans après le seul jour heureux de ma vie, le jour qui devait me rendre malheureux pour toujours. J'étais seul avec ma femme au salon, lorsque Christine apporta les tasses à thé. Ma femme se leva, vint vers moi, s'assit sur l'accoudoir de mon fauteuil et, contre toute attente, m'embrassa. On entendit à cet instant un bruit de porcelaine éclatant en mille morceaux. Christine avait laissé tomber le plateau. Après que Christine, le visage écarlate, eut quitté la pièce pour aller jeter les débris en murmurant des excuses, ma femme s'assit dans son fauteuil et dit d'un air pincé :

« Notre petite Christine est amoureuse de toi. »

Je la regardai avec surprise.

Elle eut un sourire complaisant et méchant et poursuivit :

« Et je sais que, toi aussi, tu l'aimes. »

Sa remarque me fit perdre contenance. Je sentis à l'instant ma bouche se dessécher et ma langue devenir lourde et épaisse. Quelque chose m'étouffait et, j'essayai d'avaler ma salive pour pouvoir parler.

« Je t'en prie, n'essaye pas de le nier, poursuivit ma femme, je sais, je ne suis pas folle. Mais je sais aussi que je te survivrai et que tu n'oseras jamais te séparer de moi et de ta fille. Tu n'en aurais pas le courage. Tu es un lâche. Tu n'auras jamais Christine. Je te le jure. »

Je la regardai sans un geste. Devant la haine qu'elle me manifestait, mon sang se figea, et je ressentis le désir de la tuer. Cette envie s'empara de moi avec une telle violence que mes mains se crispèrent. Je savais que ma femme disait la vérité. Le courage me manquait pour divorcer, et je n'étais pas suffisamment lâche pour me libérer d'elle d'une manière plus cruelle.

Trop tard, ces mots me martelaient le crâne, tout est trop tard.

Christine, appelais-je en moi-même, Christine. J'évoquais intérieurement son nom pour pouvoir respirer. Mais je ne trouvais en moi plus aucune rémission, et l'écho répétait sans pitié : Trop tard, vieux fou, trop tard.

GERTRUDE FISCHLINGER

Il était là, devant moi, les épaules tombantes. Il promenait un regard désemparé sur les rayons.

« Vous voulez encore autre chose ?

– Donnez-moi une bouteille d'eau de vie. Une grande bouteille.

– Laquelle voulez-vous ?

– La même que celle que je vous ai achetée l'an dernier.

– L'an dernier ? Je ne m'en souviens pas. Etait-ce de l'eau de vie de grain ?

– Ça m'est égal. N'importe quoi, mais quelque chose de bon. »

Je posai une bouteille à côté des sacs, des paquets et du vin, et me mis à compter.

« Vous avez de la visite ?

– Oui.

– Les Tsiganes à nouveau ?

– Oui, oui, les Tsiganes à nouveau.

– Je ne voulais pas vous vexer, M. Gohl, je pensais simplement...

– Vous ne m'avez pas vexé.

– Ça fait soixante-deux marks quarante. Je note ?

– Non, je vous paye maintenant.

– Ne portez pas tout en même temps. Je vais demander à

Paul de vous accompagner. Il fait tellement chaud. On est accablé de chaleur. On va tous avoir une insolation.

– Merci, j'y arriverai bien tout seul. Le soleil ne me dérange pas.

– Il n'y a pas que le soleil. La nuit, il fait toujours aussi chaud. Le lait n'est pas livré qu'il a déjà tourné.

– C'est ennuyeux.

– Oui, même à la cave, tout fermente et pourrit. Je ne me souviens pas d'un été pareil !

– Au revoir.

– Au revoir, M. Gohl. Et merci beaucoup. »

Il prit sa serviette et son cabas. Je sortis de derrière mon comptoir pour lui ouvrir la porte. Dehors sur le trottoir, il posa sa serviette pour avoir la main libre, soulever son chapeau et me dire merci. Puis, la tête rentrée dans les épaules, il monta en direction du moulin.

M. Gohl habitait après la cité, dans une maison isolée à l'orée du bois de pins. Il vivait là avec une fille adulte – si l'on peut dire, car elle était malade, très malade. Elle était simple d'esprit. Elle ne quittait jamais la maison, et son père était obligé de s'occuper d'elle.

M. Gohl n'avait pas d'amis et ne connaissait personne en ville. Personne ne venait le voir, et il ne parlait à personne. Il était peintre et travaillait depuis quelques années dans notre musée local. Autrefois il se contentait de peindre des tableaux et les vendait aux riches curistes qui venaient se reposer chez nous. Mais après la guerre, les curistes qui venaient dans notre ville n'avaient pas d'argent non plus. Ils vivaient donc, sa fille et lui, des quelques marks que la ville lui donnait pour son travail au château. Et de la pension qu'ils percevaient, parce que sa fille était malade et que sa femme avait été assassinée par les nazis.

La seule personne qu'il fréquentait était le Tsigane qui, chaque été, installait son campement dans notre ville. Seul, cet homme venait avec ses femmes lui rendre visite. J'ignore comment ils faisaient pour discuter, car le Tsigane ne parlait pas l'allemand. Les gens racontaient qu'ils se contentaient de boire et que les femmes chantaient dans une autre langue des chants qui ressemblaient à une longue complainte. Cela ne me regardait pas. Je donnais à M. Gohl ce qu'il me demandait, et s'il laissait entrer les Tsiganes chez lui, c'était son affaire, rien de plus. Après tout, les Tsiganes étaient aussi mes clients : j'en avais le droit et le devoir, et les gens pouvaient dire ce qu'ils voulaient.

Je ne comprenais pas non plus pourquoi les Tsiganes n'allaient que chez M. Gohl. Mais peut-être que ces gens prennent les fous pour des saints. Juliane m'avait raconté que des peuples vouent un culte aux fous. Dieu parle par la bouche des simples d'esprit, lui avait dit son curé. Je ne sais pas si c'est vrai, mais je refusais aussi de croire les méchantes histoires que les gens racontaient sur le Tsigane et ses trois femmes.

M. Gohl avait toujours vécu replié sur lui-même. Même à l'époque où il était encore marié, il n'avait pas d'amis dans notre ville. On savait qu'il peignait et on le laissait tranquille.

Je connaissais déjà sa femme avant qu'il l'épouse. Elle s'appelait Gudrun Stephanski. Elle était institutrice, et Juliane et moi, nous l'avions eue pendant quelques années, avant qu'elle se marie avec M. Gohl et qu'elle ait sa fille, Marlène. Elle arrêta de travailler quand il s'avéra que leur enfant était malade et qu'elle ne serait jamais vraiment normale. J'étais alors en avant-dernière ou dernière année d'école primaire. Dès lors, je ne vis plus Gudrun Stephanski, ou plutôt Mme Gohl, puisque désormais c'était son nom, que rarement. Nous nous rencontrions parfois dans la forêt quand nous ramassions des myrtilles. Elle poussait devant elle une voiture d'enfant et parlait à sa grande fille qui, immobile et indifférente, regardait fixement les arbres. Quand nous la saluions, elle s'arrêtait, nous posait des questions sur l'école et nous disait quelques mots gentils. Mais nous avions peur de sa fille parce qu'elle était très bizarre.

Mme Gohl était une femme très douce, sur qui les années

semblaient passer sans laisser de traces. La dernière fois que je la vis, elle devait avoir largement dépassé la quarantaine, et pourtant j'eus l'impression qu'elle n'avait pas vieilli du tout. Elle semblait toujours être la jeune femme qui se tenait devant mon pupitre, pendant que j'essayais tant bien que mal d'assembler les lettres de mon livre de lecture pour en faire des mots qui auraient un sens.

En mai 1943, on vint chercher sa fille. Les Gohl avaient longtemps réussi à soustraire leur enfant à l'Etat, qui plaçait les malades dans des foyers spécialisés, de façon, comme on disait officiellement, à ne pas compromettre la bonne santé du peuple. Plusieurs années durant, les Gohl avaient réussi à cacher leur fille dans leur maison, jusqu'à ce qu'à la suite d'une dénonciation écrite, la municipalité ne puisse plus faire autrement que signaler l'existence de cette petite malade au Gauleiter. On était venu la chercher en mai, et on leur rapporta en septembre l'avis de décès et l'urne avec ses cendres. D'après le certificat de décès, elle était morte d'une pneumonie. M. Gohl fit déposer l'urne dans le cimetière de la forêt et dresser une petite pierre blanche sans nom ni date. Sur la pierre une simple croix dorée.

Depuis qu'on leur avait pris leur fille de force, les Gohl ne quittaient plus guère leur maison. On le voyait parfois, lui, aller faire les courses : à l'époque, il achetait encore tout chez Grosser, en haut, près de l'ancienne foire aux bestiaux. Il lui arrivait aussi de se rendre aux thermes, avec un gros paquet sous le bras, et d'exposer ses peintures dans le foyer puis, assis à côté, d'attendre patiemment les acheteurs. Parfois des gens de la ville lui adressaient la parole pour le consoler, mais jamais il ne leur répondait. Il se contentait de les regarder sans rien dire, les yeux remplis de larmes.

A la fin de l'année, quelques mois après l'inhumation des cendres, une effroyable rumeur se répandit pour la première fois dans Guldenberg. Pendant quelques jours, toute la ville en parla discrètement, presque sans le dire. Et tout aussi soudainement qu'elle était venue, la rumeur disparut. Personne n'était peut-être vraiment au courant, mais peut-être aussi que cette rumeur était tellement horrible que l'on préféra ne pas lui prêter attention. Je crois que dans notre ville l'on n'y pensait même plus.

Mais au printemps suivant, il se confirma que la terrible rumeur était vraie. Des promeneurs avaient vu la fille de Gohl, qui entre temps était devenue une grande jeune fille, jouer dans le jardin. Manifestement, l'année précédente, c'était la mère que l'on avait emmenée au lieu de la fille. Mme Gohl avait dû réussir à tromper les autorités et, sous le nom de sa fille, à se faire emmener dans l'un de ces établissements où l'Etat internait les gens qu'il avait condamnés à mort pour cause d'« existence inutile ».

Marlène, la fille de Gohl vivait. Dans l'urne déposée au cimetière de la forêt, il y avait les cendres de Gudrun Gohl, la mère de la jeune simple d'esprit.

La nouvelle toucha notre petite ville comme une averse de grêle, qui glace et détruit tout sur son passage. Le soulagement constaté après la dénonciation et le soi-disant internement de la malade tourna subitement à l'indicible cauchemar. Chaque fois que l'on voyait M. Gohl ou que la conversation tombait inopinément sur sa famille, un silence paralysant se propageait comme si une nuit noire s'était brusquement posée sur la ville. Et la honte et la peur durèrent au point que pendant plus d'une année, jusqu'à la fin de la guerre, M. Gohl et sa fille purent habiter chez eux en toute sécurité. Même si en ville beaucoup de gens savaient la vérité, personne n'osait la dire tout haut. Il dut bien y avoir, parmi les plus fervents nazis, des gens au courant de la mort de la belle Gudrun Gohl et de la survie illégale de Marlène, la simple d'esprit, mais ils n'allaient plus ouvrir la bouche. Les mauvaises nouvelles de la guerre, l'avancée des Russes et les bombardements nocturnes des villes allemandes par des avions anglais firent comprendre à ceux qui avaient entendu ou vu quelque chose qu'il valait mieux ne pas oser une deuxième dénonciation. Chaque fois que Gudrun Gohl était convoquée à la mairie, M. Gohl se présentait et l'excusait, et les employés constataient sans broncher que sa femme était malade ou partie en voyage.

La guerre terminée, lorsque tout danger pour Marlène Gohl et son père fut écarté et qu'ils auraient pu tranquillement aller en ville, ils s'accrochèrent à leur existence solitaire. M. Gohl ne fréquentait ni ne recevait personne. Il s'occupait tout seul de sa fille et rejetait toute aide. Il n'accepta qu'une chose : la proposition faite par la ville de travailler comme peintre dans le musée local nouvellement installé. Depuis, il passait deux fois par jour devant ma boutique, pour aller de chez lui au musée et revenir ; de temps en temps, il entrait dans mon magasin et achetait un peu d'alimentation. Il ne parlait que rarement et n'avait à Guldenberg aucun ami.

Les Tsiganes réapparurent l'année où M. Gohl commença à travailler au château. Ils arrivèrent à la fin du printemps et installèrent leur campement sur le Pré des Blanchisseurs. Ils avaient amené avec eux plusieurs robustes chevaux de labour qu'ils louèrent aux paysans des villages environnants pour la moisson. Début octobre, ils disparurent à nouveau avec leurs chevaux. Désormais, ils allaient revenir tous les étés.

L'arrivée des Tsiganes échauffa les esprits. Plusieurs réunions de quartier exigèrent que le maire les expulse de la ville. Il fallait qu'ils aillent camper sur les prairies inondables derrière les ruines des anciens remparts ou qu'ils s'installent dans une autre ville. Ils revinrent pourtant tous les ans. Ni l'accueil hostile ni les menaces de sanctions de la part des autorités municipales ne purent les empêcher de placer leurs roulottes sur le Pré des Blanchisseurs, et pendant l'été d'y mener aux yeux de tout le monde leur étrange existence.

Dans ces conditions, l'amitié de M. Gohl pour les Tsiganes, lui qui était si sauvage et si peu loquace, était insolite. Tous les ans, le gros Tsigane venait, avec deux ou trois de ses femmes, lui rendre visite dans sa maison à la sortie de la ville. Les gens racontaient qu'ils arrivaient le soir, le gros Tsigane devant et, quelques pas en arrière, les femmes, bras dessus, bras dessous. Ils restaient chez lui bien au-delà de minuit, chantaient et buvaient. Toute la ville considérait presque comme une trahison le fait que M. Gohl se commette avec ces hôtes indésirables, et si les gens avaient manifesté au début quelque compassion pour son lourd destin et une certaine compréhension pour la vie d'ermite que menait le vieux peintre, ils prirent bientôt ombrage de sa réclusion et condamnèrent ouvertement ses mystérieuses relations avec les Tsiganes.

M. Gohl semblait ne pas en être affecté. Je ne suis même pas capable de dire s'il se rendait compte de l'effervescence qui régnait dans la ville, de l'animosité et de la rancœur des gens. Chaque fois qu'il entrait dans ma boutique, il me saluait avec une égale politesse. Il demandait ce dont il avait besoin et ne se laissait jamais entraîner dans une discussion. Quand il s'en allait, il soulevait son chapeau et me remerciait. Je n'ai jamais pu l'interroger sur sa fille, ni lui dire que j'avais eu autrefois sa femme pour institutrice et que je l'avais aimée et vénérée. Je pense que cela l'aurait rendu heureux, mais jamais durant ces nombreuses années, il ne m'a permis de lui dire autre chose que : « Que désirez-vous ? » et « C'est tout ? »

C'était comme si pour lui depuis la fin de la guerre rien n'avait changé. Comme autrefois, il exécutait son travail en silence et vivait dans notre ville comme un visiteur, étranger et discret, surprenant et inaccessible, comme un invité permanent, mais pas comme un concitoyen. Sur la pierre blanche de la tombe de sa femme, au cimetière de la forêt, il avait simplement fait graver un nom, Gudrun Gohl, née Stephanski, et, séparées par un tiret, les dates 1901-1943. Sans cette inscription sur la pierre, on aurait pu croire qu'il cachait encore sa fille. Et se cachait aussi par la même occasion.

Je me souviens de la chaleur oppressante d'un ciel gris. Il faisait si chaud que l'air se voyait. A travers mes sandales, je sentais la braise brûlante des pavés.

A l'école, les enseignants, qui transpiraient et avaient mal dormi, raccourcissaient les cours et, aussi épuisés que nous, attendaient les premiers jours de vacances.

Le jour, le soleil restait invisible. Il ressemblait à une lueur à peine brillante derrière un voile impénétrable posé sur la ville qui semblait absorber l'air que nous respirions. Les maisons, qui gémissaient doucement dans cette demi-obscurité lourde de vapeur, se serraient autour du clocher de l'église. Nous attendions les orages. Plus la chaleur étouffante durait, plus nous espérions qu'ils éclateraient.

Les adultes étaient occupés à la moisson. On ne parlait dans toute la ville que de cette chaleur qui n'en finissait pas.

Le premier jour des vacances, le temps s'éclaircit, et le soleil se mit à briller dans un ciel uniformément bleu et transparent. Il faisait encore très chaud. Quelques rares gouttes de pluie tombèrent, mais la chaleur était à présent fort supportable.

La première semaine des vacances, j'allai voir Elske. Nous étions convenus d'aller à bicyclette à Wildenberg.

Elle voulait me montrer le lycée qu'elle fréquentait depuis deux ans, et nous devions rendre visite à son amie.

J'allai chez elle pour lui rappeler notre excursion. J'allai chez elle pour être avec elle. J'avais envie de la voir, et pourtant j'avais peur d'elle. Elle était tellement plus âgée que moi : quatre années. Elle était si belle, et je n'étais qu'un petit garçon qui, à ses yeux, ne pouvait avoir d'importance. J'ignorais si elle se rendait compte comme j'avais envie d'être avec elle. Je voulais être assis à côté d'elle, appuyer ma tête sur son épaule, toucher ses seins du bout des doigts, pouvoir les caresser avec plus de délicatesse qu'un souffle de vent. Lorsque j'étais assis à côté d'elle, je n'osais même pas lui prendre la main. J'avais peur qu'elle se moque de moi, et je croyais ne pas pouvoir y survivre.

J'errais sans but dans la ville, ne me rapprochant que lentement des douves près desquelles elle habitait. J'espérais et j'avais peur. J'étais désespéré, parce que j'étais si jeune, que je faisais sûrement tout de travers et qu'elle ne manquait pas de se moquer de moi en secret.

Je m'arrêtais devant toutes les vitrines et me rongeais les ongles. Je m'attardai aussi, ne sachant que faire, devant la boutique de Mme Fischlinger et contemplai les éternelles boîtes de conserve et les ennuyeux paquets de son petit étalage. La porte s'ouvrit, et Mme Fischlinger sortit avec un seau. Elle le portait péniblement à deux mains sur son ventre, puis avec des gestes lents elle jeta l'eau sur le trottoir. De la vapeur monta des pavés. De grosses gouttes roulèrent sur la pierre comme des billes grises et coururent se perdre dans la poussière. Pendant quelques secondes, je respirai cet air imprégné de lessive. J'avais l'impression que la rue desséchée avait poussé un soupir pour retomber aussitôt dans son patient engourdissement.

J'étais à côté de Mme Fischlinger. Nous observions ensemble avec quelle rapidité les pavés séchaient.

« Tu veux quelque chose ? me demanda-t-elle.

– Non. »

Elle m'attrapa par le menton, me releva la tête et me regarda.

« Tu es le fils du pharmacien, n'est-ce pas ? Tu es l'ami de Paul ? »

Je hochai la tête et fis un pas en arrière pour me dégager. Elle me contempla avec méfiance. Sa bouche était légèrement ouverte, elle respirait avec peine. Je vis sur son menton quelques longs poils de barbe. Près de la lèvre supérieure, elle avait un grain de beauté avec aussi quelques poils, de longs poils blancs.

« Est-ce que tu passes aussi les soirées avec lui ? Qu'est-ce qu'il fait la nuit ?

– Je ne sais pas.
– A quelle heure vas-tu te coucher, mon garçon ?
– A huit heures.
– Et bien sûr, tu vas au lit à huit heures ? Tu es un gentil garçon. »

Elle avait dit cela avec une froide indifférence, si bien que je crus qu'elle se moquait de moi. Elle posa le seau vide sur le trottoir et remonta la manche droite de sa blouse. Elle avait un bleu sur l'avant-bras.

« Tu sais ce que c'est, mon garçon ?
– Non.
– C'est Paul qui me l'a fait. Ton ami »

Elle avait pris un ton accusateur pour dire cela, comme si elle m'en rendait responsable.

« Il est comme son père, poursuivit-elle. C'est un méchant individu. »

Elle rabaissa sa manche et me regarda en attendant ma réponse. Je ne savais que répondre. Je ne voulais pas dire du mal de Paul : ce n'était sûrement pas un méchant individu. Il avait deux ans de plus que moi et pourtant nous étions amis. Il savait beaucoup de choses et il m'en faisait profiter. Mais je ne pouvais pas non plus le défendre, pas devant sa mère à l'instant où elle me montrait son bras. Sans rien dire, je regardai donc fixement la manche qui cachait une ecchymose large comme la paume d'une main. J'aurais aimé savoir si Paul l'avait mordue, mais je n'osai pas le lui demander.

Mme Fischlinger prit son seau d'une main et frotta l'autre main sur sa hanche.

« Arrête de t'acoquiner avec lui, mon garçon. »

Puis elle fit demi-tour et, les jambes arquées, disparut dans sa boutique à l'enseigne écaillée : « Produits coloniaux ». Par la porte ouverte, je la suivis des yeux. Elle posa le seau derrière son comptoir et rabattit la planche qui bloquait le seul accès aux rayons.

Elle s'appuya sur le comptoir et me regarda.

« Ne reste pas dehors par ce temps. Tu vas attraper une insolation. »

Je poursuivis lentement mon chemin. Je pensais à Paul. Je n'arrivais pas à comprendre pourquoi il avait mordu sa mère. J'étais effrayé, mais en même temps je l'admirais. J'étais tellement moins courageux que lui. Puis je pensai à Elske. Et j'espérai qu'elle n'allait pas éclater de rire en me voyant.

CHAPITRE 6

Pourquoi moi ? Pourquoi m'avez-vous choisi ?
Je ne t'ai pas choisi. C'est toi-même qui t'es choisi.
Laissez-moi en paix, même si vous n'arrivez pas à trouver la vôtre.
Tu n'as toujours pas compris, mon garçon ? C'est toi qui ne peux pas vivre avec les morts. Et c'est toi qui dois en parler. Les morts vous ont oubliés, mais vous ne pouvez pas nous oublier.
Je n'ai rien à voir avec vous. A l'époque, j'étais un enfant.
Tu as à voir avec beaucoup d'entre eux. Comment pourrais-tu m'oublier ?
Je n'évoquerai pas les morts.
Essaie. Vas-y, essaie. Partout tu te heurteras à nous. Les rues sont remplies de morts.

KRUSCHKATZ

J'étais tout seul dans ma cuisine et je trempais ma cuiller dans une soupe insipide que j'avais faite moi-même, lorsque j'entendis sonner. J'étais si épuisé que j'eus du mal à repousser la chaise et à aller jusqu'à la porte pour l'ouvrir.

« Bonsoir, docteur. Entrez. »

Il fit un simple signe de tête et passa devant moi.

« Je vous remercie d'être venu, docteur.

– Je ne suis pas venu chez vous mais chez votre femme. Où est-elle ? »

J'ouvris la porte de la chambre à coucher. Irène semblait dormir.

« Le docteur Spodeck est là. Est-ce qu'il peut entrer ? »

Spodeck s'assit sur le lit et prit sa main.

« Que se passe-t-il, Irène ? »

J'étais resté sur le seuil de la porte.

« Vous avez encore besoin de quelque chose, docteur ? Est-ce que je peux vous aider ?

– Oui. Laissez-nous seuls. »

Je fermai la porte de la chambre et je retournai à la cuisine. Je mangeai ma soupe et lavai la vaisselle. Puis je mis de l'eau sur le feu, m'approchai de la fenêtre ouverte et regardai le ciel sans étoiles. Quand l'eau commença à bouillir, je préparai deux théières : une tisane de menthe pour Irène et un thé pour moi. Spodeck entra dans la cuisine et s'assit en silence. Il rédigea son ordonnance. Puis il remit son stylo dans sa veste et regarda autour de lui.

« Qu'est-ce qu'elle a, docteur ?
– Rien de grave. Une infection grippale. Je lui ai prescrit un léger sulfamide. Vous irez le chercher demain à la pharmacie. Il faut qu'elle le prenne deux fois par jour après les repas, midi et soir. »
Il tamponna l'ordonnance à l'aide d'un tampon de poche qu'il avait sorti d'un petit étui en argent et me la tendit.
« Elle est souvent malade ces temps-ci.
– C'est l'âge, monsieur le maire. Nous ne rajeunissons pas.
– Vous prenez un thé avec moi ?
– Si vous avez du vin chez vous... »
J'allai dans la réserve chercher une bouteille de vin rouge et remplis deux verres. Spodeck vida d'un trait la moitié du sien, le reposa et jeta à nouveau un regard dans la cuisine.
« Vous pensez que ce n'est pas la peine que je me fasse du souci pour Irène ?
– Je n'ai pas dit cela. J'observe votre femme depuis que vous vivez ici. Son état m'inquiète. Elle dépérit dans cette ville, monsieur le maire, elle s'étiole.
– Alors, aidez-la, docteur.
– Ça ne dépend pas de moi. Elle n'est pas malade, elle est malheureuse. »
Je nous versai un autre verre de vin. Je savais qu'il avait raison, et j'étais pourtant incapable de changer quelque chose. Je sentis mon regard s'obscurcir et se vider.
« Le pire, c'est que je ne sais pas ce que je pourrais faire.
– Je ne le sais pas non plus, mais je vous conseille de faire quelque chose. Nous deux, on s'en fiche, monsieur le maire. Mais occupez-vous d'Irène. C'est votre seul devoir sur cette terre. »
Ma main se mit tout à coup à trembler. Je tenais mal mon verre : du vin se renversa. Je me levai pour aller chercher un chiffon et j'essuyai la table. Je sentis que Spodeck m'observait et je dis pour m'excuser :
« Je suis un peu fatigué. C'est trop pour moi.
– Vous vous sacrifiez, n'est-ce pas ? Vous vous dévouez corps et âme au bien de la ville.

– Pourquoi cherchez-vous à me vexer, docteur ? Il est vrai que je ne peux pas vivre comme un retraité. »

Il éclata de rire, amusé :

« Pour quoi gâchez-vous votre vie ? Cette ville n'en vaut pas la peine. Vous n'auriez pas dû venir ici.

– Ce ne sont pas vos oignons, docteur.

– Exact. Mais n'oubliez pas votre femme. Vous n'auriez pas dû la tirer de la grande ville pour l'amener dans un patelin perdu comme Guldenberg. Elle a besoin de la grande ville, de distraction. Elle se languit ici. Irène est une femme extraordinaire. Une beauté, c'est évident.

– On pourrait supposer que vous en êtes un peu amoureux, docteur.

– Cela vous étonne ? Je ne pense pas être le seul homme de Guldenberg qui soit un peu amoureux d'Irène. C'est un être trop exceptionnel pour notre ville. Oui, j'en suis un peu amoureux. Raison de plus, monsieur le maire, pour que je vous en veuille d'obliger cette jolie femme à vivre ici. »

Je souris de son impétueuse ardeur :

« Je regrette d'avoir été maire de Guldenberg plutôt que de Leipzig.

– Vous êtes aussi historien, d'après ce que j'ai entendu dire ?

– Je l'étais, docteur. Je n'ai pas la tête faite pour les sciences arides. Je suis un homme de terrain.

– Oui, bien sûr. Et n'oublions pas que les carrières scientifiques ne mènent pas au trône du pouvoir, n'est-ce pas, monsieur le maire ? »

Je l'aurais volontiers giflé. Son ironie était d'autant plus pernicieuse qu'elle me rappelait avec une extrême brutalité dans quel trou ridicule je gaspillais mes années et mes forces. Je n'en fis rien et éclatai de rire. Le travail de bureau m'avait appris la discipline.

« Au fait, pourquoi n'accompagnez-vous jamais votre femme aux soirées du jeudi ? C'est un cercle de discussion fort intéressant. Et en tant qu'ancien historien, vous devriez...

– Pas le temps, cher docteur. Je ne peux malheureusement pas me permettre de ne travailler que quatre ou cinq heures par jour.

– Vous devriez prendre le temps. Les petits exposés de Horn sont amusants, légèrement ennuyeux et toujours instructifs. C'est une distraction bienvenue dans notre petite ville. »

Mon réveil intérieur sonna avec insistance, et je lus dans les yeux de Spodeck une lueur d'attention. Je savais ce qu'il voulait que je lui dise.

D'une voix indifférente, je lui demandai :

« Qu'est-ce qui vous intéresse dans l'histoire locale et régionale, docteur ?

– Rien. Pour moi, ces soirées du jeudi ne sont qu'une séance d'entraînement destinée à mes petites cellules grises. J'ai l'espoir que ce modeste effort de l'esprit m'aide à ne pas devenir gâteux trop vite. »

Il goûta son vin du bout des lèvres et dit :

« J'ai entendu dire que, Horn et vous, vous aviez travaillé ensemble à Leipzig.

– C'est exact.

– Vous étiez collègues, mais pas amis. C'est aussi exact ?

– A Leipzig, Horn était camarade de parti.

– Oui, monsieur le maire, mais il y a eu une méchante histoire entre Horn et vous ?

– Qui dit cela ? Horn ?

– Non, rassurez-vous. Horn n'en parle pas. En tant que médecin, je suis obligé de dire que malheureusement il n'en parle pas. Cela va lui coûter deux ou trois ans de sa vie. Il est incapable de sortir de sa carapace, de raconter et, pourquoi pas, de crier ou de pleurer. Pour la médecine officielle, ces individus sont des candidats classiques à l'infarctus. »

Il se tut et attendit que je lui réponde. Je le fixai tranquillement dans les yeux en soutenant son regard.

« Vous ne voulez pas en parler ?

– Cela ne vous regarde pas, docteur. »

Il hocha la tête, puis jeta un coup d'œil à travers la cuisine. Il contempla avec insistance le buffet et l'étagère que j'avais bricolée moi-même, comme s'il avait voulu en percer le secret de fabrication.

« Irène va rester au lit encore quelques jours. Vous êtes un homme fort occupé, monsieur le maire. Sans vouloir vous vexer, je pourrais vous envoyer ma femme de ménage pour une ou deux heures par jour. Pour l'amour d'Irène.

– Non, docteur. Cela ne me vexe pas, mais je ne suis pas habitué à me faire servir. »

Spodeck hocha la tête sans broncher. Puis il se leva et jeta un regard absent vers la fenêtre. Il faisait nuit. Et il dit en prenant une voix énergique comme pour me donner un avertissement :

« Ne condamnez pas votre femme à vivre dans cette ville. »

Il m'était difficile de lui répondre, et j'eus l'impression de m'écorcher vif en lui disant :

« Cette ville n'est pas la seule raison, docteur.

– C'est bien ce que je pensais. »

Je lui fus reconnaissant de ne pas en avoir dit plus. Je n'aurais pas supporté une remarque ironique, son sourire triomphant. Et bien que sachant qu'il me méprisait, je me crus à cet instant sous la protection d'un ami attentionné et je ressentis la furieuse envie de m'ouvrir complètement à lui :

« Ça ne servirait à rien qu'elle reparte. Elle ne serait pas plus heureuse. Et je ne peux pas lui permettre de me quitter. Croyez-moi, docteur, si je perds Irène, je ne serai plus qu'un petit tas de merde. »

Le médecin toussa et me regarda d'un air à la fois étonné et crédule. Il réfléchit. Puis il vida son verre de vin et, la bouche fermée, le savoura avant de l'avaler. Il tira de son pantalon un mouchoir à carreaux et se moucha longuement.

« Encore un verre ? »

Il hocha la tête et se rassit. Je remplis son verre. Je lui demandai une cigarette et aspirai si profondément la fumée qu'un instant, la tête me tourna.

« Vous arrive-t-il parfois de croire en Dieu, monsieur le maire ?

– Non.

– Cela vous aiderait peut-être à supporter seul votre vie.

– Merci pour le conseil. Mais je refuse de traverser le monde avec des béquilles. Je fais peut-être une erreur. Mais j'en ai tellement fait dans ma vie. Pourquoi faudrait-il que ce soit le seul point où je me corrigerais ? »

Spodeck se frotta les yeux. Puis il enleva ses lunettes, les nettoya avec le bord de sa chemise impeccablement repassée et, tout en s'efforçant sans le voir de contempler de ses yeux de myope le nettoyage qu'effectuaient ses doigts, il dit pour finir d'une voix neutre et sans timbre :

« Le tas de merde, dont vous parlez, c'est notre sort à tous. »

Il remit ses lunettes et se leva. Je l'accompagnai jusqu'à la porte. Dehors, il jeta son mégot sur les marches en pierre et l'écrasa soigneusement du bout de la semelle. Je lui tendis la main pour lui dire au revoir. Il ferma le bouton supérieur de sa chemise blanche amidonnée sans voir la main que je lui tendais.

« Vous tuez votre femme à petit feu, monsieur le maire », dit-il, puis il me tourna le dos et descendit la rue plongée dans l'obscurité.

Je frappai doucement à la porte de la chambre à coucher et entrai. Irène dormait. La couverture était à moitié tombée. Sa chemise de nuit était remontée et formait autour de ses hanches un informe bourrelet. A la vue de ses jambes et de ses fesses nues, mes mains se remirent à trembler. Et tandis que je reposais la couverture sur elle avec une infinie douceur, la certitude de ma mort s'empara de moi avec l'énergie d'un pressentiment étrange et insensé.

Après la mort de M. Horn, Juliane vint me voir pour exorciser les démons dans la chambre du défunt comme elle avait vu son curé le faire. Elle voulait chasser l'âme et les pensées du mort. Le lendemain nous remîmes quelques meubles dans la salle à manger, et Juliane me fit promettre de ne plus jamais louer ma chambre à un étranger. Nous prîmes le café. Juliane parla de son curé, et j'évoquai le souvenir de M. Horn.

Avant qu'elle ne parte, nous nous embrassâmes longuement et en silence. Puis je dis :

« Maintenant, je suis toute seule, Juliane, seule comme un chien sans maître. Je devrais demander une pension d'orpheline. »

Juliane fronça les sourcils et me reprit :

« Tu n'es pas seule, Gertrude, tu as toujours quelqu'un à côté de toi .

– Je sais, dis-je, mais je préférerais qu'il ait un visage pas rasé et l'odeur de la sueur masculine. »

Juliane pinça les lèvres. Elle sembla vouloir se fâcher, mais il ne sortit de sa bouche qu'un ricanement sonore, et elle partit, les épaules secouées par un grand rire.

Paul était allé le 2 septembre à Wildenberg pour apprendre la mécanique. Son père lui avait trouvé une place d'apprentis et une chambre en sous-location. Paul était heureux de faire sa valise. Sans égards pour moi, il me quitta précipitamment et alla seul à la gare. Il n'avait pas voulu que je l'accompagne. Je savais que je resterais des mois sans le revoir et que les seules nouvelles qu'il me ferait parvenir seraient des demandes d'argent suivies d'un bonjour sans tendresse.

Le dernier dimanche de septembre, mon mari vint me rendre visite. Il venait chercher le reste des affaires de Paul. Il m'avait envoyé une carte postale pour m'annoncer sa venue. Quand je vis la carte posée dans le couloir et que je reconnus son écriture, je sentis mes jambes déformées et enflées se dérober sous moi. Incapable d'aller dans ma chambre, je me laissai tomber le long du mur. Comme une vieille femme, assise par terre n'en pouvant mais, les jambes allongées devant moi, la tête appuyée contre le chambranle de la porte, je suffoquais.

Il arriva le dimanche midi devant chez moi au volant d'une grosse automobile. Il n'était pas seul. Une femme teinte en blond, un peu plantureuse, descendit avec lui de la voiture. Elle portait un costume clair, des chaussures à hauts talons rouge vif et un sac en cuir vernis de la même couleur. Je me retirai de la fenêtre avant qu'ils ne m'aient vue.

Il sonna. Je leur ouvris, mais au lieu de me dire bonjour mon mari dit simplement en me montrant du doigt :

« C'est elle. »

Puis il me présenta Moni, la femme avec qui il était venu et qu'il appelait sa connaissance.

Je lui dis que j'avais emballé les affaires de Paul et je les lui montrai. Mais au lieu de prendre les cartons et de partir, il répliqua :

« Tu ne vas tout de même pas nous mettre à la porte, ma petite Gertrude ? Je pensais que nous allions manger ensemble. »

Il savait que je n'aurais pas la force de le ficher dehors. Je les fis donc entrer dans la chambre de Paul et allai à la cuisine mettre des pommes de terre sur le feu, couper mon petit morceau de viande en fines tranches et les faire revenir avec des oignons et des carottes coupées en morceaux. Pendant le repas, seul mon mari parla. Il raconta qu'il possédait une petite entreprise de ferraille. Il fit allusion au fait qu'il gagnait très bien sa vie. Un peu plus tard, il obligea son amie à me montrer les bijoux qu'il lui avait achetés. Il était heureux d'être assis à une table avec sa femme et son amie.

S'il est vrai que les hommes choisissent toujours le même type de femme, mon mari doit être une exception. Son amie Moni était complètement différente de moi. J'étais assise à table en face d'elle, et comme mon mari faisait seul les frais de la conversation, avec son sans-gêne habituel, j'eus suffisamment le temps de l'observer. Elle n'arrêtait pas de couver mon mari des yeux. Je remarquai le mouvement léger et continuel de ses mains et les manifestations fréquentes et rapides de son approbation à tout ce qu'il disait. S'il y avait une ressemblance entre elle et moi, c'était bien l'aptitude à supporter le bonheur et ses muettes souffrances, et cette disposition servile aux câlineries et aux coups, que mon mari m'avait apprise dans le peu de temps qu'avait duré notre mariage.

Je proposai d'aller nous promener dans la ville après le repas, mon mari secoua la tête. Il fallait qu'il reparte. Je savais qu'il n'irait pas en ville. Il était fâché avec trop de ses anciens compagnons de beuverie et à coup sûr il devait encore de l'argent à quelques-uns d'entre eux. Ma proposition n'avait eu d'autre but que de l'inciter à se décider enfin à partir. Dans le couloir, je lui donnai les cartons ficelés.

« Et Paul, comment va-t-il ? demandai-je. Est-ce que tu le vois parfois ? »

Il hocha la tête :

« Un petit gars épatant. De temps à autre, il me donne un coup de main.

– Tu le fais travailler pour toi ? dis-je avec indignation.

– Travailler ? Qu'est-ce que tu racontes ? Il fait juste ce qui lui plaît. Et il se plaît chez moi », répliqua-t-il sans réfléchir.

Et comme il avait remarqué mon trouble, il poursuivit :

« Tu n'as rien contre ?

– Ma foi, si ! répondis-je. J'ai quelque chose contre. Paul est encore un enfant. »

Mon mari se contenta de rire.

« C'est encore un enfant, répétai-je. Et il n'est pas question qu'il devienne un malfaiteur. Comme toi. »

Sa bouche se tordit en un ricanement, et il sourit à son amie.

« Vieille dinde ! » fit-il en prenant les cartons.

Puis ils quittèrent tous deux ma maison. C'était la dernière fois que je voyais mon mari, et ce furent les dernières paroles que je l'entendais prononcer.

Après son départ, je m'assis sur mon lit et pleurai. J'étais vexée que mon mari ait osé venir me voir et qu'en plus il ait amené cette femme. Mais j'étais encore plus malheureuse à l'idée que mon fils était chez son père.

M. Horn fut enterré trois semaines plus tard et, avec Juliane, je le conduisis à sa dernière demeure. Au moment où l'on descendit dans la tombe cet homme étrange qui avait été mon sous-locataire pendant presque cinq ans et où je jetai trois poignées de terre sur son cercueil, je ressentis comme une grande paix intérieure. M. Horn avait été un homme renfermé, inaccessible, mais je le lui pardonnais volontiers, parce qu'il avait été malheureux. J'excusais le mal qu'il m'avait fait, parce que rien n'était arrivé que je ne l'aie voulu. Bien qu'il ait été incapable de me manisfester la moindre chaleur et que chaque geste de gentillesse ait montré à l'évidence une simple politesse, il est le seul homme rencontré dans ma vie à avoir su me donner l'impression que j'avais presque un peu compté pour lui.

L'année où M. Horn fut enterré et où je fus obligée de revoir une dernière fois mon mari ; l'année où mon fils me quitta pour ne plus jamais remettre les pieds à Guldenberg, je sentis, au-delà de ma tristesse et des larmes versées bêtement par une vieille femme, mon cœur commencer à respirer. Les anneaux de fer qui, une vie durant, l'avaient comprimé se desserraient lentement, imperceptiblement, et m'ouvraient un espace infini que jamais je n'avais soupçonné. Et tandis que je me disais au milieu des larmes que j'étais à présent orpheline de mon fils et veuve de mon sous-locataire, je sentais en moi, bien que mes jambes me fissent mal, la force et l'envie irrésistible de vivre ; j'avais l'impression de planer dans un lointain sans lumière et pourtant très lumineux.

Penché sur le vélo, les mains moites de sueur, j'appuyai la pompe sur la valve et gonflai à grands coups. Entre les rayons, je pouvais voir ses jambes nues.

« Terminé », dis-je.

Je revissai la valve, me relevai, raccrochai la pompe à mon vélo et m'assis à côté d'Elske sur le bord du fossé. Les deux jambes repliées entre ses bras, elle chantait une chanson de sa voix douce et haut perchée.

« Chante avec moi », me dit-elle en se laissant tomber doucement contre moi. Quelques secondes durant, je respirai l'odeur de ses cheveux.

« Je ne sais pas chanter », répliquai-je avec brutalité.

Son contact, son odeur, ses cheveux courts blond foncé si près de son visage me troublaient. Je savais qu'elle n'avait pas fait exprès de me toucher et que mon imagination était seule cause de mon émoi et de mon embarras.

Elle rit, prit à nouveau ses genoux entre ses bras et continua à chanter.

Je posai la tête sur mes genoux. Je voyais ses bras bronzés et le dessous de ses aisselles, et, incapable de me comprendre, j'étais désespéré. Je fermai les yeux et m'abandonnai à ma tristesse. J'étais furieux, et ma tristesse était douce et douloureuse à la fois.

Au bord des larmes, je prêtai l'oreille à la voix claire d'Elske :

« Le troisième à son aise dormait,
Son cymbalum dans l'arbre accroché.
Sur les cordes, le souffle du vent,
Et sur son cœur, un rêve courant. »

A chacun de mes mouvements, l'herbe rude me piquait et m'égratignait les jambes. La douleur me semblait agréable : elle était plus réelle que le sentiment vague et bête qui m'agitait. Elle m'aidait à retenir des larmes qui n'avaient pas de raison. Je me raclai la gorge et évitai de regarder Elske. J'avais pourtant l'impression de ne pas avoir cessé de respirer le dessous de ses aisselles.

« Ne t'endors pas, dit Elske, il faut que nous continuions. »

Nous nous levâmes et rejoignîmes la route. Au moment où Elske reprit sa bicyclette et, avec agileté, remonta sur sa selle, ses cheveux, l'espace d'un instant, s'enflammèrent, couronnés d'un soleil de feu, dont Elske ne s'aperçut pas et qui me brûla les yeux. J'étais au désespoir, parce que je n'avais pas osé la toucher. Je m'élançai sur mon vélo et appuyai si furieusement sur les pédales que je démarrai à toute vitesse sans me soucier de ses cris.

Nous allâmes à Wildenberg, le chef-lieu d'arrondissement. Elske me montra son collège et la piscine fermée. Nous mangeâmes une glace et regardâmes en flânant les vitrines. A midi, nous déjeunâmes d'une soupe dans un bistrot. Deux hommes étaient assis à la table voisine et buvaient une bière. J'avais l'impression qu'ils parlaient de nous, quand ils me crièrent de leur envoyer ma sœur. Leur braillement les fit rire.

Elske posa sa main sur la mienne et me dit :

« Ne te mets pas en colère. »

Puis nous allâmes voir une de ses amies. Assis sur un lit couvert de coussins et d'animaux en peluche, je m'ennuyais en feuilletant un livre et écoutant les filles qui parlaient de leurs camarades de classe et de leurs professeurs.

L'après-midi, nous nous promenâmes à nouveau dans la ville. J'essayais d'être aussi décontracté qu'elle, mais sans y parvenir. J'avais sans cesse envie de la toucher.

Devant la boutique d'un marchand de chaussures, un vieux couple s'excita en voyant les cheveux courts d'Elske et son petit short moulant.

« De quoi elle a l'air, celle-là ? s'exclama la femme avec colère, et suffisamment fort pour que nous puissions l'entendre. On dirait un garçon. »

Elske éclata de rire. Quand le couple se fut éloigné, elle se tourna vers moi et me demanda :

« Toi aussi, tu crois que j'ai l'air d'un garçon ? »

Je voyais ses seins se dessiner sous son maillot blanc, et l'ombre brune de ses gros mamelons.

« Non », dis-je d'une voix blanche.

J'espérais qu'elle comprenne tout ce que je voulais dire avec ce non. Mais tout de suite après, je me rendis compte qu'elle ne m'avait pas compris, car elle parla avec indifférence des chaussures dans une vitrine. J'aurais aimé parler de ses seins, mais ce « non » avait déjà épuisé toutes mes forces. J'étais incapable de lui dire qu'ils étaient l'objet de mes rêves.

Au retour, je pédalai derrière elle en silence. J'avais avec Elske des conversations muettes où, sans plus de retenue, je lui déclarais mon amour. Au début, j'avais peur qu'elle se moque de moi et je lui démontrais avec une énergique conviction que le fait d'avoir quatre ans de moins qu'elle n'avait pas grande importance. Puis je prenais de l'assurance, et fort de ma réussite, je me laissais emporter par mon imagination au-delà des barrières de nos âges et de ma timidité.

Lorsqu'arrivés chez elle hors d'haleine, nous descendîmes de vélos, j'étais aussi peu loquace et emprunté qu'avant. Je l'accompagnai dans sa chambre. Elske prépara de la limonade avec de l'eau de Seltz et de la poudre de citron. Nous écoutâmes la radio, et j'espérai qu'elle me redemanderait si je pensais, moi aussi, qu'elle avait l'air d'un garçon. J'espérai que j'aurais alors la force de lui dire tout ce que je lui avais dit si souvent dans mes conversations intérieures.

Un peu plus tard, comme elle chahutait avec moi, me pinçait le bras et me boxait, je me défendis à peine. Quand brusquement, et me surprenant moi-même, je lui donnai un coup de poing sur la poitrine. J'ignore les raisons de mon geste, pourquoi je voulais faire mal à sa belle poitrine. Une idée soudaine. Et même si j'affirmais que c'était arrivé par inadvertance, j'avais fait exprès de viser sa poitrine.

Elske m'attrapa par les bras et m'expliqua pourquoi l'on ne devait pas boxer une femme. Elle me donna une leçon comme si j'avais été un petit garçon, et j'étais là, devant elle, le visage écarlate, furieux de m'être comporté comme un gamin et de lui donner l'occasion de me traiter comme si j'avais été un enfant de cinq ans.

« Je ne voulais pas te boxer, je voulais juste... » dis-je avec hésitation.

Elle me regarda attentivement et me demanda :

« Tu voulais quoi ? »

Je fermai les yeux, puis lâchai d'un trait :

« Je voudrais te caresser. »

Elske garda le silence, et je n'osai pas ouvrir les yeux. Puis elle me demanda doucement :

« Qu'est-ce que tu veux ? »

Je ne répondis pas. J'étais planté devant elle sans rien dire et j'attendais sa réponse. J'attendais comme on attend un verdict.

« Tu veux caresser quoi ? » me demanda-t-elle après un long silence.

Elle m'avait parlé très doucement, très gentiment, et je trouvai le courage de lui répondre :

« Les poils sous tes aisselles.

– Mais fais-le », dit-elle en conduisant mes mains toujours plus haut jusqu'à ce que mes doigts touchent la toison si douce que c'était à peine si je la sentais.

Je passais avec délicatesse les doigts dans le creux de son aisselle, lentement, très lentement, pour ne rien détruire.

« C'est beau, chuchotai-je sans pouvoir respirer.

– Tu ne veux que caresser mes aisselles ? » me demanda-t-elle.

Je sentis à son haleine que ses lèvres étaient tout contre mon oreille. J'étais incapable de lui répondre, et j'espérais qu'elle continuerait à me parler pour que je ne sois pas obligé de le faire.

Mais soudain elle retira mes mains et me dit :

« Thomas, il faut maintenant que tu t'en ailles. »

Planté les bras ballants, j'espérais qu'elle m'embrasserait, mais elle fit comme si de rien n'était :

« Maintenant, va-t-en. J'ai encore du travail. »

Puis elle alla à la fenêtre, prit un livre et s'assit à son bureau.

« Au revoir, dis-je. Je peux revenir ?

– Oui, bien sûr », dit-elle avec l'air de s'ennuyer et sans se retourner.

En descendant l'escalier, j'avais l'impression que mes os se disloquaient. J'étais à la fois heureux et malheureux et je ne me sentais pas bien.

DOCTEUR SPODECK

Fin juin, Horn lança une invitation pour sa dernière soirée du jeudi. Il parla des conquêtes des Wendes et de leur mode de colonisation. Nous étions dans la salle du bas de la tour. Comme toujours, on avait installé quelques tables et quelques chaises. Assis tout seul à une petite table près du piano à queue, Horn nous lut son exposé. Sa lecture était monocorde et soporifique. Il ne levait les yeux que pour nous expliquer des termes techniques ou donner quelques éclaircissements.

La conférence terminée, une collaboratrice de Horn nous servit le thé. Une fenêtre était ouverte. Le vent doux et reposant de la nuit entrait dans la pièce et faisait vaciller la flamme des bougies. Dans les vieux arbres autour du château, une chevêche solitaire faisait entendre sa plainte. Les cris mélancoliques de la petite chouette étaient les seuls sons qui, dans la nuit claire, parvenaient jusqu'à nous. Chaque fois qu'elle lançait son appel, toutes les têtes se tournaient vers la fenêtre ouverte. Même Horn interrompit son exposé et l'écouta avec un petit sourire jusqu'à ce que la plainte se fût éteinte.

Après une chaude journée d'été, j'appréciais la fraîcheur humide de la salle du château aux murs épais. Je bus le thé léger qui sentait la paille et m'abandonnai à mes pensées. Je n'avais guère écouté Horn et ne participais pas non plus à la discussion qui suivit et traîna en longueur. Comme d'habitude, le petit couple d'instituteurs s'était préparé à l'exposé de Horn et lui posait à présent des questions. Lui, un homme pâle, les joues creuses, dans son costume de laine peignée bon marché et fripé, les cheveux clairsemés, laissant tomber des pellicules à chaque mouvement de tête ; elle, une femme rondouillarde, aussi pâle que son mari, la voix forte et aiguë, qui affectionnait les jupes un peu trop courtes et prononçait chacune de ses phrases sur un ton maladif et pédagogique.

Pour clore la soirée, une vieille dame, ancienne chanteuse d'opérette, lut une courte nouvelle qui, si mon souvenir est exact, évoquait la solitude d'un vieil homme, une solitude paisible et désespérée. Nous bûmes tranquillement notre thé et écoutâmes la vieille dame qui nous présenta les phrases de la nouvelle, comme elle nous aurait montré un collier de brillants que, par la forte variation des couleurs de sa voix, elle aurait achevé de polir.

La chanteuse d'opérette ayant refermé son livre, chacun observa quelques instants un profond silence. Dans ces moments, je me sens capable de percevoir le bruissement de l'univers. Puis Horn se leva. Il nous souhaita un bon retour et dit que la prochaine soirée du jeudi n'aurait lieu qu'après les grandes vacances. Il présenterait, dit-il, le douze septembre, un exposé avec diapositives sur les moulins à eau historiques. Puis il serra la main à chacun.

Je restai en compagnie d'Irène Kruschkatz dans l'entrée du château. Nous attendions Horn qui éteignait les lumières et fermait les salles du musée.

La froide et grêle lumière des étoiles tombait sur Irène. Il faisait chaud, mais je voyais qu'elle tremblait. Je lui offris ma veste. Elle refusa et dit qu'elle n'avait pas froid, qu'elle était simplement morte de fatigue. Dans un geste amical, j'aurais volontiers posé mon bras sur ses épaules et dit quelques mots aimables, mais j'eus peur qu'elle se méprenne sur mes intentions ou, pire encore, qu'elle comprenne que je n'étais même plus capable de la traiter comme une simple amie. J'étais donc planté devant elle, embarrassé comme un écolier, et je lui racontais de savantes imbécilités sur le ciel étoilé. Elle rit de mes plaisanteries, et j'étais si sentimental que je fus heureux de l'entendre rire.

Quand Horn nous eut rejoints, nous prîmes le chemin pavé et sinueux qui descend vers la ville. Dans le silence de la nuit, le bruit de nos pas résonnait comme une agression.

« Cet été, vous partez en vacances ? » demanda Horn poliment.

On remarquait à sa voix que, la question l'ennuyant déjà, il n'accorderait pas grande importance à la réponse.

« Non, dit Irène, nous n'aurons nos vacances qu'en automne. »

Elle se tourna vers moi :

« Et vous, docteur ?

– Je pars demain dans ma ferme. Je n'attendais plus que notre soirée du jeudi.

– C'est très flatteur, merci », répliqua Horn.

Il avait prononcé ces mots avec une telle brutalité que cela me fit l'effet d'une claque. Etonnée, Irène nous regarda tour à tour. Désarmé, je haussai les épaules.

Nous traversâmes la ville en silence. Quelques lampadaires étaient allumés. Parfois, quand nous passions devant une de ces fermes autrefois isolées et entourées aujourd'hui de maisons, un chien se mettait à aboyer. C'était le seul bruit dans des rues désertes. Nous nous arrêtâmes d'un commun accord sur le Pré des Blanchisseurs et regardâmes le campement des Tsiganes. Nous apercevions distinctement les contours des roulottes. D'une fenêtre faiblement éclairée nous parvenait le bruit confus d'une paisible discussion.

« Quels gens étranges, fit Irène. J'aimerais les comprendre, mais je n'y arrive pas. On dirait des enfants qui ne voudraient pas grandir.

– Comme si cela en valait la peine », murmura Horn.

Il fouilla dans la poche de sa veste et en sortit un paquet de cigarettes et un briquet. Puis il dit en fumant :

« Ne vous sentez-vous donc jamais obligé de quitter cette ville au plus vite ?

– Non, répliqua Irène en souriant. D'ailleurs pourquoi ? Ce devant quoi l'on fuit vous rattrape toujours.

– Il suffit de partir à temps pour avoir un peu d'avance. Quelques jours, quelques heures, une petite pause pour respirer.

– Vous parlez comme une âme en peine. Quel est l'objet de vos tourments ?

– Je suis une âme en peine, Irène. Ne riez pas, docteur.

– Excusez-moi, je ne riais pas de vous. Je pensais à la vieille Tsigane. La semaine dernière, elle a guéri une de mes patientes. Avec ses pratiques magiques, elle l'a guérie d'un zona. J'ai dû en convenir. Je devrais peut-être aller voir cette vieille sorcière et lui présenter mes hommages. En tant que collègue pour ainsi dire.

– Les succès médicaux de la Tsigane vous dérangent, docteur ?

– Non, Irène, ils ne me dérangent pas. Au fond, ils m'amusent. Ma science n'accepte pas la sorcellerie. Je suis d'accord sur ce point avec la médecine officielle, car, en tant que thérapeute, je ne peux pas faire plus confiance à l'aide de Dieu qu'à des formules magiques de sorcières. Je n'en ai pas le droit : ce serait être irresponsable devant mes patients. Et j'attenterais à la raison humaine. Pourtant même si je ne l'approuve pas, j'accepte l'inconcevable et l'étrange. Je ne suis prêt ni à trahir ma science, parce qu'elle ne peut me fournir d'explications, ni à demander à la Tsigane de m'apprendre l'imposition des mains. Mais je suis capable d'en accepter l'existence. »

Je me tus. Je regardai Horn, mais il contemplait le campement des Tsiganes et semblait ne pas m'avoir écouté.

« Excusez-moi, je ne voulais pas vous ennuyer, poursuivis-je, je voulais simplement vous demander d'accepter le petit bout d'éternité de cette vie. La douceur d'une pareille nuit devrait vous réconcilier avec vous-même. Je vous en prie pour l'amour de vous.

– Docteur, c'est vous maintenant qui devenez impudent. »

Il avait dit cela d'une voix douce et posée, et seule la violence du geste avec lequel il avait jeté sa cigarette par terre et l'avait écrasée de la pointe du pied trahissait sa colère.

« Je ne voulais pas vous vexer...

– C'est bon, docteur, m'interrompit-il, ça suffit. »

Irène Kruschkatz toucha le bras de Horn et montra le jeune Tsigane qui se tenait à présent dans l'encadrement de la porte ouverte de sa roulotte. Devant la lumière vacillante des lampes à pétrole, nous ne voyions que son profil, sa chevelure frisée qui encadrait son visage. Sans un mot, Horn se détourna, et nous continuâmes notre chemin. Nous prîmes congé d'Irène devant la maison du maire. Comme elle me tendait la main, je crus apercevoir dans ses yeux verts un léger tremblement, comme un imperceptible chuchotement de tendresse. Mais au même instant, elle retira sa main, nous souhaita une bonne nuit, se retourna et ouvrit la porte de sa maison.

Nous prîmes, Horn et moi, la rue des Teinturiers jusqu'à la laiterie où nous dûmes nous séparer. Je lui promis d'être de retour à Guldenberg en septembre et d'assister à sa prochaine soirée du jeudi.

« Votre amical intérêt pour mes petits exposés et pour ma personne a quelque chose de vexant, répliqua Horn. Pourquoi avoir cet orgueil qui vous pousse à me prendre en pitié ? »

J'éclatai de rire, posai ma main sur son bras et, encore secoué par l'hilarité, je lui dis :

« Mon cher, mon très cher Horn, vous vous trompez. Là où vous supposez de la pitié il n'y a que de l'intérêt professionnel. Je ne fais que diagnostiquer.

– Bonnes vacances, docteur.

– Nous ne devrions pas nous quitter fâchés. Nous sommes adultes.

– Je ne suis pas fâché contre vous. Vous m'ennuyez, docteur. Vous vous imaginez être un personnage indépendant, libre des préjugés provinciaux, indifférent aux âmes résignées des boutiquiers de cette ville. Mais votre visage a déjà la sinistre couleur de ce petit patelin, l'ombre des petits rideaux blancs au crochet qui pendent aux fenêtres, l'odeur de naphtaline des brocarts enfermés au fond des armoires. Arrêtez de m'honorer de votre sympathie. Ce faisant, vous êtes indigne et indiscret. Adieu, docteur. »

Il fit demi-tour et s'en alla. Je courus pour le rattraper.

« Un instant, M. Horn. Pourquoi tant de haine, pourquoi cette haine soudaine et que je ne comprends pas ?

– Mais allez-vous en. La seule chose que je veux, c'est être seul. »

Je m'arrêtai et le suivis des yeux jusqu'à ce qu'il disparaisse dans la nuit. J'essayais de comprendre son explosion de colère et je me surpris à noter ses paroles dans le dossier que, dans ma tête, je lui réservais.

« Que c'est bien de ne plus être obligé de vous voir pendant trois mois, fous que vous êtes », dis-je tout haut en m'adressant à la rue déserte, éclairée par deux pauvres lampadaires, et j'eus l'impression que, dans la nuit, les maisons avaient accepté mes paroles et, comme un écho, ne s'arrêtaient plus de les répéter. Je pensai à Irène et à ses yeux verts, dans lesquels je n'avais vu que la tendresse que j'avais désiré y voir. Je pensai à Christine et à la mort de ma mère. Et je pensai à Horn, cet étrange directeur du musée.

Je suis certain qu'en septembre il viendra s'excuser, me dis-je. Peut-être d'ailleurs qu'il regrette déjà sa folie..

Je me trompais. Deux mois plus tard, à la fin du mois d'août, Horn se donnait la mort.

CHAPITRE 7

Et après ?

Tout est sombre. Devant mes yeux, tout devient flou. Vous aussi, vous avez disparu. Mort et disparu.

Il ne faut pas croire cela.

Mais je le sais bien.

Et qui parle avec toi ? Ne suis-je rien ?

Je ne sais pas. Je n'y comprends rien.

Comme tu es ennuyeux.

Et vous ? Vous m'ennuyez. Les morts m'ennuient. Vous ne voulez voir que votre vérité. Vous n'avez pas compris grand-chose. Vous êtes injuste avec les vivants. Tout est suffisamment difficile comme cela, et vous ne savez que vous plaindre.

Peut-être, mon garçon, tu as peut-être raison. Mais je suis mort. Ne l'oublie pas.

Même un mort ne pèse pas plus que la vérité.

Je suis mort.

La mort n'est pas une preuve.

Ah ! qu'est-ce que tu en sais ? Ne réfléchis pas. Souviens-toi.

Tout est contradictoire. Flou et insaisissable. Comme derrière un brouillard.

Raconte ! Qu'est-ce qui s'est passé après ?

THOMAS

Le vieux M. Gohl était seul dans sa salle. Il peignait le mur. En blouse blanche, debout sur un tabouret, penché en avant, la main gauche contre le mur, il mettait avec soin de la peinture dans le fin dessin qu'il avait auparavant reporté au crayon sur l'enduit blanc. Un deuxième pinceau coincé entre ses lèvres, les godets de peinture posés sur un chevalet, il peignait un noisetier.

M. Gohl ne m'avait pas entendu venir, ou du moins il ne s'était pas retourné à mon arrivée.

« Je cherche M. Horn, dis-je.

– Bonjour, répliqua-t-il avec indifférence.

– Bonjour. Vous ne savez pas où est M. Horn ? »

M. Gohl continuait à peindre en silence. Je vis que la renardière n'avait pas changé. Les petits supports en bois étaient posés au milieu de la plantation de bruyère, les galeries du diorama étaient tout juste percées, les pelles d'enfant avec lesquelles, M. Horn et moi, nous travaillions, étaient plantées dans le sable. Personne, depuis quatre jours, n'avait travaillé à la reconstitution de la lande locale.

M. Gohl, qui continuait à s'appuyer sur un chiffon de lin roulé en boule contre le mur, tourna la tête vers moi :

« Et où étais-tu ?

– Je ne pouvais pas venir, dis-je, je n'ai pas le droit de sortir. Je me suis sauvé. Juste une demi-heure. »

M. Gohl hocha lentement la tête. Puis il descendit avec précaution de son tabouret. Il me regarda en haussant les sourcils, mais sans rien dire. Pour finir, il se dirigea vers le banc où il avait posé ses peintures et nettoya ses pinceaux dans une vieille boîte de conserve.

Je lui demandai encore une fois où était M. Horn. M. Gohl essuya les pinceaux qu'il venait de laver avec son chiffon, puis il en tourna délicatement la pointe entre son pouce et son index et les mit dans un petit pot de terre sur l'appui de la fenêtre.

« Au bureau, dit-il enfin. Il est au bureau. »

J'étais déjà sur le seuil de la porte quand il me cria de revenir :

« Reste ici. Tu ne peux pas aller le voir. »

Je m'arrêtai. Je regardai M. Gohl et attendit qu'il continue. Le vieil homme rassembla les pots sur le rebord de la fenêtre et s'assit. D'une musette, il sortit son déjeuner : un petit paquet de sandwiches, une pomme et une bouteille thermos. Il déplia sur son genou gauche une minuscule serviette qui fit une tache d'un blanc immaculé sur sa blouse parsemée de taches de peinture. Avec un petit canif, il se mit à peler sa pomme.

« Et pourquoi ? » demandai-je.

Un instant, l'idée me traversa l'esprit que M. Horn était en colère contre moi. Il y avait quatre jours que je n'étais pas venu au château, et je n'avais absolument pas pu m'excuser. M. Gohl me fit signe d'approcher. Il se poussa un peu sur son banc pour que je m'asseoie et m'offrit un morceau de sa pomme. Tout en mangeant, il contemplait les murs.

« Le coin du blaireau est terminé », dit-il en me montrant l'étroit pan de mur près de la porte d'entrée. Je regardai le terrier du blaireau, la plantation d'arbustes et d'herbes qui se fondait dans une forêt peinte sur le mur. Je me levai, m'approchai du panneau et me penchai par-dessus la barrière pour contempler la fresque murale.

« C'est fabuleux. On se rend à peine compte de l'endroit où s'arrêtent les vraies herbes, M. Gohl. »

Puis je revins près du vieil homme et répétai :

« C'est fabuleux. J'aimerais savoir peindre aussi bien que vous. »

Avec son petit couteau, M. Gohl partageait la croûte de ses sandwiches en petits morceaux qu'il piquait ensuite avec son couteau pour les mettre dans sa bouche. Planté devant lui, j'attendais qu'il me dise pourquoi je n'avais pas le droit d'aller voir M. Horn.

« C'est très simple, dit-il en tenant devant sa bouche un morceau de pain piqué au bout de son couteau, je triche avec l'œil. La perspective nous trompe. »

Il regarda le mur, les plantes grandeur nature, les branches tombantes, le petit bout de prairie recouvert de végétation, qui allait se perdre dans la sombre verdure de la forêt peinte.

« Une astuce, un simple principe, murmura-t-il en mâchant son pain, rien d'autre. Et on n'y voit aucune différence. L'œil de l'homme ne vaut rien. Il se laisse trop facilement tromper.

– Pourquoi n'ai-je pas le droit d'aller voir M. Horn ? »

Je perdais patience, car il fallait que je rentre vite à la maison.

Le vieil homme se tourna une nouvelle fois vers moi :

« M. Horn a de la visite. Il a des ennuis, mon garçon. Ça ne te regarde pas. »

Je patientais en silence, mais M. Gohl se tourna à nouveau vers les murs, vers son dessin au crayon, un ensemble de traits sur l'enduit qui formait une espèce de labyrinthe en attente de peinture.

« Ton M. Horn, ça ne va pas fort, Thomas, mais ni toi ni moi ne pouvons l'aider.

– C'est à cause des Tsiganes ? » demandai-je.

Je ne savais pas bien moi-même pourquoi j'avais posé cette question.

M. Gohl me regarda d'un air étonné :

« A cause des Tsiganes ? Qu'est-ce qui te fait dire ça ?

– Mais vous les connaissez, dis-je.

– Bien sûr que je les connais. Mais cela n'a rien à voir avec M. Horn.

– Peut-être que si, et que vous ne voulez pas me le dire », insistai-je.

J'espérai maintenant que M. Gohl me parlerait un peu des Tsiganes. Il était le seul dans la ville à discuter avec eux. Ils venaient même lui rendre visite.

Comme M. Gohl se taisait, je répétai :

« Vous ne voulez pas me le dire.

– Qu'est-ce que tu racontes ? »

Il retira la serviette de son genou, la secoua et la replia soigneusement. Puis il mit les restes de son repas dans sa musette et se leva. Il repoussa le tabouret avec le pied, choisit des pinceaux, les mit dans la poche supérieure de sa blouse et commença à mélanger des couleurs sur une plaque de métal poli. Je savais qu'il ne me dirait rien.

« Il faut maintenant que je m'en aille, dis-je. S'il vous plaît, dites à M. Horn que je suis venu. Je n'aurai le droit de revenir que mercredi prochain.

– Ce sera fait, monsieur le consigné », dit M. Gohl sans lever les yeux de ses peintures.

Je descendis en courant les marches du donjon. Je m'arrêtai dans la cour. Je réfléchis un instant et me glissai dans l'escalier du bâtiment principal. Lorsque j'eus refermé doucement la grande porte, je m'arrêtai. Je venais de me rendre compte que je respirais très bruyamment et je m'efforçais de retrouver mon calme. Derrière la porte du bureau, j'entendis des voix. Je me mis sur le côté pour que personne ne vienne me surprendre. Puis je me penchai en avant et regardai par le trou de la serrure. Je réussis à voir M. Horn. Il était assis dans un fauteuil contre le mur juste entre les deux grandes photos encadrées. Je le vis remuer les lèvres, mais je ne comprenais pas ce qu'il disait.

M. Horn me faisait une drôle d'impression. Ses yeux gris et froids m'épouvantaient. Il avait le même âge que mon père, quarante-trois ans, mais il avait l'air beaucoup plus vieux, beaucoup plus fragile. Aujourd'hui je dirais qu'il était abattu et découragé, qu'il en voulait à tout jamais à la vie pour les vexations qu'elle lui faisait subir. Mais à l'époque je ne voyais que la solitude d'un homme sur la défensive, miné par le chagrin. Déjà la première fois que je l'avais vu, le dimanche où j'étais allé avec mon père et mon frère au musée, j'avais été sensible au repli, à l'aspect renfermé de cet homme. Il avait parlé poliment avec mon père, mais son regard froid et son visage incapable de la moindre gentillesse m'avaient fait comprendre combien il était loin de nous. J'avais alors eu honte pour mon père qui faisait des efforts pour ranimer la conversation bien vite languissante. Mon père était naturel, et j'avais honte parce qu'il s'humiliait devant cet homme inaccessible. Plus tard, lorsque je préparais et installais avec M. Horn les salles d'exposition, j'espérais gagner son affection, et travaillais parfois au château tous les après-midi plusieurs semaines durant. Je suivais très consciencieusement ses consignes, mais quel que fût le soin que j'apportais à mon travail, il en prenait acte en silence, me signalant simplement mes fautes ou me donnant quelque explication. Jamais il ne m'a félicité et j'en ai souffert. Même M. Gohl, pourtant taciturne, était plus gentil avec moi.

Je voyais M. Horn par le trou de la serrure, son petit visage blême, ses cheveux châtains et clairsemés. Je voyais ses doigts de fumeur, jaunis par la nicotine, un jaune sale et maladif qui me répugnait. Il avait la veste d'intérieur qu'il portait tout le temps au château. Assis dans son fauteuil, il parlait à voix basse. Puis un autre homme prit la parole. Il devait être directement derrière la porte. Je compris chaque mot. Il parlait très gentiment à M. Horn, comme s'il avait voulu lui faire comprendre quelque chose.

« Marianne Brockmeier est votre sœur ? » demanda la voix.

M. Horn ne bougea pas. La réponse se fit longuement attendre, puis il parla à nouveau si doucement que je ne le compris pas. L'homme derrière la porte continua à l'interroger.

« Votre sœur habite en Allemagne de l'ouest ?

– ...

– Elle a quitté illégalement la République ?

– …
– Vous avez des contacts avec votre sœur ?
– …
– L’avez-vous rencontrée à l’étranger ?
– … »

Je voyais les lèvres de M. Horn bouger chaque fois qu’il répondait, mais je n’entendais pas sa voix, juste un léger murmure incompréhensible. Et comme il était enfoncé dans son fauteuil et qu’il ne remuait ni la tête ni les yeux, je ne pouvais pas deviner ses réponses.

Puis l’homme derrière la porte reprit la parole. Il parla gentiment mais avec insistance comme s’il avait voulu l’avertir d’un danger imminent :

« Pour qui travaillez-vous, Horn ? »

Je vis M. Horn ouvrir la bouche, je vis son visage rougir brusquement, un geste de la main, ses doigts s’écartaient. Puis le trou de la serrure s’obscurcit. Il y eut un bruit derrière la porte. Je me dressai épouvanté et courus vers la sortie. J’essayai de la refermer derrière moi sans faire de bruit. Puis je traversai en courant la cour du château. Je n’osai pas me retourner. J’avais peur que quelqu’un depuis la fenêtre du bureau m’ait vu et m’appelle pour m’interroger moi aussi. A deux mains, j’appuyai sur la grosse poignée en fonte du portail en même temps que je le poussais de l’épaule pour l’ouvrir. Et courant sur le chemin qui descend à la ville, je murmurai une prière : Mon Dieu, fais qu’il ne commence pas sans moi la renardière.

DOCTEUR SPODECK

Le trois septembre, Christine nous rapporta la nouvelle de la fin de Horn.

Le matin, elle était allée en ville en voiture pour y faire les courses, voir la maison et arroser les fleurs. Elle revint à midi et nous raconta ce que les gens de Guldenberg lui avaient dit au sujet de Horn. J'écoutai son récit sans l'interrompre ou lui poser de questions. La nouvelle me bouleversa, bien que je doive dire que j'avais prévu la mort de Horn, prévu jusque dans ses détails accidentels, triviaux et inattendus.

Horn finit comme il avait vécu : en lâche. Il a vécu en homme indigne, et je dirais même, si je ne devais pas craindre d'être mal compris, qu'il n'a pas su vivre en honnête homme, au sens littéral du terme. Cela ne change rien au fait qu'il n'y avait pas à Guldenberg cinq personnes que j'aie estimées plus que Horn. Et après tout, s'il y a quelqu'un qui n'a pas su vivre en honnête homme, c'est bien moi.

Comme ma femme, par respect pour le mort, exprimait ses regrets et déplorait avec des mots vides et insignifiants la façon que Horn avait choisie de mourir, j'appuyai tranquillement le pouce sur le bord de mon assiette remplie de soupe, jusqu'à ce que son contenu se répande sur la nappe et la colore en jaune. Ma fille rit et ma femme poussa un cri bref, puis me regarda et exprima sa désapprobation en pinçant les lèvres et en serrant les mâchoires comme d'habitude. Je me levai, quittai la pièce et dis, sans adresser ni jeter un regard à personne :

« Je n'ai pas d'appétit. »

Je montai dans mon bureau et m'assis près de la fenêtre. J'essayai de retrouver mon calme. L'idée que dorénavant il n'y aurait plus de soirées du jeudi me traversa l'esprit et j'en fus contrarié.

Les soirées culturelles de Horn m'ennuyaient, mais elles constituaient pour moi une agréable distraction, une interruption pas trop brutale de mes occupations habituelles et une occasion bienvenue et parfois souhaitée de sortir de chez moi. J'avais et j'ai encore peu de raisons de quitter ma maison. Généralement, j'évite de sortir, car cela dérange et contrarie mon travail, mes moments de loisir, la vacuité de mes ruminations. L'expérience m'a appris que toutes les réalités ont des limites. Les affaires humaines et les réalités du monde ne sont que des incitations complaisantes, dont le déroulement ne fait que mettre en évidence la banalité de notre existence. Il est plus amusant de n'admettre que les séduisantes prémices de la réalité et de ne pas emboîter le pas à toutes ses banalités. On se représente mieux les choses de ce monde, des hommes y compris. On peut taxer de mystique ou de spéculative une telle position, mais cela n'affecte pas le fond du problème. Si l'on peut imaginer toutes les conséquences possibles de conditions préalables données, et il n'y a aucun motif raisonnable de le contester, on peut également imaginer l'évolution la plus simple, à laquelle j'accorde tout autant de respect, puisqu'elle correspond de toute façon aux faits réels, à ce que nous appelons avec déférence la réalité.

Je me bornerai à cette indication, étant donné que mon but n'est pas d'exposer la plausibilité de mes idées et que le penchant pédagogique en matière d'instruction du peuple m'ennuie. En outre, c'était une digression. Je voulais simplement avouer que, lorsque Christine m'a parlé de la mort de Horn, j'ai d'abord pensé à la disparition des soirées du jeudi

Je pris tranquillement les feuillets de mon étude personnelle des cas. Je sortis le dossier Horn et je conclus les notes précédentes en y ajoutant les circonstances de sa mort. Puis je mis ces papiers dans la chemise en carton rose, où je conserve provisoirement les cas que je considère comme réglés.

J'avais peu de notes sur Horn. Il était venu six fois me consulter. Je n'avais noté intégralement que deux consultations, au cours desquelles nous avions parlé longuement. Il était venu pour la dernière fois en mars, cinq mois avant sa fin. Il se plaignait d'un manque d'appétit et de légers maux de tête, et il me demanda de lui faire un examen approfondi.

« Faites une révision complète de la machine, docteur, dit-il. Il y a du sable quelque part. Ça crisse sacrément.

– Vous avez mal ?

– Non. Je crains que le diable s'en soit mêlé et que la tuyauterie soit fichue. Elle n'en veut plus.

– Ne vous en prenez pas à la création, Dr. Horn. C'est une machine prodigieusement étonnante que la nôtre.

– Vous avez raison, docteur. Mais je déplore que mon temps de garantie soit manifestement arrivé à expiration. C'est toujours à ce moment-là qu'apparaissent quelques irréparables défectuosités. Je ne veux pas anticiper sur votre diagnostic, mais je crains que vous ne trouviez qu'un tas de ferraille. »

Je l'auscultais longuement. Nous nous étions tus, notre silence n'étant interrompu que par mes brefs commandements l'invitant à compter et à respirer à fond et le bruit de mes doigts frappant sa poitrine.

« Tout est normal, Dr. Horn, dis-je en me rasseyant derrière mon bureau. Si vous faites un peu attention, vous vous ferez aussi vieux que votre château.

– Je me sens aujourd'hui à l'égal d'un de mes fossiles. Mais si je puis me permettre, cessez de m'appeler docteur. Vous savez que depuis cinq ans je ne porte plus ce titre.

– Excusez-moi, je ne l'ai pas fait exprès, même si je suis d'avis que personne ne peut vous contester un titre que vous avez acquis en toute légitimité.

– Ce titre m'a été retiré, et je n'ai par conséquent pas le droit de le porter. Je vous prie d'accepter cela, docteur, et abordons un autre sujet.

– D'accord, mais, mon cher, ici c'est moi le médecin. Je veux aller à la racine de votre mal et j'ai suffisamment de raisons de penser que ce sujet fait aussi partie des causes de vos misères et de votre venue chez moi.

– Docteur, vous avez une petite prédilection pour la psychologie ? Prescrivez-moi un médicament ou dites que je suis hypocondriaque, mais ne fouillez pas, je vous prie, dans mes histoires personnelles. Elles ne vous regardent pas.

– Je pense que si, M. Horn, en particulier si ces histoires sont le véritable foyer de la maladie.

– Justement non. Dans ce cas, je renoncerai volontiers à votre aide. Je n'ai pas besoin d'un médecin pour soigner mon âme.

– C'est votre passé qui vous donne du fil à retordre, Horn. Vous ne vous en sortez pas. Votre passé...

– Permettez que je m'en aille. »

Horn se leva et reboutonna sa chemise. Il enfila sa veste et son fin pardessus. Je le regardais en silence. Au moment où il prit son chapeau, je dis :

« Il faut que chacun digère son passé. A l'un il accorde des rêves pénibles, à l'autre une mort prématurée. Il n'y a aucune raison pour que vous soyez vexé. Rasseyez-vous. »

Horn me fixa un instant sans bouger, puis il retira son manteau et s'assit.

« Si vous voulez, vous pouvez fumer », dis-je en poussant le cendrier vers lui.

Horn avait l'air exténué. Il s'était laissé tombé sur la chaise comme si, épuisé par un effort qui aurait miné ses forces, il fallait qu'il se repose. Je sortis du tiroir inférieur de mon bureau une revue, la feuilletai et la posai ouverte devant lui. Je lui montrai du doigt un court article et lui demandai de le lire. Il tourna légèrement la tête, et ses yeux glissèrent avec indifférence sur les quelques lignes. Puis il me regarda avec étonnement.

« Vous vous intéressez à la technique cinématographique, docteur ?

– Non, non, absolument pas. Je ne vais jamais au cinéma. Je suis tombé sur cet article en feuilletant les revues auxquelles je m'abonne pour mes patients. Je l'ai lu par hasard.

– Et qu'est-ce qui vous captive là-dedans ? »

Horn se pencha sur la revue et lut le titre d'un air méprisant :

« Le miroir brisé, une dérivée de la variante de Schüfftan ?

-Non, ce n'est pas le nom. Ce qui m'intéresse, c'est l'idée qui se cache derrière ce petit jeu technique, l'intervention impudente et possible dans l'authenticité jusqu'alors crédible de l'historiographie. C'est de la philosophie. Vous êtes historien. Cela devrait vous intéresser.

– Docteur, je n'arrive pas à vous suivre. Je ne vois pas de quoi vous parlez.

– Je parle de cette invention. Des techniciens du cinéma ont élaboré un procédé qui leur permet de retirer à la pellicule toute valeur documentaire. L'image originelle est projetée sur un miroir brisé en son milieu, puis elle est à nouveau filmée. Et en fonction de l'angle que font ces deux miroirs entre eux, on peut alors faire disparaître des parties de l'image ou intégrer des images nouvelles qui n'en faisaient pas partie. Dans ces conditions, on peut donc transformer comme on veut des documents filmiques et remplacer quelque chose qui déplaît par quelque chose qui plaît. L'observateur continue à avoir sous les yeux une image originale en apparence intacte. Votre science, M. Horn, l'historiographie, vient encore de perdre un de ses témoins principaux. Il va falloir compter avec de nouvelles falsifications.

– Vous voyez tout en noir, docteur. Ce que vous appelez falsification, c'est notre pain quotidien. L'histoire n'est pas autre chose qu'une pâte fabriquée à partir de faits transmis et conservés arbitrairement ou intentionnellement, avec laquelle les générations suivantes pétrissent une image d'après leurs propres images. Les falsifications et nos erreurs sont le mastic de ces images, elles leur confèrent et résistance et maniabilité. Ce sont elles qui rendent notre bon sens si convaincant.

– J'ignorais que vous pouviez aussi être cynique.

– Ce n'est pas du cynisme, c'est de l'expérience professionnelle. Mais dites-moi ce que vous avez trouvé dans ce miroir brisé. Vous n'allez pas passer des nuits blanches à cause de l'historiographie.

– Vous avez raison. Je dois même vous avouer que cette abominable invention me plaît. Aujourd'hui, quand on veut décrire les capacités de la mémoire humaine et faire des comparaisons, on aime invoquer le cinéma. Effectivement, la mémoire procède par évocations, par images. Les images d'une caméra placée dans notre tête défilent devant notre œil mental comme sur un écran de cinéma. Notre cerveau emmagasine surtout de manière physique et non abstraite. Sur ce point, la comparaison avec le cinéma ne manque pas de pertinence, mais j'avoue qu'elle ne m'a jamais satisfait. La petite invention de ces techniciens du film m'a révélé la raison de ma gêne. Nos souvenirs ne sont pas des enregistrements objectifs, des prises de vue cinématographiques. Notre conscience travaille avec des milliers de miroirs, eux-mêmes brisés en mille morceaux. Notre perception et notre souvenir dépendent du nombre de ces miroirs, de leurs cassures et de leurs angles, conditionné par les gènes. Avant que quelque chose entre et soit conservé dans nos souvenirs, des modifications sont intervenues. Ce que nous enregistrons est une distorsion conditionnée par nos gènes. Nous n'emmagasinons pas un fait, mais notre conscience, notre interprétation d'un événement. Ce sont des souvenirs personnels, ce qui ne signifie rien d'autre que ceci : notre mémoire ne fournit pas une image du monde, mais bien un puzzle conçu par le palais des glaces présent dans notre tête, le puzzle d'une image avec nos déformations, nos omissions et nos ajouts individuels. Cela peut sembler être une image du monde et en jouer aussi le rôle, mais ce n'est en vérité qu'une représentation de notre conscience, comme nous appelons habituellement le miroir brisé de notre cerveau. »

Horn regardait par la fenêtre en fumant une cigarette.

« Je vous ennuie ? »

Il se tourna vers moi sans pour autant me répondre, et me sourit avec indulgence.

« Eh bien, tout ce que je voulais vous dire, c'est de vous méfier de vos souvenirs. Ces images vous trompent.

– Cela signifie-t-il, docteur, que vous me conseillez de vivre sans mémoire ?

– Non, ce serait absurde parce qu'impossible. Je vous conseille simplement de vous méfier de vos souvenirs. Si votre mémoire vous empêche de vivre, doutez plutôt des quelques images emmagasinées dans votre tête que de la vie. C'est plus raisonnable, car, comme j'espère l'avoir prouvé, nous ne sommes pas sûrs que les souvenirs ne nous trompent pas.

– Vous avez peut-être raison, mais nous sommes obligés de vivre avec notre mémoire. Quelle effroyable idée que de vouloir vivre sans mémoire. Nous serions obligés de vivre sans expérience, sans savoir et sans valeurs. Supprimez la mémoire d'un homme et vous supprimez l'humanité.

– Oui, ce serait un extrême possible. Mais gardons-nous de l'autre exagération qui consiste à élever notre mémoire si contestable au rang de mesure absolue. Cela nous rendrait incapables de vivre. Méfions-nous de nous-mêmes. L'orgueil de l'intelligence n'a aucun humour. Nos expériences sont incomplètes. Nos souvenirs ont les lacunes et les cassures du miroir brisé. Inconsciemment nous remplaçons ce qui manque en fonction de notre aptitude limitée à comprendre les choses et nous courons le danger de nous égarer.

– Et que me conseillez-vous, docteur ?

– Je crains que vous ne l'acceptiez pas plus que moi. Le vieux Graciàn disait : Cherche en tout à mettre le temps de ton côté. Si vous pouviez réussir à organiser vos souvenirs selon ce principe, il vous serait plus facile de vivre. »

Horn rit doucement et sans plus s'arrêter. Comme si j'avais lâché une immense plaisanterie, secoué par le rire, il eut du mal à me répondre :

« Docteur, la vie n'est donc rien d'autre qu'un tas de merde dorée. »

Il riait encore, pendant qu'il enfilait son manteau et prenait son chapeau. Puis il me tendit la main et dit :

« Avec une tel bon sens, docteur, vous vivrez vieux.

– Je sais », dis-je.

Sans lâcher ma main, il me regarda droit dans les yeux et ajouta :

« C'est à dégueuler. »

Il sortit. Je me rassis derrière mon bureau, contemplai la pièce, les armoires, les instruments, mes mains, et dis :

« Ça aussi, je connais, Dr. Horn. »

Chère maman ! Les Tsiganes sont venus chez moi, mais je ne les ai pas salués. Je ne quitterai pas ma chambre et je ne descendrai pas. Même s'ils chantent encore une fois.

Je les ai vus. J'étais derrière les rideaux quand ils sont arrivés. Carlos était aussi parmi eux, mon beau et jeune Tsigane. Il avait l'air si triste que j'ai éclaté en sanglots. Je ne descendrai pas pour ne pas le rendre encore plus triste. Je ne peux pas l'épouser, maman, car je suis déjà mariée.

Maman, pourquoi n'es-tu pas venue à mon mariage ? Oh ! maman, pourquoi m'as-tu menti ? Pourquoi a-t-il fallu que je me marie ? Pourquoi m'as-tu dit que c'était beau ? Ce n'était pas beau, maman. J'ai cru que j'allais mourir. J'ai pleuré toute la nuit.

Pourquoi est-on tout seul après que l'on s'est marié ? Tu dois pourtant pouvoir me l'expliquer. Toi aussi, tu es seule, maman, et tu es mon unique amie. Explique-moi, maman, pourquoi ces douleurs et ce sang sont-ils beaux, quand personne ne me caresse. Et pourquoi n'a-t-on pas le droit d'en parler ? Pourquoi n'a-t-on pas le droit de dire la vérité ? Pourquoi faut-il au contraire mentir et affirmer que c'est beau ? A moins que chez vous, les fous, la beauté soit effroyable ? Les mots vous ont-ils aussi rendus fous ?

Maman, ça m'a fait mal, et je suis restée au lit pendant trois jours et j'ai pleuré. Et quand j'ai dit à papa que maintenant j'étais mariée, lui aussi, il a pleuré. Puis il est allé avec moi chez tante Hedel, et elle m'a giflée, et elle a fouillé dans ma fente, et je suis revenue me coucher, et j'ai crié tellement j'avais mal.

Tous, vous êtes fous pour dire que c'est beau. Quand je suis seule dans mon lit et que je me caresse, c'est beaucoup plus beau, même si je suis un peu triste.

Peut-être que tu ne connaîtras jamais mon mari, maman. Papa dit qu'il ne reviendra plus, qu'il ne viendra plus jamais me rendre visite. Je ne sais pas pourquoi il ne vient pas. Ça a peut-être été plus terrible pour lui que pour moi. Il faudrait qu'il soit aussi fou que vous pour revenir encore une fois.

Maman, une mère ne devrait jamais raconter des cochonneries pareilles à sa fille. Tu sais, même les Tsiganes ne m'ont jamais raconté des saletés pareilles. Carlos a pleuré quand je lui ai dit que je l'épouserai. Il m'a baisé la main et m'a appelé princesse. Puis il a bu et m'a souri et il a été beaucoup plus triste qu'avant. Jamais les Tsiganes ne m'ont dit que c'était beau, le mariage.

Mon mari ne m'a pas embrassée, il ne m'a pas caressée non plus. Il m'a attrapée et m'a jetée par terre, et j'ai cru m'évanouir. Il a déchiré mes vêtements parce qu'il voulait arriver plus vite à ma fente. Au début, j'ai ri parce que c'était terriblement drôle, puis j'ai pleuré parce que ça faisait mal, maman, ça faisait mal. Il ne m'a pas embrassée. Il m'a dit qu'il n'embrassait pas les folles, et il m'a frappé à coups de poing : j'avais du sang plein la bouche.

Maman, pourquoi n'es-tu pas venue à mon mariage ?

Une mère devrait savoir quand sa fille se marie. Même si moi je ne le savais pas, car je ne l'ai pas su à l'avance. Je ne savais même pas que cet homme voulait m'épouser.

Tu ne le connaîtras jamais, car je ne connais pas son nom. Je sais simplement qu'il pue l'alcool.

Oh ! maman, faut-il que nous, les femmes, nous soyons folles. Car pourquoi faut-il se marier quand ça fait mal ? Pourquoi se marier quand on ne vous caresse, ne vous embrasse même pas ? Ça ne nous coûte que le sang de la folie et des coups de poing.

Maman, maintenant je vais la nuit au parc. Peut-être que j'y rencontrerai encore une fois mon mari. Je veux lui demander son nom. Rien que son nom, il n'aura qu'à me le dire pour que je sache comment je m'appelle. Une femme mariée devrait quand même savoir son nom.

En bas, ils chantent. J'entends la voix de Carlos. Il demandera où est sa princesse et il sera triste. Les Tsiganes ne viennent voir que moi, moi et papa. Ils ne viennent voir personne d'autre dans la ville que moi. Ils seront très tristes de ne pas voir leur princesse. Mais je ne peux aller voir Carlos : je suis une femme mariée, même si je ne sais pas mon nom.

Maman, si tu avais été un peu raisonnable, tu n'aurais pas mis ta fille au monde. Mais voilà ce qui arrive quand on a deux fous pour parents.

KRUSCHKATZ

Après la mort de Horn, Bachofen fit tout ce qu'il put pour prendre ma place. Il écrivit des lettres et téléphona ; il collecta avec zèle mes points négatifs et entretint le mécontentement qui couvait en permanence dans les bureaux. Les oreilles indiscrètes se dressèrent et les langues de vipères sifflèrent. Je devinais les succès de Bachofen à la façon dont mes collaborateurs s'adressaient à moi et me regardaient. A son visage qui s'éclairait de jour en jour, à son énergie malfaisante mais inventive, qui le rajeunissait à vue d'œil et le rendait de plus en plus heureux de vivre, je sentais sa progression. Il réussissait parce que je lui avais facilité la tâche. La somme de mes fautes et de mes erreurs augmentait, et la fin de Horn devait, selon le plan de Bachofen, constituer la pierre ultime d'une pyramide sous laquelle je serais enseveli.

A cause de Horn, j'étais bon pour l'abattoir. Lors du conseil municipal de la mi-août, je fus attaqué pour manque de vigilance. Bachofen se retrancha derrière les papiers de l'arrondissement, le rapport des camarades qui avaient instruit le cas Horn. On y attestait que, dans mon travail de direction, j'avais commis des négligences impardonnables qui avaient favorisé les manœuvres de l'adversaire. J'avais également mésestimé les conseils et les observations de camarades vigilants – l'allusion visait Bachofen et Brongel – et enfreint le principe de la direction collective. Je fus aussi obligé de me défendre devant le conseil municipal, ce que je fis dans des termes ridicules et embarrassés. J'étais maladroit parce que je n'étais pas préparé à accepter en Bachofen un adversaire dangereux. Je n'avais pas envie de me battre contre une punaise pour l'unique raison qu'elle commençait à puer. Ce fut ma plus grave faute, même si elle ne figurait pas sur la liste de Bachofen. Ce fut une faute de dilettante. N'importe quel stratège aurait pu me citer quantité de batailles perdues uniquement parce que la victoire en semblait assurée. J'ai appris à cette époque qu'il faut aussi savoir descendre au niveau de la punaise pour la combattre.

Fin septembre, Bachofen était sur le point de gagner. Il était tellement certain de son triomphe que, dans une séance publique, il poussa l'infâmie jusqu'à me rendre responsable du suicide de Horn. J'aurais pu éviter le pire, me reprocha-t-il, si je n'avais pas constamment favorisé les ignobles activités d'un ennemi de classe et par là-même empêché aussi bien les explications qu'une possible prise de conscience et le repentir. Le suicide de Horn était un aveu de culpabilité, l'aveu d'une pensée déviationniste et ennemie du socialisme, et on ne pouvait qu'être frappé devant l'absurdité d'un suicide qui aurait pu être évité. Et il avait fallu d'un seul permanent qui ferme les yeux, pour que ce suicide devienne une quasi-fatalité. Je refusai de répondre à ces reproches scandaleux, tout en sachant que mon silence serait interprété comme un aveu ; que je ne pouvais compter que sur deux de mes conseillers municipaux ; que le conseil était à ce moment derrière Bachofen et que je n'avais pratiquement plus d'amis à la direction de l'arrondissement.

Le soir de cette séance municipale, je parlai avec Irène de l'imminence de ma destitution, et nous étions d'accord pour quitter Guldenberg sans délai.

Onze jours plus tard, deux semaines avant mes vacances, j'étais plus fermement assis que jamais dans mon fauteuil, et

Bachofen faisait tout ce qu'il pouvait, geignant et suppliant qu'on ne le chasse pas de la mairie. Il avait mené sa carrière à force de zèle et de travail, et son sale boulot échouait à cause d'une lettre. Une lettre de trop, parmi les nombreuses lettres que Bachofen avait écrites, m'a sauvé, et non mon expérience ou mon habileté.

Dans la nuit du 8 octobre, Gerda Schneeberger me téléphona. Franz, son mari, l'ancien maire, mon prédécesseur, n'était pas rentré chez lui. J'essayai de rassurer la vieille dame et lui dis que Franz était sûrement dans un bistrot avec des amis en train d'arroser l'anniversaire de la République. Je lui promis de faire effectuer des recherches pour retrouver Franz au cas où, entre temps, il ne serait pas rentré, fatigué et complètement ivre.

Mais le lendemain, Franz Schneeberger ne rentra pas non plus chez lui. Personne ne put me dire où il était, personne ne l'avait vu depuis la manifestation de la veille. A midi, ma secrétaire m'apporta quelques précisions et je téléphonai au directeur de la maison d'arrêt de Wildenberg. Le camarade me confirma que Franz Schneeberger avait été arrêté. Il ne voulut ou ne put me donner les raisons de son incarcération. Je lui demandai pourquoi l'on n'avait pas informé sa femme. Il me répliqua qu'on l'avait fait. Je raccrochai et j'allai voir Gerda Schneeberger. Je lui racontai le peu que je savais, et restai avec elle jusqu'à ce qu'elle se soit un peu apaisée. Je lui promis pour le lendemain une voiture qui la conduirait à Wildenberg. L'après-midi, je téléphonai à des camarades de l'arrondissement. On me confirma que l'on faisait tout ce qui était humainement possible pour Franz.

Le samedi 12 octobre, cinq jours après son arrestation, Franz Schneeberger était de retour chez lui. Le ministère public avait examiné la plainte et l'avait rejetée à cause de sa totale inanité. Franz avait été accusé de s'être enrichi en confisquant les biens de citoyens qui avaient trahi leur patrie et s'étaient enfuis sans tambour ni trompette en Allemagne de l'ouest. En fait, Franz Schneeberger, lors d'une vente aux enchères d'objets trouvés ou saisis après le départ de ces gens, avait acquis un service de table en toute légalité. A mon insu, Bachofen avait soutenu la dénonciation, ce qui avait entraîné l'arrestation idiote et irréfléchie de Schneeberger.

Un jour avant la relaxe de Schneeberger, je fis porter chez eux le premier poste de télévision arrivé à Guldenberg, et qui aurait dû être installé dans la salle des fêtes du château à l'intention des habitants. Je pris cette décision tout seul et sans en informer personne, bien que la date de l'installation du premier poste de télévision dans la ville ait été déjà annoncée et que personne n'aurait pu dire quand Guldenberg en aurait un deuxième. Je fis approuver ma décision après coup lors du conseil municipal suivant. Il n'y eut aucune voix contre. Même Bachofen vota pour ce cadeau dispendieux fait à l'ancien maire.

Deux jours avant mes vacances, je rendis visite aux Schneeberger. La vieille dame vint m'ouvrir. Puis elle alla dans la salle de séjour et dit :

« Franz, c'est le camarade Kruschkatz. »

Elle me fit entrer et ferma la porte derrière moi. Franz Schneeberger était assis dans un fauteuil. Les yeux fixés sur la télévision, il ne bougea pas.

« Bonjour, Franz. »

Pas de réponse. Planté derrière lui comme un idiot, je regardai son dos et l'image papillotante du téléviseur.

« Franz, tu aimes les ballets ? » demandai-je au bout d'un silence insupportablement long.

Il finit par retirer sa pipe de sa bouche et dit :

« C'est un ballet ?

– Oui, dis-je avec empressement, c'est le Lac des cygnes.

– Si c'est un ballet, dit Franz, alors j'aime les ballets. »

Puis il remit sa pipe dans sa bouche et continua à fixer en silence les silhouettes grises qui sautillaient sur le petit écran du téléviseur.

« Je vais voir Gerda », dis-je pour finir et j'allai à la cuisine.

Gerda Schneeberger était à son fourneau. Une manique à la main, elle tenait une casserole et attendait que l'eau bouille. Je m'assis sur une chaise recouverte d'une étoffe multicolore.

« Il ne me parle pas », dis-je.

J'étais si fatigué que j'aurais volontiers posé ma tête sur la table.

« Il ne te parlera pas », répliqua la vieille dame.

Elle prit la casserole et versa un peu d'eau bouillante dans la cafetière. Puis elle secoua celle-ci et remit l'eau dans la casserole.

« Oui, quelle idiotie ! Suspecter un homme comme Franz ! »

La vieille dame versa avec soin quelques cuillères de café dans la cafetière. Elle comptait en silence. Ses lèvres remuaient. La boîte reposée, elle dit :

« Vous avez fait ce qu'il fallait pour l'achever.

– Oh ! n'exagère pas, Gerda, cinq jours, ça n'a pas d'effet sur un type comme lui. Il n'a fait que passer. »

Elle secoua la tête et répéta :

« Vous avez fait ce qu'il fallait pour l'achever. »

Je la regardai mettre une pincée de sel dans la cafetière et y verser l'eau bouillante.

« Ça a été si dur que ça ? demandai-je.

– Ils se sont comportés comme des brutes, dit-elle avec calme.

– Bigre ! Gerda, qu'est-ce que tu racontes ? »

Je frappai du poing sur la table. L'entêtement des deux vieux me désespérait.

« Je sais ce que je dis, camarade, reprit-elle. Je suis allée lui rendre visite en prison. J'ai demandé aux jeunes gens pourquoi Franz était arrêté. Ils ont éclaté de rire en disant : Si c'est vrai ce que l'on reproche à votre mari, il ne ressortira d'ici que la tête sous le bras.

– Qui a dit cela ?

– Les deux gardiens.

– Je vais mettre la chose au clair, Gerda, je te le promets.

– Ça ne lui servira pas à grand-chose. »

Elle posa des tasses sur un plateau. Puis elle me regarda et dit :

« Il ne s'en sortira pas. Je le connais bien. »

Elle se dirigea vers le buffet, y prit une liasse de papiers qu'elle feuilleta, puis me tendit l'un d'eux. C'était un reçu qui confirmait l'achat d'un service pour le prix de cent vingt marks.

« Je l'ai toujours eu dans mon buffet. On n'avait qu'à me le demander. »

Je sentis l'odeur aigre qui régnait dans tout l'appartement.

Elle porta son plateau dans la salle de séjour, je la suivis. Nous bûmes en silence notre café. Franz dédaigna de venir s'asseoir à notre table. Assis devant l'appareil, il fixait l'image en mouvement. Sa femme lui posa sa tasse près de son fauteuil. Je tournai le sucre dans la mienne en écoutant sans enthousiasme la musique de Tchaïkovski.

Au moment de partir, je dis encore quelques mots à Franz Schneeberger :

« Je suis heureux que le poste de télévision te plaise, Franz.

– Si tu veux, tu peux le reprendre. Je ne l'ai pas demandé. »

Je convoquai Bachofen à la mairie. A son arrivée, je le laissai attendre sur le seuil de la porte. Je le regardai en me demandant ce qui avait bien pu le pousser à faire du mal à son ancien chef. Je ne comprenais pas. Je ressentis l'envie de le frapper à coups de pied.

« Commence par ne pas t'asseoir, dis-je. J'arrive de chez Franz Schneeberger. Je voudrais te demander de ne pas aller le voir. Ça vaut mieux pour lui. »

Il fit un léger signe de tête et me demanda d'une voix enrouée :

« C'est tout, camarade Kruschkatz ?

– Oui, répliquai-je, tu es un beau salaud, camarade. »

Bachofen resta encore cinq ans conseiller municipal de Guldenberg. Puis il profita d'un voyage à l'étranger pour aller s'installer en Allemagne de l'ouest. Quelques années plus tard, j'appris que l'ancien camarade Bachofen possédait une entreprise de location de caravanes à Hanau. Un an avant ma retraite, il revint faire une visite à Guldenberg. Il sillonnait la ville au volant d'une grosse voiture américaine et racontait à tous ceux qui voulaient bien l'entendre qu'il était le maire d'une petite ville de Hesse.

GERTRUDE FISCHLINGER

L'événement que Juliane aurait appelé une relation irrégulière eut lieu la deuxième année que Horn habitait chez moi.

Le nouvel an passé, je fermai ma boutique trois jours pour faire mon inventaire. Paul, encore en vacances, était allé à Wildenberg voir un garçon chez qui il avait dormi. Toute la journée, je montais sur l'escabeau et redescendais pour compter et noter tous les sachets, les paquets et les boîtes de conserve. A midi, je m'allongeai pour une heure dans l'arrière-boutique, mais mes pieds étaient toujours aussi lourds, et j'avais peur de tomber de l'escabeau, peur de rester allongée par terre dans ma boutique sans quelqu'un pour me trouver et me relever. Je laissais ma porte ouverte : je ne voulais pas mourir coincée à cause de mes imbéciles de jambes entre des rayons et des sacs de sucre et de farine.

A la fin de l'après-midi, Juliane vint m'aider. Fouinant dans la boutique, elle me criait le nombre et le prix des marchandises pendant que, les jambes levées, je notais les chiffres. Puis nous bûmes un verre de vin. Juliane me parla une nouvelle fois de son curé et je l'écoutai patiemment, heureuse de ne pas devoir rester toute seule.

A mon retour chez moi, M. Horn avait posé dans la cuisine une assiette de tartines beurrées. En m'entendant, il quitta sa chambre et vint me rejoindre. J'étais confuse. Jamais encore il ne m'avait témoigné une telle gentillesse.

« J'espère que ça ne vous dérange pas, dit-il, vous avez tellement de travail. »

Je m'assis à la table et mangeai les tranches de pain. Il y en avait beaucoup trop pour moi, mais je les mangeai toutes pour ne pas le vexer. Il m'interrogea sur mon inventaire et me dit que lui aussi, au musée, il devait faire tous les ans un état des objets. Quand j'eus tout mangé, il me dit :

« Puis-je vous inviter à prendre un verre de vin ? »

Son invitation me toucha, et je l'acceptai malgré ma fatigue et l'envie d'aller me coucher. Nous allâmes dans sa chambre. C'était la première fois depuis son arrivée que j'y retournai, puisqu'il faisait son ménage lui-même et ne m'avait encore jamais invitée. Je jetai un coup d'œil autour de moi : c'était drôle d'être invité chez soi.

« C'est bien arrangé, dis-je.

– Je n'ai presque rien changé.

– Je vois, mais vous avez accroché d'autres photos plus belles. Les miennes ne me plaisent plus, mais je n'ai pas le temps d'en chercher d'autres. »

Je contemplai les photos fixées çà et là aux murs de mon ancienne salle de séjour.

« C'est un samovar ? demandai-je en montrant un appareil posé sur le buffet.

– Oui, dit-il. Je l'ai acheté à Moscou. Voulez-vous que nous le fassions marcher ? Voulez-vous un verre de thé ?

– Non, non. Simplement je n'en avais encore jamais vu. »

Il m'en expliqua le fonctionnement. Puis nous prîmes place à table. Il nous versa du vin, et nous trinquâmes. Nous étions tous les deux un peu gênés. Il souriait et tournait son verre. Et je vantai son vin avec maladresse.

« J'ai sûrement encore... », commença-t-il, puis il s'interrompit de lui-même et se leva. Il alla à la penderie, fouilla dans un tiroir et revint avec une boîte de chocolats entamée. Il la posa sur la table, l'ouvrit et dit que je pouvais en prendre : il ne mangeait pas de chocolat. Je n'osai pas dire que moi non plus ; j'en pris un et le mis dans ma bouche. Nous nous sourîmes. Nous ne savions pas de quoi parler.

Il ne buvait que de toutes petites gorgées, mais comme il ne cessait de reprendre son verre et d'y tremper les lèvres, celui-ci fut rapidement vide. Il le remplit à nouveau et m'invita à finir le mien. Je lui obéis. Mon regard tomba sur mes mains, et je vis que j'avais les ongles noirs. Je joignis les mains et les posai sur mes genoux en rougissant. Il me contempla. J'eus l'impression qu'il explorait mon visage, et je regardai à nouveau mes mains. Au moment où je levai les yeux, il tendit la main vers moi et, du bout des doigts, imperceptiblement, il me caressa la joue. Je savais que ce n'était que par pitié, mais je fermai quand même les yeux et m'abandonnai à cet instant de bonheur.

« Ça fait du bien d'être caressée », dis-je doucement.

J'avais retrouvé mon sang froid, quand il répliqua aussi doucement que moi :

« Nous avons tous besoin que quelqu'un nous caresse. »

Il retira sa main, et nous vidâmes nos verres. J'eus envie de prendre sa main et de la serrer fort.

Comme il se levait pour remplir mon verre, je voulus l'en empêcher, mais au lieu de le faire j'acquiesçai de la tête. Il vint se mettre à côté de moi, se pencha et me baisa au front. J'étais comme dans un rêve et je n'attendais que le réveil.

Nous vidâmes la bouteille. Quand je me levai, il me demanda de rester, de rester près de lui. Il m'appela par mon prénom.

« Venez au lit avec moi, Gertrude, dit-il.

– Je ne suis pas jeune », répliquai-je.

Il prit ma main, et nous allâmes vers son lit. Nous nous assîmes l'un à côté de l'autre. Je haletais comme une jeune fille.

Nos relations intimes durèrent six mois. Trois ou quatre fois par mois il venait me voir, et nous couchions ensemble. Après il restait encore une demi heure près de moi. Nous fumions une cigarette et nous parlions peu et à voix basse. Je l'observais. J'avais peur qu'il se lasse de moi. Mais je ne me rendais compte que d'une chose : il évitait de regarder mes jambes ou de les caresser.

Notre rapport s'éteignit au bout de quelques mois, aussi brusquement qu'il avait commencé. Un soir de juin, il frappa à la porte de ma chambre. J'étais à ma machine à coudre. Des morceaux de tissu et mon nécessaire à couture étaient éparpillés sur le lit. A son entrée, je voulus me lever. Il me pria de rester assise. Je le regardais, mais il restait planté sans rien dire, une main sur la nuque, et contemplait d'un air préoccupé mon matériel de couture.

« Je vous demande pardon, Gertrude », dit-il enfin.

Puis il se tut à nouveau, et j'attendis qu'il continue. Il avait du mal à trouver les mots. Il était incapable de me regarder dans les yeux.

« Ce n'est pas bien ce que j'ai fait, reprit-il. J'ai de l'affection pour vous, Gertrude, mais je ne vous aime pas. Et je sais que vous non plus vous ne m'aimez pas. Pardonnez-moi d'avoir agi avec vous comme un jeune imbécile. »

Il était très calme. Depuis le fameux soir de janvier, je m'étais attendu à ce jour et à cette conversation. Je n'en fus pas surprise.

« Je ne crois pas que nous ayons péché, dis-je. En tout cas, je ne me sens pas coupable. Mais je peux vous comprendre.

– Pardonnez-moi, je vous en prie, répéta-t-il sans changer d'attitude.

– Je n'ai rien à vous pardonner, répliquai-je. Je suis adulte. Vous ne m'avez pas forcée. Tout ce que j'ai fait, je l'ai voulu. Et si vous êtes coupable, je ne le suis pas moins que vous. »

Mais il se contenta de répéter sur le même ton :

« Pardonnez-moi, Gertrude. »

Puis il fit demi-tour et, sans m'avoir regardée, il se dirigea vers la porte. Je sentis mes mains trembler.

« Je n'ai rien à vous pardonner, et vous non plus, dis-je en m'efforçant de réprimer les hésitations de ma voix, et je pense que le créateur ne considère pas comme un péché que deux pauvres êtres se soutiennent. »

Il s'était arrêté pour m'écouter. Puis il ouvrit la porte, me dit « bonne nuit, Gertrude » et sortit.

Je restai assise à ma machine à coudre et je caressai continuellement le tissu de rideau multicolore posé sur mes genoux. Gertrude, Gertrude, me dis-je, tu es à nouveau une femme abandonnée. Et cette idée me rendit joyeuse et, sans raison, j'éclatai de rire en silence.

CHAPITRE 8

J'ai tout dit.
Ce n'est pas suffisant ;
Maintenant, oh ! mort, je voudrais dormir. Dormir et oublier.
Oublier ? Comment oublier tout cela ?
Pourquoi ne me laissez-vous pas tranquille ?
Comment pourrions-nous te laisser tranquille ?Pourquoi ?
Parce que nous ne pouvons pas vivre avec les morts. Parce qu'il n'y a pas qu'une vérité des morts. Il y a aussi une vérité des vivants.
Et ma mort ?
Ce n'est pas toute la vérité.
Si vous vous taisez, c'est les pierres qui crieront.
Ils sont pénibles, ces morts. Très pénibles.
Souviens-toi.
Et je suis fatigué.
Continue, mon garçon. Continue. Continue. Il faut que tu te souviennes.

THOMAS

Paul vint me voir chez moi le dernier jour des vacances. Il sonna alors que nous étions en train de manger. Mon frère le fit entrer. Mon père lui demanda ce qu'il me voulait, et lui dit de s'asseoir avec nous et d'attendre que nous ayons fini de manger. Puis il lui posa des questions. Paul fut obligé de dire qui étaient ses parents et quelle profession il voulait exercer plus tard. Je sentis que Paul ne plaisait pas à mes parents. C'était la première fois qu'il venait chez nous, et mes parents méfiants lui firent subir un examen détaillé.

Ma mère lui donna une coupe de groseilles au sucre que Paul mangea sans fermer la bouche. Mon père reposa sa cuillère et le regarda d'un air dégoûté, mais Paul ne se troubla pas : il n'avait rien vu.

Le repas terminé, Paul et moi, nous sortîmes.

« Viens vite, me dit-il, j'ai quelque chose à te montrer. »

Il partit en courant. Je le suivis.

« Où allons-nous, dis-je, hors d'haleine.

– Tu vas voir. »

Nous prîmes la direction de la cité, puis quittâmes la ville. Soudain Paul s'arrêta :

« Et pas un mot, à personne. Tu as compris ? »

Je fis un signe de tête sans comprendre, puis me remis à courir derrière lui, heureux que Paul soit venu me chercher pour me montrer quelque chose d'important. Arrivé près d'un sorbier, il me fit signe de m'arrêter

« Attends-moi ici, je reviens tout de suite. »

Il se fraya un chemin dans les buissons et disparut dans le sous-bois. Quelques instants encore, j'entendis des branches craquer, puis plus rien que le silence. La lumière du soleil passait entre les cimes des hêtres et illuminait les baies rouges de l'arbuste. J'ouvris mon couteau, essayai de le tenir en équilibre sur le bout du doigt, puis le lançai dans la mousse.

Soudain je sursautai, Paul était à côté de moi. Je ne l'avais pas entendu arriver. Il tenait à la main un court morceau de bois dont il arrachait l'écorce.

« C'est bon, nous pouvons y aller. »

Je lui emboîtai le pas. Les buissons m'égratignaient les jambes.

« Et n'oublie pas que c'est moi qui l'ai découvert. »

Je hochai la tête sans pourtant savoir de quoi il me parlait. Nous marchions dans le sous-bois, penchés en avant. Je repoussais les branches avec les bras. Je gardais mon couteau ouvert à la main. Lorsqu'enfin nous pûmes nous redresser, Paul me dit :

« Tâche de ne pas avoir peur. »

Puis il me poussa en avant. Je jetai un coup d'œil à la ronde pour voir ce qu'il voulait me montrer.

« Là-bas ! »

Paul était excédé par mon regard interrogateur. Il désigna un hêtre. Je ne voyais toujours rien, quand enfin je découvris l'homme. Pendu devant le tronc, il en avait la même noirceur. On ne voyait pas son visage.

« C'est Horn, dit Paul, le monsieur du musée. Je l'ai trouvé ce matin. »

Nous nous approchâmes du mort. Un tabouret avec des taches de peinture était renversé près de lui. Je connaissais ce tabouret pour l'avoir vu au château. M. Gohl l'utilisait parfois pour travailler. Puis je levai la tête pour voir le mort, il me regardait les yeux grand ouverts, et je fis un bond si brusque sur le côté que je faillis tomber.

C'était bien M. Horn, bien qu'il ait été à peine reconnaissable. Il avait les yeux exorbités, et sa langue épaisse et colorée sortait de sa bouche. Je regardai Paul pour m'empêcher de regarder le mort.

Paul ne faisait pas attention à moi. Avec précaution et s'aidant de son bâton. il poussa les jambes du mort, mais il dut recommencer et le pousser très fort pour que le cadavre se balance un long moment.

« C'est ton premier cadavre ? » me demanda Paul.

J'acquiesçai de la tête.

« Pas moi », dit-il, avant de donner au cadavre de Horn un autre coup de bâton pour qu'il se balance à nouveau.

J'eus envie de le retenir, mais je me tus.

« C'est horrible à voir », dit Paul, qui s'approcha du mort et fouilla dans la poche de sa veste.

J'étais comme paralysé et ne le quittais pas des yeux.

« Il faut prévenir la police », dis-je enfin.

Paul fouilla avec précaution dans l'autre poche. Avec son bâton, il referma la veste du mort, mais il n'osa pas inspecter les poches intérieures. Puis il s'assit sur un tronc d'arbre, frappa le sol de son bâton et regarda le cadavre de M. Horn.

« Tu as raison, dit-il, allons-y avant que d'autres ne le trouvent. »

Nous fîmes le chemin en sens inverse. Pendant ce temps, je pensai au tabouret du musée avec ses taches de peinture. Il m'était arrivé de monter dessus, quand j'aidais M. Horn à installer les vitrines les plus profondes.

« Je me demande s'il y aura une récompense, dit Paul.

– Je ne sais pas », répliquai-je.

Nous allâmes au commissariat, mais le dimanche il n'y avait personne. Nous courûmes alors jusqu'à la rue Molke où habitait M. Lamprecht, un policier. Sa femme était toute seule à la maison. Elle nous dit que son mari travaillait dans son jardin et nous décrivit le chemin. Il était déjà quatre heures lorsque nous trouvâmes M. Lamprecht. Il écouta le récit de Paul, puis nous nous rendîmes tous trois chez lui et pour finir au commissariat. Je dus rester dehors. Paul lui avait dit que c'était lui qui avait trouvé M. Horn et que j'étais là uniquement parce que je l'accompagnais. M. Lamprecht me dit donc de rester dehors.

Ils ressortirent une demi-heure plus tard. Paul ne m'adressa pas la parole, pas plus qu'il ne me regarda. Il marchait à côté du policier sans s'intéresser à moi. Je me mis à courir derrière lui, mais avant même d'entendre ma question, il me dit de ficher le camp. Il fallait qu'il montre le cadavre à M. Lamprecht, et ça ne me regardait pas.

Je ne comprenais pas pourquoi il me chassait. Peut-être que le policier le lui avait demandé ou qu'il voulait être seul à lui montrer le cadavre à cause de la récompense. Je ne le comprenais pas et j'étais déçu. Je pensai alors à M. Horn et au fait qu'en ville personne encore ne savait qu'il était mort. Je voulais rentrer à la maison pour en parler à mon père, mais finalement j'allais voir Elske.

Elle me reçut gentiment, mais avant que je puisse lui parler de la macabre découverte, elle me demanda de lui rendre un service. Elle me donna une lettre qu'il fallait que je porte à Clément.

« Dépêche-toi, me dit-elle, c'est urgent. Clément repart chez lui demain matin.

Clément était un lycéen originaire de Munich qui, pendant les vacances, habitait chez sa grand-mère. Il passait la journée à palabrer près des baraques foraines sur l'esplanade. Nous ne nous fréquentions pas, mais je ne pouvais pas le supporter.

Je courus avec la lettre d'Elske jusqu'à l'esplanade. Clément était adossé à une baraque de tir. Il était avec deux filles qui l'écoutaient.

« J'ai une lettre pour toi », dis-je en lui tendant l'enveloppe.

Il la prit d'un air détaché.

« Un instant », dit-il en s'adressant aux filles.

Il leur tourna le dos, arracha l'enveloppe et lut la lettre. Les deux filles regardèrent par-dessus son épaule pour essayer de voir quelque chose.

« Tu es qui, toi ? me demanda Clément en se tournant à nouveau, son frère ?

– Non, dis-je.
– Le petit copain d'Elske, hein ? » dit Clément en ricanant.
Les filles gloussèrent. Je le regardai droit dans les yeux sans ciller. Il se retourna, écrivit quelques mots sur la lettre et la remit dans l'enveloppe.
« Porte ça à Elske et dis-lui d'être à l'heure. »
Il me tendit la lettre. Je la mis dans ma poche d'un air indifférent et m'en allai.
« Attends un instant », me cria Clément.
Il me rattrapa, me posa la main sur l'épaule et me dit :
« Tu ne la lis pas, tu as compris ?
– Elle n'intéresse personne, ta lettre !
– C'est bon. Je compte sur toi pour ne pas la lire. »
Furieux, je quittai l'esplanade. Je m'arrêtai devant la laiterie et sortis la lettre de ma poche. Je lui avais promis de ne pas la lire et je tiendrais ma promesse. Je la déchirai en mille morceaux que je dispersai sur le trottoir. Puis je courus à la maison et me précipitai dans ma chambre. Je me jetai sur mon lit : je pensais à Elske et j'étais en colère après moi. Ma mère entra et me dit que mon père voulait me parler. Je me levai et me rendis dans son bureau. Je frappai à la porte. Il me dit d'entrer.
« Assieds-toi », me dit-il, sans lever les yeux.
Puis il posa son stylo et me jeta un regard sombre.
« Je voulais te dire, Thomas, que tu as des amis qui me déplaisent beaucoup. Ce Paul n'est pas une fréquentation pour toi. Regarde-moi dans les yeux quand je te parle. »
Je le regardai et bégayai de désespoir :
« M. Horn s'est pendu. »
Puis le visage entre les mains, j'éclatai en sanglots. Je pleurais fort et sans plus pouvoir m'arrêter. Je pleurais parce que Elske m'avait trahi. Je pleurais parce que Paul ne m'avait pas emmené avec lui. Je pleurais à cause de l'affreux visage de Horn et parce que je n'avais que douze ans.
Mon père se leva et fit le tour de son bureau. Il pressa ma tête sur sa poitrine et me dit avec compassion :

« C'est terrible. Je ne savais pas que tu tenais tant à lui. »

Pris d'une rage désespérée, je secouai la tête. Je voulus lui expliquer que ce n'était pas à cause de Horn que je pleurais, ou du moins que ce n'était pas la seule raison. Mais je ne pus sortir le moindre mot. Pris d'un violent hoquet, je sanglotais sans plus me retenir et pressais mon visage contre mon père.

KRUSCHKATZ

Nous sommes en janvier. De ma fenêtre, je vois sur les toits d'en face la neige qui tombe, lourde et sombre, et m'envoie ses scintillements froids et antipathiques. Au fond, le ciel est un morceau de carton gris et mouillé, sans lumière, sans soleil. Je ne me plains pas, j'y suis habitué. Je ne supporte jamais ce qui est derrière ma fenêtre. C'est trop gris, trop froid, trop humide, trop sombre, trop chaud. J'ai demandé une autre chambre, mais on ne cesse de m'opposer de nouveaux prétextes. On me ment, on rit de moi dans mon dos, mais on me craint aussi. Par peur de moi, ils m'ont donné la plus mauvaise chambre, la plus mauvaise de toute la maison. Le soleil n'y entre jamais. Il n'y a pas de verdure. Une grisaille froide, une grisaille chaude pour que je me résigne. Si je m'approchais de ma fenêtre, je ne verrais que les grandes et lourdes poubelles. On m'a donné ce paysage par peur, par peur et par haine. Mais je ne me plains pas. Non, tant qu'ils ne me collent pas dans ma chambre un de leurs vieillards. Oh, ces vieillards malfaisants et bavards, qui n'arrêtent pas de passer devant ma porte. Sans arrêt, tip tap, tip tap, et je te va et je te viens. Avec par-dessus le marché leur insupportable et repoussant radotage, leur ton mielleux et sournois.

« Vous avez mauvaise mine, mon cher ami, mauvaise mine ! Vous avez encore passé une mauvaise nuit, n'est-ce pas ?

– Mêlez-vous de vos oignons !

– Hi ! hi ! hi ! Pourquoi êtes-vous si méchant ? Il nous faudra tous mourir, tôt ou tard.

– Laissez-moi tranquille. »

Ces idiots chauves et édentés, mal rasés, les joues creuses, les yeux brillants et attentifs, qui enregistrent tout. Si je voulais en voir un, il suffirait que j'accroche un miroir dans ma chambre. Jamais l'un d'eux n'entrera dans ma chambre, jamais. Je ne veux pas les voir. Je ne peux pas les supporter.

Personne n'entre dans ma chambre. Je n'ai personne qui puisse me rendre visite. Et je ne veux non plus voir personne. Pourquoi aurais-je envie de voir quelqu'un de l'extérieur. Je ne veux pas les voir, ces hypocrites compatissants, qui trouvent à peine le temps de quitter leur manteau et jettent des regards par en dessous pour voir si les tasses sont sales. Ils n'attendent que l'instant où je fermerai définitivement les yeux pour s'emparer très vite de mon livret de caisse d'épargne.

Ma porte reste fermée.

Ça fait combien d'années que je suis dans cette chambre ? Combien d'années y resterai-je encore, avec la grisaille du béton et du ciel derrière ma fenêtre ?

Mais quelle importance ? Il y a trop longtemps que je suis ici. Longtemps que tout s'est évanoui.

Ça fait sept ou huit ans que j'habite dans cette maison. Je ne sais plus. J'avais soixante-quatre ans quand je démissionnai et demandai ma retraite anticipée. Ce fut une décision rapide et mûrement réfléchie. Un an plus tard, on m'interna dans cet établissement. J'avais ce à quoi j'avais droit.

Il y a des années que j'ai pu enfin quitter Guldenberg. Je me souviens des adieux. En septembre, la ville avait inauguré un nouveau garage pour le matériel d'incendie. Un samedi après-midi, les pompiers volontaires présentèrent l'exercice sur le Pré des Blanchisseurs. Revêtus de leur équipement complet, les hommes traversèrent le terrain en courant, franchirent des obstacles, abattirent des troncs d'arbres préalablement enfoncés dans la terre, escaladèrent des façades de baraquements et éteignirent un petit d'incendie allumé exprès. Le banquet eut lieu le soir au « Lion noir ». La ville avait invité les pompiers, et en tant que maire je devais participer à la fête. Il y eut un buffet froid et beaucoup de bière, on fit quelques discours et on raconta les sottises et les grosses plaisanteries habituelles. J'étais gai et détendu. Je me sentais bien à la table de ces jeunes gens bruyants et joyeux. On me demanda de faire moi aussi un discours et, légèrement excité par la bière et de fort bonne humeur, je ne me fis pas prier longtemps. Je racontai comment j'étais arrivé dans cette ville, je parlai de Schneeberger et de Bachofen, de Martens et de Brongel, de Horn et des Tsiganes. Et je leur parlai d'Irène. Tout à coup je me rendis compte que le silence qui régnait autour de moi n'était pas dû à l'attention mais à l'ennui. Je me tus. Je regardai les jeunes gens l'un après l'autre et lus sur leurs visages de la pitié et une indulgente indifférence.

« Je crains de vous avoir beaucoup ennuyés, dis-je en souriant, les vieux aiment parler, mais ne disent malheureusement pas grand-chose de raisonnable. »

Leur silence vint confirmer mes paroles.

Un jeune imbécile voulut se mettre en valeur et répliqua :

« Bien au contraire, monsieur le maire, nous avons trouvé que c'était très intéressant. Je m'en souviens encore : l'homme qui s'est pendu dans la forêt n'avait-il pas une fille qui était simple d'esprit ? »

Je secouai doucement la tête.

« Laissons ces vieilles histoires tranquilles. Levons notre verre et buvons à notre beau garage ! »

Je trinquai avec mes voisins immédiats, vidai mon verre d'un trait et me renversai dans mon fauteuil. Peu après, le bruit joyeux des voix emplissait à nouveau la salle.

Deux jours plus tard, le lundi matin, je rédigeai ma lettre de démission et demandai ma retraite anticipée. Je demandai en même temps qu'on me trouve une place dans une maison de retraite à Leipzig, ma ville natale. En octobre, on me remit le document qui officialisait ma démission et la misérable médaille qui honorait les services rendus à la ville, et que j'avais distribué un nombre incalculable de fois à des concitoyens fort flattés du geste. Je remerciai en silence et, invité à faire un discours, je refusai. Pendant mes longues années de fonction, j'avais tellement souvent remâché ces mots pour le meilleur et pour le pire que je craignais maintenant qu'ils sortissent de ma bouche comme une vomissure. Je me taisais. Il n'y avait désormais plus rien à dire.

Aujourd'hui encore, je me tais. Je reste dans ma chambre et je me tais, essayant de chasser les souvenirs qui chaque nuit viennent se coucher sur ma poitrine dans l'espoir d'y pénétrer. De rêve en rêve, toute une vie, qui se répète dans l'éternité. J'ai peur de la nuit qui tombe et m'apporte le sommeil, le sinistre frère de la mort. Si seulement je pouvais mourir pour échapper à tout cela. Mourir pour ne pas rêver.

Je t'en conjure, Irène, laisse-moi en paix. Va-t-en, quitte-moi, cesse de me hanter. Au nom de mon amour pour toi, et pour ce que j'ai signifié un jour pour toi, épargne-moi. Je t'ai sincèrement aimée, mais je ne supporte pas ton visage, ton amour, qui arrive avec l'obscurité et se pose comme un cauchemar sur ma poitrine, s'empare de mon cœur et le serre, l'étrangle. Va-t-en.

Allez-vous en, nuit et rêve, ayez pitié de mon âge, ayez pitié de ma faiblesse, ayez pitié de moi et allez-vous en. Laissez-moi sans rêves, sans lumière, sans souvenirs. J'attends votre sœur, qui est douce et plus gentille que vous, j'attends, j'attends.

GERTRUDE FISCHLINGER

M. Horn fut enterré un jour d'octobre froid et pluvieux. J'avais demandé à la secrétaire du maire de m'établir une autorisation de fermer ma boutique, pour accompagner à sa dernière demeure l'homme que, sans que j'en aie fait la demande, elle m'avait envoyé un peu plus de quatre années plus tôt, pour que je le loge chez moi.

Mon amie Juliane m'accompagna. Nous parcourûmes ensemble le long chemin qui menait au cimetière de la forêt. Juliane jacassait, et j'espérais sans le dire que mes jambes supporteraient l'aller et le retour.

Devant le funérarium à côté de la chapelle du cimetière, une quarantaine de personnes attendaient la cérémonie. J'aperçus le maire et sa belle femme, M. Puls, le pharmacien, le docteur Spodeck et des employés de la mairie et du musée. Il y avait également trois inconnus qui n'habitaient pas à Guldenberg. Puis on sortit le cercueil et le déposa sur un petit chariot. La tombe de M. Horn était dans l'ancien carré des suicidés. Depuis que ce coin avait été supprimé, on y enterrait les athées. Et bien sûr les suicidés.

L'enterrement fut très simple et rapide. M. Banier, le propriétaire de l'auberge « A la Cruche qui penche » et du jeu de quilles, désigné pour le discours d'adieu, prononça quelques mots. Il dit que M. Horn avait été infatigable, irremplaçable, un concitoyen venu tardivement dans la cité mais qui avait rendu bien des services. Sa mort était un événement tragique. Je crois qu'il n'avait jamais vu M. Horn.

Ensuite chacun s'approcha de la tombe ouverte et y jeta des fleurs et de la terre. Juliane était derrière moi. Revenue à ma place, je la vis prendre de la terre dans la petite coupe de bois puis, sans la jeter, aller se placer derrière la tombe. Son comportement était si étrange que tout le monde s'arrêta. Juliane se mit à chanter. De sa voix fluette de vieille femme, elle chanta une strophe d'un chant religieux avec des trémolos fort prétentieux : « Tout peut changer du soir au matin, tant que je suis sur terre, je vis en constant danger de mort. Mon Dieu, mon Dieu, je t'en prie par le sang du Christ : fais que belle soit ma mort ! »

J'étais comme pétrifiée. J'avais vraiment honte. Je voyais les gens s'agiter, je voyais comme certains avaient du mal à réprimer leur rire. Juliane tendait obstinément le cou et regardait droit devant elle sans regarder personne. Lorsqu'elle eut fini son chant, elle jeta sa poignée de terre mouillée dans le trou et vint fièrement se planter à côté de moi. Le défilé reprit. Chacun s'approchait de la tombe, plongeait la main dans la coupe et jetait trois poignées de terre sur le cercueil.

« Juliane, tu n'es pas le bon Dieu, lui chuchotai-je, tu n'as pas le droit de le condamner. »

Comme je la regardai, elle pinça les lèvres, et son nez s'allongea.

« Je sais ce que je sais », murmura-t-elle d'un air entendu.

Au retour, nous marchâmes longuement sous la pluie côte à côte sans nous parler. A la hauteur des premières maisons, je fus incapable de me retenir plus longuement ;

« Excuse-moi, Juliane, mais parfois je te trouve franchement bête. »

Je n'avais rien dit qui puisse la vexer : Juliane se contenta de ricaner et, toute heureuse, me donna un coup de coude dans les côtes.

« Que va dire ton révérend, quand on lui dira que tu as chanté un de ses chants religieux sur la tombe d'un incroyant qui s'est suicidé ? poursuivis-je.

– Ce n'était pas un chant sacré », répliqua-t-elle toute réjouie.

Elle prit un air si malicieux que je renonçai à lui poser d'autres questions. Je savais maintenant qu'une fois de plus elle m'avait préparé une explication oiseuse et qu'elle n'attendait que l'occasion de me mettre ses finasseries sous le nez.

Nous nous séparâmes devant ma boutique. Je rentrai chez moi, quittai ma robe de taffetas noir, enfilai ma blouse et rangeai. A midi, je réchauffai mes restes de soupe aux haricots du dimanche et mangeai dans la pénombre de ma boutique. Puis je descendis des cartons à la cave, essuyai la poussière des rayons et les remplis. A deux heures, je retirai l'écriteau avec les horaires d'ouverture, relevai les stores et ouvris la boutique. Je pris le seau de blanc de craie, sortis et écrivis sur la vitre : Choucroute fraîche, Œufs frais. Puis je m'assis derrière mon comptoir et attendis. Je pensais à M. Horn qui, dans sa tombe, avait enfin trouvé le repos. Il continuait à pleuvoir. Le vent soufflait parfois des gouttes de pluie qui descendaient vite le long de la vitrine et effaçaient les mots que je venais d'écrire.

Je pensai que ce devait être horrible d'être enterré un jour de pluie. Je regardai la rue. Les murs des maisons étaient encore plus gris que d'habitude. Des écoliers encapuchonnés passaient en courant devant ma boutique. Je me levai, allai chercher à la cave le chauffage électrique, le posai derrière le comptoir et me chauffai les pieds

Il faut que tu fasses ton testament, me dis-je. Je ne veux pas être enterrée par un temps pareil. Il faut qu'ils m'incinèrent. Toute ma vie, j'ai eu froid aux pieds. Au moins quand je serai morte je veux avoir chaud.

Quelqu'un ouvrit la porte de la boutique. Deux écoliers, le cartable sur le dos, entrèrent. Des gouttes de pluie tombèrent sur le sol propre. Je me levai et leur demandai ce qu'ils voulaient.

DOCTEUR SPODECK

Le 30 septembre, je verrouillai la porte de la ferme et revins en ville. Christine était partie avec ma femme dès le petit déjeuner pour rapporter le linge et les ustensiles de ménage dont nous nous servions. Après leur départ, je me rendis dans mon bureau pour mettre mes livres et mes notes dans des cartons. Puis je cherchai Johanna, qui était dans la salle de séjour et cousait des habits de poupée. Je lui dis que j'allais me promener une heure, et je quittai la maison.

Je fis le tour de la ferme et partis dans la forêt. Tout en suivant les sentiers forestiers, je jouis pour la dernière fois de l'année de la solitude simple et familière de la nature. J'écoutai le chant des oiseaux et touchai les fougères et la mousse. Je humai l'écorce résineuse des arbres, en palpai le bois vivant, et sur les troncs coupés et entassés comptai les années aux cercles de l'aubier. Comme si j'avais senti ma fin prochaine, je respirais profondément et avec avidité l'odeur de la forêt. Je m'abandonnais au doux et douloureux sentiment de l'adieu, l'adieu à la forêt et à l'été, au silence. J'étais à présent rassuré et je pouvais retourner en ville. Rien de ce qui s'était passé cette année-là ne m'avait surpris, et j'étais prêt à accepter avec détachement ce qui pouvait encore arriver.

A midi, Christine revint nous chercher, ma fille et moi. Tandis que nous faisions encore une fois le tour des pièces et contrôlions la fermeture des fenêtres, je plaisantai avec Christine qui, toute heureuse, riait. Reconnaissant, je lui caressai la joue, quand tout à coup elle saisit ma main, l'embrassa violemment et la posa sur sa poitrine. Nous étions face à face, les yeux dans les yeux. Je sentais ses seins frémir et son cœur battre et j'étais incapable de retirer ma main.

« Non, s'il te plaît, Christine, murmurai-je.

– Oui, docteur », dit-elle en lâchant ma main.

Nous montâmes avec Johanna dans la voiture et prîmes la direction de Guldenberg. A l'entrée de la ville, Christine se gara sur le bas-côté de la route pour laisser de la place aux Tsiganes qui quittaient la ville avec leurs roulottes et leurs chevaux. Les hommes étaient assis sur les sièges des cochers et tenaient négligemment les rênes. Derrière la dernière voiture, un couple de chevaux trottait. Un garçon tsigane, pieds nus, était assis à cru sur une jument brune. Lui non plus ne nous accorda aucun regard. Puis nous entrâmes dans la ville et prîmes la direction de ma maison, place du Marché, où ma femme nous attendait.

HISTOIRE D'UN MANUSCRIT

Postface proposée par Nicole Bary

La Fin de Horn, écrit avant *L'Ami étranger*, bien que publié quelques années après, est l'une de ces grandes œuvres qui ont fait date dans l'histoire de la littérature de RDA. Roman polyphonique à la structure éclatée, il aborde un thème qui ne pouvait qu'être une pomme de discorde entre l'auteur et les autorités politiques de son pays. Questionnant sans relâche les adultes sur le passé, le jeune Thomas met le doigt sur les mensonges et les contradictions, les falsifications et les omissions qui ont fait le lit de l'histoire officielle. Rares, très rares étaient les œuvres littéraires qui avaient, jusque là, osé s'attaquer à l'une des vaches sacrées du régime : son traitement de l'histoire. La réaction ne se fit pas attendre : la censure s'opposa à la publication du roman.

Dans un texte de juin 1998, publié dans le journal *Freitag*, Christoph Hein raconte l'histoire de son manuscrit :

« Il y a quinze ans j'ai écrit un roman, *La Fin de Horn*, dont le thème sous-jacent est l'histoire et l'écriture de l'histoire, le pouvoir et le pouvoir d'interprétation, la mémoire et les erreurs inhérentes à celle-ci, les omissions volontaires, les souvenirs refoulés et falsifiés. La source profonde à laquelle s'abreuve le passé n'est pas seulement inépuisable, elle est étrange, accablante, omniprésente, aussi bien dans la vie d'une société que dans celle de l'individu.

Puisque j'abordais ce thème, il allait de soi que je devais parler des falsifications de l'histoire, et entre autres d'un processus inventé par des techniciens russes pour corriger a posteriori des documents filmographiques. A l'aide de miroirs on pouvait faire disparaître des personnages indésirables pour que le chef adulé et omniscient de la classe ouvrière ne soit pas privé de documents précieux, pour la seule raison qu'ils le montraient au côté de personnes que, dans sa sagesse infinie et sa toute bonté, il avait fait assassiner peu après qu'ils eussent été filmés en sa compagnie. Les techniciens qui avaient trouvé ce processus au commencement de l'ère des médias reçurent le prix Staline, officieusement, il ne leur fut jamais remis officiellement. [...]

Ce n'est pas seulement le passage où je fais allusion à cette découverte dans *La Fin de Horn*, mais l'ensemble du roman qui déplut aux autorités de la RDA. Pendant deux ans mon éditeur essaya en vain d'obtenir une autorisation d'imprimer le livre. Il finit par faire composer ce roman qui ne suscitait que désapprobation et désagrément, espérant ainsi obtenir l'agrément de la censure. Il n'en fut rien.

Un imprimeur resté anonyme mit à profit la situation et ses compétences : il appuya, par erreur, sur deux boutons et le livre déjà imprimé sortit sous une couverture qui ne lui était pas destinée, sous le nom d'un autre auteur et avec un titre anodin ; il fut diffusé dans quelques librairies. Un an avant la parution officielle de mon livre, un libraire de Leipzig m'offrit un exemplaire de ce livre non-autorisé. De tous mes livres, il m'est le plus cher.

Pourtant je craignais qu'un de ces exemplaires ne tombât dans les mains d'un journaliste occidental qui n'aurait pas manqué d'écrire une excellente satire à ce propos. Je le craignais parce que, s'il en avait été ainsi, le roman n'aurait jamais été publié en RDA, car ce style de diffusion renouait avec l'une des traditions les plus sacrées des partis communistes qui, à l'époque nazie, avait fréquemment diffusé leurs textes dans des brochures d'apparence anodine.

L'action de l'imprimeur ne s'ébruita pas. Le livre resta interdit.

Au bout de deux années de discussions vaines avec les autorités de la censure, mon éditeur appela l'imprimerie et les informa qu'il avait enfin obtenu les autorisations permettant la publication du roman, ce qui ne correspondait pas à la vérité. L'imprimeur crut à la véracité du propos. Le texte composé depuis longtemps fut inséré dans la couverture adéquate et le livre diffusé avant que la « Grande Maison » à Berlin en soit informée. Mon roman est bien le seul livre, dans le domaine de la littérature, qui ait été publié contre la volonté expresse de la censure.

Mon éditeur, Elmar Faber, fut convoqué au Comité Central. Comme deux cents vingt ans auparavant, pour Johann Philipp Palm, et cent cinquante ans plus tôt, pour Robert Blum, c'est sa tête qui était en jeu. Mais il ne la perdit pas, on ne lui retira pas non plus la direction de sa maison d'édition, car on craignait davantage la presse de l'autre État allemand que le diable l'eau bénite. [...] »

« Pendant que la censure empêchait la publication de mon roman, j'ai continué à travailler sur le manuscrit, en collaboration avec la directrice littéraire de ma maison d'édition ouest-allemande. A cette époque-là, je possédais déjà un ordinateur (introduit illégalement en RDA, grâce à la complicité d'un diplomate occidental). L'ordinateur se révéla une aide précieuse contre les pratiques traditionnelles de la censure. [...] La disquette était ensuite clandestinement acheminée vers Berlin-Ouest, chez ma directrice de collection. J'informai mon éditeur est-allemand des modifications que nous avions apportées à mon texte, en précisant à chaque fois qu'elles étaient ma réponse aux objections de la censure ; je rendis les choses encore un peu plus difficiles en changeant légèrement la mise en page du texte, de telle sorte que chaque tapuscrit eût une pagination différente. Je m'étais douté que les censeurs ne relisaient pas à chaque fois l'ensemble du manuscrit, se limitant aux passages contestés. La pagination différente du tapuscrit prouvait que je continuais de revoir le manuscrit. Je n'ai pas travaillé en collaboration avec le directeur littéraire de mon éditeur est-allemand, je n'ai pas suivi ses conseils. Si je ne l'ai pas fait, cela ne veut pas dire que ses conseils n'étaient pas bons, mais je ne l'ai pas fait parce que j'ignorais, étant donné les pressions insistantes de la censure, quels étaient les conseils qu'il me donnait à titre personnel, quels étaient ceux qu'il était chargé de me transmettre de la part de la direction de la maison d'édition qui voulait autant que possible éviter de gros problèmes avec la censure, et en fin de compte quelles étaient les exigences réelles de la censure.[...]

Il n'y a qu'une seule phrase de ce manuscrit que j'ai supprimée sur la pression de la censure : au chapitre 7, dans l'épisode qui concerne Kruschkatz, j'avais écrit la phrase : « Ils étaient pire que les nazis. » J'ai dû la remplacer par : « Ils se sont comportés comme des brutes » ; j'ai intentionnellement choisi une phrase neutre.

On me refusa toute possibilité de discuter avec la censure de la phrase que j'avais originellement écrite. On supposa que cette phrase représentait mon point de vue sur la RDA. C'était, et c'est, absurde. Je n'ai jamais mis la RDA et le Troisième Reich sur le même plan, mais j'ai donné le droit à un personnage de porter ce jugement, car il a dû être affreux pour le communiste Schneeberger d'être mis en prison par ses amis politiques. Il est évident que pour lui la détention dans les prisons de la RDA, sur ordre de ses amis politiques était pire que l'incarcération par ses ennemis politiques dans un camp de concentration.

A l'époque je ne savais pas vraiment si cette phrase devait rester dans le texte, et je ne le sais toujours pas aujourd'hui. Sans la pression de la censure, je ne l'aurais pas supprimée. Mais le malentendu qu'elle pouvait engendrer m'a cependant empêché de la rétablir dans l'édition ouest-allemande, et plus tard dans la réédition postérieure à la chute du Mur. »

Dans son discours de réception à l'Académie de Darmstadt, Christoph Hein rapporte « qu'il fut décidé en 1985 que " le cas Hein " devait être liquidé. J'ai refusé », poursuit-il, « de quitter le pays, mais je me suis aperçu que l'on ne reculait pas devant des solutions de rechange encore plus désagréables. »

SUITES

15. Manuel SCORZA
Roulements de tambours pour Rancas

16. José Ángel MAÑAS
Je suis un écrivain frustré

17. Antonio LOBO ANTUNES
Fado Alexandrino

18. Christoph HEIN
La Fin de Horn

19. Luis SEPÚLVEDA
Yacaré, Hot Line

20. Lídia JORGE
Le Rivage des murmures

BIBLIOTHÈQUE ALLEMANDE
dirigée par Nicole Bary

Fritz Rudolph FRIES
Les Nouveaux Mondes d'Alexandre

Gerhard KÖPF
La Chouette, le Facteur et le Perroquet
Le Fou de Hemingway

Elisabeth REICHART
Viens, traverse le lac

Stephan HEYM
Chronique du Roi David

Christoph HEIN
La Mise à mort
Le Jeu de Napoléon

Galsan TSCHINAG
Ciel bleu
Vingt jours et un

Achevé d'imprimer en décembre 1998
sur presse Cameron
dans les ateliers de ***Bussière Camedan Imprimeries***
à Saint-Amand-Montrond (Cher)

N° d'Édition : 2418001. N° d'Impression : 985792/1.
Dépôt légal : décembre 1998.
Imprimé en France